Arena-Taschenbuch
Band 51149

Weitere Bücher von Ilona Einwohlt im Arena-Verlag:

Erdbeersommer
Erdbeersommer. Unterm Sternenhimmel

Uncovered. Dein Selfie zeigt alles

Schmetterlingsflügel für dich. Das Coachingbuch
für starke und selbstbewusste Mädchen (mit Christina Arras)

Wild und wunderbar. Zwei Freundinnen gegen den Rest der Welt
Wild und Wunderbar. Gegensätze halten zusammen (oder?)
Wild und Wunderbar. Freundinnen sind die besseren Schwestern

Ilona Einwohlt,
geboren 1968, war ein richtiges Pferdemädchen, bevor Germanistikstudium und Familie wichtiger wurden als der Stall und sie mit dem Schreiben begann. Seither sind aus ihrer Feder unzählige Bücher für Kinder und Jugendliche geflossen. In ihrer Romanreihe »Erdbeersommer« verbindet die Autorin der bekannten »Sina«-Bände erstmals die Leidenschaft für Pferde mit ihrem Sehnsuchtsort, der stürmischen Nordsee, und erzählt von den Verwirrungen der ersten Liebe. Ilona Einwohlt lebt mit ihrer Familie in Darmstadt.

Mehr unter *www.ilonaeinwohlt.de*

Ilona Einwohlt

Erdbeersommer

Galopp in die Freiheit

Ein Verlag in der Westermann Gruppe

www.blauer-engel.de/uz195
- ressourcenschonend und umweltfreundlich hergestellt
- emissionsarm gedruckt
- überwiegend aus Altpapier

MI6

Dieses Druckprodukt ist mit dem Blauen Engel ausgezeichnet

MIX
Papier aus verantwortungsvollen Quellen
FSC® C110508
www.fsc.org

1. Auflage im Arena-Taschenbuch 2022

Rottendorfer Straße 16, 97074 Würzburg

Einbandgestaltung: Frauke Schneider
Umschlagtypografie: Sibylle Bader
Lektorat: Kerstin Kipker
Gesamtherstellung: Westermann Druck, Zwickau GmbH
ISSN 0518-4002
ISBN 978-3-401-51149-8

Besuche den Arena Verlag im Netz:
www.arena-verlag.de

1

»Liv, gut, dass du endlich da bist! Du musst schnell kommen!« Tante Isodora lief mir wie ein aufgescheuchtes Huhn entgegen, als ich nach der Schule nach Hause auf den Friesenhof geradelt kam.

»Was ist denn passiert?« Alarmiert sprang ich von meinem Rad. »Ist etwas mit Hauke?« Sofort wollte ich Richtung Stall rennen, um nach meinem Lieblingspferd zu schauen, doch sie hielt mich am Ärmel zurück.

»Nein, deinem Hottemax geht es bestens.« Sie verdrehte die Augen. »Aber unten am Strand! Das hat die Welt noch nicht gesehen ...« Isodora atmete so heftig, dass ihr Dekolleté unter ihrem bunten Blumenkleid auf und ab wogte. »Ich würde ja selbst gerne gucken gehen, aber ich habe gerade einen Rosinenstuten im Ofen und einen Riesentopf frisch gekochte Erdbeermarmelade auf dem Herd.«

»Und, was gibt es dort zu sehen? Hat sich wieder ein Wal verirrt, wie im letzten Herbst?« Halb genervt, halb erleichtert, stellte ich mein Rad am Zaun ab. Eigentlich wollte ich am liebsten sofort ausreiten, wie immer, wenn es so wie heute Ferien gab. Zwar sah ich meinen Schimmelhengst Hauke, seit ich hier bei Onkel Piet und Tante Isodora in Töwerhaven lebte, täglich. Aber meistens blieb mir neben Schule und Stallarbeit nicht viel freie Zeit – und deswegen hatte ich mich so besonders auf diesen Tag gefreut, weil wir früher Schulschluss hatten.

»Quatsch, nein, ein Wal ist es diesmal zum Glück nicht! Der würde ja bis hierher stinken ... Nee, Mann, da ist ein Frachtschiff in einen schweren Sturm geraten und dabei sind etliche Container über Bord gegangen. Einer davon hatte Plastikeier geladen, die liegen jetzt alle am Strand! Aber geh selbst gucken – und mach Fotos für mich, ich muss wieder zu meiner Marmelade.« Tante Isodora sagte es und war schon wieder Richtung Küche verschwunden.

Also blieb mir nichts anderes übrig, als so schnell wie möglich hinunter an den Strand zu laufen. Plastikeier statt Muscheln – die Sensation konnte ich mir nun wirklich nicht entgehen lassen. Als ich den Dünenabgang erreichte, glaubte ich meinen eigenen Augen kaum: Isodora hatte nicht übertrieben. Der Strand war übersät mit bunten Punkten! Und überall waren die Leute bereits dabei, die verstreuten Plastikeier in Tüten zu sammeln.

»Unglaublich, was?« Onkel Piet kam mir entgegen und schüttelte den Kopf. »Hoffentlich sind die bald alle wieder weg, für die Seevögel ist das eine Katastrophe! Was für eine Umweltverschmutzung!«

»Wie konnte das passieren?«, fragte ich aufgeregt. »Sind noch mehr Container verloren gegangen?«

»Angeblich nicht ... und die Besatzung konnte zum Glück auch gerettet werden.« Mein Onkel räusperte sich umständlich und legte einen Arm um meine Schulter.

Hä? Was war denn plötzlich mit dem los? Solche zärtlichen Gesten war ich nicht gewohnt von dem bodenständigen Knodderkopp. Piets Stimme klang belegt, als er fortfuhr.

»Ich war ganz schön bang in der Büx, als ich den Namen des Schiffes gehört habe. Liv, min Deern, hör mir zu. Es war das Schiff deines Vaters! Also das, auf dem er der Kapitän ist. Aber keine Sorge. Aus irgendwelchen Gründen hatte er bei dieser Fahrt nicht angeheuert, er war also überhaupt nicht an Bord.«

»Das Schiff von Sean?!« Ich atmete tief ein und bekam einen Riesenschreck, mein Magen drehte sich. Das musste ich erst mal sacken lassen. All die vielen Jahre hatte niemand mit mir über meinen Vater gesprochen. Als ich in der Grundschule war, hatte er meine Mutter und mich verlassen und seitdem wurde er quasi nicht mehr erwähnt. Nur heimlich hatte ich immer mal wieder in alten Alben gestöbert oder später, als ich älter war, seinen Namen gegoogelt. Ich hatte nur noch eine vage Erinnerung daran, wie er ausgesehen hatte. Im letzten Sommer, als ich – wie mein Vater – in Hamburg so unglücklich war, hatte mir meine Mutter endlich erzählt, was damals wirklich passiert ist. In diesem Zusammenhang hatte sie mir dann nach stundenlanger Diskussion endlich erlaubt, in Töwerhaven zu leben. Und jetzt erfuhr ich auf einmal so nebenbei, dass mein Vater als Kapitän normalerweise hier ganz in der Nähe rumschipperte? Ich wandte mich aus Piets Arm und schloss die Augen, um zu kapieren, in welchen falschen Film ich hier geraten war.

»'tschuldigung, dass ich damit einfach so rausplatze ...«, sagte Piet und fuhr sich nervös durch seine spärlichen Haare. »Aber ich hab es wirklich mit der Angst zu tun bekommen, als ich von dem Unglück erfuhr. Dann haben sie den Namen eines anderen Kapitäns in den Nachrichten erwähnt – und ich wunderte mich darüber. Wir haben nämlich ab und zu noch Kontakt, aber er hat mir nicht erzählt, dass er jetzt woanders angeheuert hat.«

»Du hast noch Kontakt mit ihm?« Kopfschüttelnd blickte ich ihn an. Jetzt kapierte ich gar nichts mehr.

»Ja, ähem, aber Isodora darf das nicht wissen. Und deine Mutter erst recht nicht, verstehst du? Ich mochte Sean immer, auch wenn er sich sehr egoistisch verhalten hat. Denn eigentlich ist er kein schlechter Mensch, Liv, das musst du mir glauben!« Onkel Piet strich mir sanft eine meiner roten Locken aus dem Gesicht und zog mich abermals an sich. »Bist doch meine lütte Deern!«

»Ist schon okay!«, wehrte ich ihn ab. Wer einfach so auf den sieben Meeren verschwand und sich nicht einen Deut für seine Tochter interessierte, der konnte nicht wirklich ein sooo guter Mensch sein, fand ich. Plötzlich hatte ich ein brennendes Gefühl in den Augen und wusste nicht so recht, ob es Tränen der Wut waren, weil ich daran erinnert wurde, dass mein Vater mich verlassen hatte. Oder waren es Tränen der Erleichterung, weil ihm offenbar nichts bei dem Schiffsunglück passiert war? Oder – dritte Möglichkeit – waren es einfach traurige Tränen, weil Piet beteuerte, dass mein Vater ein guter Mensch war, ich aber keine Chance bekam, das selbst zu beurteilen?

Ich spürte auf meiner Schulter Piets Hand, die mich die ganze Zeit über unbeholfen streichelte. Schnell zog ich die Nase hoch, wischte mir über die Augen und sagte: »Dann werde ich auch mal mit anpacken, damit wir diese bunten Dinger hier loswerden, was?« Mit diesen Worten wollte ich losstapfen.

»Warte, Liv«, rief Piet mir hinterher. »Lass das hier die Urlaubsgäste machen, die finden das toll! Hilf lieber Isodora und Frauke, morgen ist Anreisetag, wir haben genug auf dem Friesenhof zu tun.« Seine Stimme klang besorgt.

Er wollte mich jetzt so nicht gehen lassen, das war mir klar.

Ich blieb stehen und atmete tief durch. Nach Ostereiersuchen war mir tatsächlich nicht.

»Komme gleich!«, rief ich Piet zu und versuchte, möglichst normal zu klingen. »Ich muss doch wenigstens noch die Fotos für Isodora machen.«

Mein Onkel schien erleichtert über meinen unbekümmerten Tonfall. Er grinste und hielt den Daumen hoch. »Einen besseren PR-Gag hätte sich die Bürgermeisterin gar nicht ausdenken können, was? Auch wenn diese Plastikeier eine riesige Umweltschweinerei sind ...!« Er winkte mir zu und marschierte den Dünenweg voraus Richtung Friesenhof.

Ich fischte mein Handy aus der Tasche, um die Fotos zu machen, doch bevor ich dazu kam, den Auslöser von meinem Smartphone zu drücken, klingelte es.

Es war Camilla – meine Mutter. Was jetzt? Hatte sie womöglich auch etwas von dem Frachterunglück gehört? Ich schluckte und nahm ab.

»... freut es mich, Ihnen mitteilen zu können, dass sich Ihre Tochter Liv zu unserer allergrößten Zufriedenheit an der Töwerhavener Gesamtschule vorbildlich integriert hat. Sie ist eine besonders aufmerksame Schülerin, zuverlässig und auffallend sozial engagiert ...«, hörte ich ihre Stimme am anderen Ende der Telefonleitung. Und dann: »Bist das wirklich du? Meine Tochter, ein Engel?«

Ich grinste erleichtert in mich hinein. Ein anderes Thema, zum Glück! Es wäre mir sehr schwergefallen, mit ihr jetzt über meinen für mich nicht existenten Vater zu plaudern. Da kam mir der ironische Tonfall, in dem mir meine Mutter den Brief der hiesigen Schule vorlas und sich über mich als Musterschülerin lustig machte, gut gelegen.

»Was dagegen?!«, antwortete ich kokettierend und ließ mich seufzend am Dünenrand nieder – ein Gespräch mit meiner Mutter konnte dauern ...

»Mir wäre es lieber, deine Lehrer hätten deine herausragenden Fähigkeiten in Naturwissenschaften und Sprachen erwähnt.« Camillas Stimme klang plötzlich ernst. »Ehrlich, Liv, du kennst meine Meinung ...«

»Und du meine.« Boah, wie mich das nervte! Jetzt war ich doch sauer. Jedes Mal die gleiche Leier!

Ich schnickte mit dem Fuß eine Fontäne Sand in die Luft. »Du hast mal zu mir gesagt, jede Frau hat ihren Weg, erinnerst du dich?«, warf ich ein. »Die eine als Mutter, die andere als Karrierefrau, die dritte irgendwo dazwischen, die vierte hat nur Pferde im Sinn, so wie ich. Also, was soll das jetzt? Ich bin nicht du! Ich dachte, das Thema hätten wir durch und du hättest verstanden, dass mein Weg ein anderer ist als deiner?!«

Ich hörte trotz des Rauschens im Mikrofon, wie meine Mutter am anderen Ende der Leitung tief ausatmete und dreimal schluckte. Dabei hatte sie mir damals in jener Nacht, als wir gemeinsam auf Hauke zum alten Leuchtturm geritten waren, das Gefühl vermittelt, mich verstanden zu haben. Schließlich war sie einmal selbst ein richtiges Pferdemädchen gewesen.

»Es ist nur so ... du fehlst mir hier sehr«, sagte sie leise. »Natürlich bin ich ständig unterwegs, ich arbeite so viel wie nie zuvor, eine Marketingkonferenz jagt die nächste. Aber wenn ich abends nach Hause komme, bist du nicht da.«

»Dafür hast du jetzt ja Thorsten.« Das war mir einfach so herausgerutscht und es war gar nicht so fies gemeint, wie es vielleicht den Anschein hatte. Kurz überlegte ich, ob ich meiner Mutter von den Plastikeiern am Strand erzählen sollte – und davon, dass der verunglückte Frachter Seans Schiff war. Aber ich entschied mich dagegen.

»Hallo, der ist ein Mann, keine Tochter«, erklärte sie. »Der kann mir nicht sein Lieblingstop für die Sommernachtsparty in der Agentur leihen und seine Guten-Morgen-Hallo-Wach-Smoothies sind auch nur halb so gut wie deine.« Sie lachte und ich musste auch grinsen, als ich mir Thorsten mit seinen Riesenpranken beim Gurken-Ananas-Pürieren in der Küche vorstellte. Camilla konnte furchtbar anstrengend sein – wie Mütter eben sind, wollte sie immer nur das Beste für mich. Aber sie war nie lange nachtragend und im Grunde verstanden wir uns prima – bis auf die Tatsache, dass sie mich viel zu intelligent fand, um Pferdeställe auszumisten und Gäste herumzukutschieren.

Das wiederum war etwas, was mir meine hiesigen Mitschüler auch oft genug entgegenhielten. Genauer gesagt, waren es Lena und ihre Hühner, die mich als Großstadttussi immer wieder spüren ließen, dass ich nicht eine von ihnen war. Dabei war ich quasi in Töwerhaven aufgewachsen und hatte allen hier das Reiten beigebracht. Aber Lena war die Tochter der Bürgermeisterin und bildete sich wer weiß was ein. Worauf genau, wusste keiner, vielleicht auf ihre blonden Haare, die sie wie fast alle Mädchen lang und platt trug. Ich dagegen besaß eine feuerrote Mähne, weshalb man mich hier wahlweise als Hexe, Möhrenkopf oder Merida bezeichnete und was mich nicht gerade beliebter machte.

»Also gut«, versuchte ich, meine Mutter zu besänftigen, und schleuderte noch eine Ladung Sand mit meinem Fuß hoch. »In den Herbstferien komme ich dich besuchen, einverstanden? Kannst ja schon mal Urlaub einreichen, damit du auch wirklich freihast.« Letzteres meinte ich bitterernst, denn Camilla war ein richtiges Arbeitstier und kaum zu bremsen, wenn es darum ging, für einen Kunden die passende Strategie zu entwickeln.

»Das glaube ich erst, wenn du da bist und dich ausnahmsweise von deinem Herzallerliebsten trennst«, spottete sie und ich war mir nicht sicher, wen sie in diesem Augenblick meinte. Hauke, meinen vierbeinigen Seelenverwandten, mein Ein und Alles. Oder meinte sie Finn, mit dem ich im letzten Sommer das Abenteuer meines Lebens bestanden hatte? Wir waren nämlich in einer Nacht-und-Nebel-Aktion einfach abgehauen – er mit seinem Dunkelfuchs Morango, ich auf Hauke –, nachdem wir mitgekriegt hatten, dass unsere Pferde verkauft werden sollten. Finn war mein allerbester Freund und Kumpel, vielleicht auch ein bisschen mehr, aber wenn mich nicht alles täuschte, interessierte er sich neuerdings für Anna – und das war völlig okay für mich.

Anna war Thorstens Tochter. Im Sommer vor zwei Jahren war sie zum ersten Mal zusammen mit ihrer Araberstute Moonlight auf dem Friesenhof gewesen und seitdem verbrachte sie all ihre Ferien hier an der Nordsee. Als im letzten Jahr die Zukunft des Friesenhofs auf dem Spiel stand, hatte Thorsten seiner Tochter zuliebe seine Beziehungen als Immobilienmakler spielen lassen und sein Geld in die Renovierung des Friesenhofs investiert. Jetzt war fast alles so wie früher, nur statt schrabbeliger Tapeten und abgewetzter Teppiche gab es hell gestrichene Wände und gemütliche Holzdielen. Einzig der Kaffee für die Gäste blubberte wie eh und je aus Isodoras altgedienter Melitta-Maschine und sorgte für den vertrauten Frühstücksduft am Morgen.

»War noch was?«, fragte ich meine Mutter, die offensichtlich vor lauter Verwunderung über diesen euphorischen Schulbrief den eigentlichen Grund ihres Anrufes vergessen hatte. Daraufhin fing sie an, sich umständlich zu verabschieden, weil sie morgen spontan mit Thorsten nach Vietnam in den Urlaub flog, aber ich hörte schon nicht mehr richtig hin. Ich spürte mit einem Mal, wie dringend ich Hauke an meiner Seite brauchte und losgaloppieren musste. Meine Gedanken brauchten frische Luft! Meine Mutter und ihre alte Leier waren die eine Sache. Aber viel gewichtiger war das Ding mit meinem Vater und dass Piet Kontakt zu ihm hatte – das musste ich erst mal verdauen. Und so sagte ich meiner Mutter schnell Tschüss, wünschte ihr schöne Ferien in Vietnam und trug ihr Grüße an Thorsten auf. Dann rappelte ich mich hoch, verstaute mein Handy und joggte zurück zum Friesenhof. Ich konnte es kaum erwarten, auf Haukes Rücken zu sitzen ... schnaufend erhöhte ich das Tempo. Ich wusste: Im Galopp würde die Welt gleich etwas anders aussehen – auf Haukes Rücken hatten sich schon immer meine Sorgenwolken geklärt.

Denn was hatte sich eigentlich geändert? Mein Vater wollte nichts von mir wissen. So what? Ich hatte eine tolle Familie mit Piet und Isodora, eine großartige und nur manchmal nervende Mutter, einen super Kumpel mit Finn und das beste Pferd der Welt. Wozu brauchte ich also einen Vater? Sollte er doch weiter die Wellen der Ozeane reiten.

Und dass Piet mit ihm in Verbindung stand, konnte mir doch eigentlich ganz egal sein ...

Aus der Küche drangen bei meiner Ankunft laute Stimmen an mein Ohr. Das waren Isodora und Frauke, die sich stritten. Wieder einmal. Seit Finns Eltern gemeinsam mit meinem Onkel und meiner Tante den Friesenhof bewirtschafteten, war kein Tag ohne Streit zwischen den beiden vergangen. Obwohl alle Beteiligten sich einig gewesen waren, dass es die beste Lösung sei, und einen entsprechenden Vertrag unterschrieben hatten. Ehrlich gesagt, hatte aber keiner von ihnen eine andere Wahl gehabt: Frauke und Henry nicht, weil sie außer ein paar Kochtöpfen und ihren Kochkünsten nichts mehr auf der Kante hatten und froh darüber sein mussten, auf dem Friesenhof ein neues Zuhause zu finden. Und Isodora und Piet nicht, weil sie kein Geld und keinen Geschäftsplan für einen Neuanfang samt Renovierung hatten.

So war es dank Thorstens Ideen und Investition dazu gekommen, dass das Team vom »Anker« mit einem angegliederten Restaurant für das kulinarische Wohlergehen der Gäste sorgte und damit ordentlich Geld in die gemeinsame Kasse spülte. Isodora hatte nie ein Geheimnis daraus gemacht, dass sie mit der »neuen friesischen Küche«, wie sie vor allem von Frauke vertreten wurde, nicht viel anfangen konnte. Und erst recht nicht mit Fraukes reservierter Art, mit Menschen umzugehen.

»Der Rosinenstuten heißt Rosinenstuten, weil er in einer Kastenform gebacken wird«, hörte ich Isodora nun unten räsonieren. »Was will ich denn mit Rosinen-Cupcakes und Buttertopping?« Woraufhin Frauke irgendetwas antwortete, von dem ich nur »mundgerecht«, »innovativ« und »das Auge isst mit« verstand.

Ich legte einen Schritt zu, um auf direktem Weg zum Stall zu laufen, machte aber einen Bogen, damit die beiden mich vom Fenster aus nicht bemerken konnten. Pech gehabt! Durch meinen panischen Blick zum Küchenfenster hatte ich die Schiebkarre mit den Futtersäcken übersehen und prallte gegen einen ihrer Holme, riss sie mit lautem Getöse um und fiel auch noch darüber. Fluchend rappelte ich mich auf und rieb mir die schmerzende Stelle am Knie. So ein beknackter Ferienbeginn! Erst die Plastikeierkatastrophe am Strand. Camilla, die mich mit ihrem stundenlangen Gesabbel und der ewig alten Leier aufhielt, dann eine Kollision mit Wilms alter Karre und jetzt noch Isodoras und Fraukes Streit, der nicht mal von meinem Gerumpel unterbrochen wurde. Aber alles war nichts gegen die Sache mit meinem Vater und Piets geheime Kontakte zu ihm. Jetzt brannten mir doch wieder Tränen in den Augen.

Ich humpelte in die Küche. »Haste mal ein Kühlpäckchen für mich?«, unterbrach ich die beiden Streithühner, wohl wissend, dass dies das perfekte Stichwort für meine Tante war. Isodora liebte es, andere zu umsorgen und mit Kräutertinkturen und Globuli gesund zu machen, was ihr bis auf wenige Ausnahmen auch immer gelang.

»Selbstverständlich, mein Kind. Was ist passiert?« Sie reagierte sofort, sah mich prüfend an und schob die feuchten Augen wohl auf den Schmerz in meinem Knie.

Frauke schüttelte genervt den Kopf und wandte sich wieder ihrem Laptop zu. Mit Beginn der Sommerferien wurden zum Wochenende neue Gäste erwartet, der Friesenhof war zum ersten Mal seit der Wiedereröffnung für die nächsten

Wochen komplett ausgebucht. Es gab nur noch wenige Lücken, dem Balkendiagramm nach zu urteilen. Auch eine Neuerung, mit der sich Isodora nur schwerlich anfreunden konnte – mit Computern und komplizierten Programmen wollte sie schlichtweg nichts zu tun haben. Dass das System absolut anwenderfreundlich und kinderleicht zu bedienen war, hatte sie nicht glauben und erst recht nicht ausprobieren wollen. Sie verschwendete keinen einzigen Blick darauf und scherte sich nicht darum, dass man mit einem Klick eine komplette Übersicht wahlweise von der Anzahl der Kinder, der Pferde, der Familien oder ihres Heimatortes haben konnte. Aber es führte kein Weg drum herum: Isodora *musste* sich von ihrer alten Kladde mit den handschriftlichen Einträgen und den mit dem Lineal gezogenen Linien verabschieden. Und seitdem nervte sie Frauke und alle anderen mit Eingabefehlern, brachte die Seiten durcheinander oder sogar das System zum Abstürzen. Wie genau sie es schaffte, konnte niemand verstehen und ihr dabei erst recht nicht nachweisen, dass pure Absicht im Spiel war.

»Ich hab mir das Knie geprellt«, sagte ich und nahm jetzt dankbar das Kühlpäckchen samt ein paar Globuli entgegen. »Gibt sicher nur einen fiesen blauen Fleck ...«

»Wolltest du etwa ausreiten?«, fragte mich Frauke, ohne weiter auf meine Blessuren einzugehen.

Typisch! Mitgefühl zeigte sie nur gegenüber Finn, den sie bis zum Gehtnichtmehr verwöhnte und dessen Unterhosen sie im Winter auf der Heizung vorwärmte. »Im Gästetrakt müssen die Zimmer hergerichtet werden, überall fehlen Blumen und Obstteller. Kannst du dich bitte darum kümmern?«

Ich verzog mein Gesicht. War ja klar, dass Frauke mich nicht losziehen ließ, ohne mir vorher eine Aufgabe aufs

Auge zu drücken. Dabei wusste sie genau, dass ich mich in den letzten Wochen und Monaten sehr zuverlässig um alles gekümmert hatte und heute zu Beginn der Sommerferien als Allererstes ausreiten wollte. Außerdem hatte ich erst gestern bergeweise Handtücher zusammengelegt, nachdem ich vorher mit Piet die Pläne für die kommenden Wochen durchgegangen war. Wir hatten zahlreiche Sonderausfahrten im Angebot, die beworben und organisiert sein wollten. Aber Frauke war eine gnadenlose Chefin, die keine Diskussionen duldete, wie wir alle längst bemerkt hatten. Piet moserte hinter ihrem Rücken, hielt sich ansonsten aber mit Kommentaren zurück und organisierte seine Ausflugsfahrten nach wie vor mit Wilm, unserem altgedienten Stallburschen. Isodora dagegen passte es überhaupt nicht in den Kram, dass sie sich unterordnen und ständig klein beigeben musste. Bei jeder Gelegenheit rasselte sie deshalb mit Frauke aneinander, wobei es meistens um Kleinigkeiten ging, wie eben beispielsweise die Frage, ob nicht zur Abwechslung Rosinen-Muffins auf den Tisch sollten statt fingerdicke Scheiben des Stutens, wie es die Gäste des Friesenhofs jahrelang gewohnt waren.

»Ich mache das, wenn ich wieder zurückkomme«, sagte ich entschieden und straffte meine Schultern. »In zwei Stunden bin ich wieder da ... und die Gäste reisen ja erst morgen an. Da ist noch genug Zeit, um alles zu arrangieren. Die Boxen für die Urlaubspferde müssen ja auch noch eingestreut werden.« Ich nickte Frauke kurz zu, dann humpelte ich einfach an ihr vorbei. Sie murmelte mir noch etwas von wegen »Na, so geht das aber nicht« hinterher, aber ich tat so, als hörte ich es nicht. Ich musste jetzt einfach ausreiten – davon hielt mich niemand ab. Selbst Frauke nicht.

Als ich den Stall betrat, wieherte mir Hauke sanft entgegen, wie immer erkannte er meine Schritte sofort und hob erwartungsvoll den Kopf. Und wie immer klopfte mein Herz vor lauter Freude, als ich ihn erblickte.

»Na du!«, begrüßte ich ihn mit einem Nasenstüber, bevor ich ihn für den Ausritt fertig machte. Der Schimmelhengst tänzelte bereits unruhig umher, als könne auch er kaum erwarten, dass es losging.

Das gehörte immer wieder zu den schönsten Augenblicken am Tag: er und ich ganz nah, sein warmer Pferdeatem in meinem Gesicht. Stirn an Stirn gelehnt, standen wir oft minutenlang still, teilten miteinander die Zeit und spürten unsere tiefe Verbundenheit. Wie oft schon hatte ich mich nachts, wenn ich nicht schlafen konnte, heimlich zu ihm in die Box gekuschelt. Bei Hauke fühlte ich mich behütet und beschützt und schlief tief und fest – bis mich Wilm am nächsten Morgen aus den Träumen riss und ermahnte, fix zurück ins Haus zu flitzen, damit Piet nichts merkte. Wenn mein Onkel nämlich etwas nicht leiden konnte, dann waren es meine heimlichen Nachtbesuche und stets bekam ich eine donnerwettermäßige Standpauke, wenn er Wind von der Sache bekam. Er konnte mein inniges Verhältnis zu Hauke nicht verstehen. Für ihn waren Pferde Nutztiere, die man wie Alma und Luigi vor das Fuhrwerk spannte und ordentlich mit Futter versorgte und für die man ab und zu Tierarzt und Hufschmied kommen ließ. Wenn Piet wüsste, dass Hauke mich schon öfter des Nachts zum alten Leuchtturm weit draußen im Watt geführt hatte, hätte er mir unter Garantie jeglichen Umgang mit ihm verboten. Auch wenn er sonst keinen Cent auf das Gerede der Töwerhavener gab, die ja zu Genüge über ihn als Zugereisten hinter vorgehaltener Hand lästerten – aber der Legende vom Leuchtturmmädchen, das seinen Vater sucht, schenkte selbst er Glauben. Doch weder Piet noch Isodora ahnten, dass mich eine unerklärliche innere Sehnsucht immer wieder dorthin trieb und ich auch dann und wann tagsüber hinaus ins Watt ritt, um am Fuße des Leuchtturms vor mich hin zu träumen.

Keine zehn Minuten später galoppierte ich auf Haukes Rücken am Strand entlang. Obwohl wir das schon so oft gemacht hatten, jagten mir jedes Mal vor lauter Glück die Tränen in die Augen, wenn mir, tief über Haukes Hals gebeugt, die Gischt ins Gesicht spritzte, die Haukes wirbelnde Hufe aufstießen. Das war meine Freiheit, mein Leben! Ich gab mich voll und ganz seinen Bewegungen hin, verschmolz mit Zeit und Raum und für einige Sekunden stand alles still. Und die Sache mit meinem Vater und Piet war plötzlich nur noch ein Gedanke, den der Wind wegblies und der im Moment nicht zählte. Es gab nur noch Hauke und mich, den Sommer und das Meer.

Wir flogen den Strand Richtung Osten dahin. Hier waren nur wenige Plastikeier angespült worden und selbst in der Hauptsaison waren hier nicht so viele Menschen unterwegs. Es würde natürlich kein so gutes Bild abgeben, wenn jemand der Einheimischen einen der Urlaubsgäste über den Haufen ritt. Manche waren sowieso nicht gut auf die Pferde zu sprechen und zeterten, wenn die Fuhrwerke an ihnen vorbeirumpelten oder die Tiere in den Sand äppelten.

Ich spürte, wie Hauke unter mir sein Tempo drosselte, instinktiv richtete ich mich auf und griff die Zügel fester, die ich ihm vertrauensvoll frei gegeben hatte. Als ich meinen Blick hob, wusste ich, was Hauke irritierte: Uns kam nämlich ein Reiter entgegengefetzt, nicht minder schnell unterwegs als wir. Auch er hatte uns längst bemerkt und war langsamer geworden. Als wir auf gleicher Höhe waren, grinsten wir uns an. Es war Finn auf Morango.

»Hey, was machst du denn hier?«, rief ich ihm verwundert zu und duckte mich, als eine Möwe dicht über unseren Köpfen hinwegsegelte. Hauke machte einen erschrockenen Satz zur Seite, der alte Schisser, dabei war er doch mit dem Gekreische der Seevögel aufgewachsen und bestens damit vertraut. Doch sensibel, wie er war, brachte ihn manchmal das kleinste Geräusch aus der Fassung.

»Sag bloß, dir ist was angebrannt?!« So sauertöpfisch, wie Finn aus der Wäsche guckte, konnte es nämlich nur einen Grund geben, weshalb er seine Kochschürze gegen Reitstiefel getauscht hatte.

»Hab die Erdbeersuppe verbockt. Meine Mutter hat einen riesigen Aufstand gemacht«, gestand er mir zerknirscht und das war der Moment, wo ich ihn wieder einmal unglaublich süß fand. Unwillkürlich griff ich nach seiner Hand und drückte sie fest. Erdbeersüppchen mit Vanilleschaum, das war der Renner auf dem Friesenhof, weshalb etliche Urlaubsgäste mit ihren Fahrrädern von sonst woher angeradelt kamen. Finns »Kombüse«, wie das kleine angegliederte Bistro genannt wurde, war im letzten Jahr zu einem beliebten Ausflugsziel und zum Aushängeschild des Friesenhofs geworden.

»Komm, vergiss es. Wer zuerst am Oststrand ist!«, rief ich ihm übermütig zu und trieb Hauke an. Morango kapierte als Erster und galoppierte mit einem Satz los, Finn konnte sich gerade noch im Sattel halten.

2

Auf dem Friesenhof herrschte reges Treiben, als wir zurückkamen. Die Lütten waren damit beschäftigt, ihre Ponys für den Ausritt startklar zu machen, den wie immer Mareike leiten sollte. Aber es fehlte jede Spur von den blauen Haaren meiner besten Freundin, die sie wie ihr Herzallerliebster Brian so eingefärbt hatte.

»Wo steckt denn Mareike?«, wollte auch prompt ein Junge wissen, der sich vergeblich abmühte, Cookie zu trensen. Das Shetlandpony schüttelte immer wieder seinen Kopf. »Der will und will das Gebiss nicht nehmen.«

»Klar, der versucht es auch mit allen Tricks! Warte, ich helfe dir, Michi!« Ich sprang von Haukes Rücken und gab meinem Schimmel einen liebevollen Klaps aufs Hinterteil als Zeichen dafür, dass er für heute Feierabend hatte. Ich lockerte den Sattelgurt und schob die Steigbügel hoch, später würde ich ihn gründlich mit dem Wasserschlauch abspritzen, um Salz und Sand aus seinem Fell zu spülen. Aber jetzt musste ich mich erst mal um Cookie kümmern, der bereits drohend die Hinterhand hob.

»Da! Der tritt mich gleich!«, rief Michi verzweifelt und machte einen Schritt zur Seite.

»Der droht dir nur. Cookie ist ein alter Schlawiner, der spürt genau, wenn du Angst hast. Pass auf! Wir legen ihm erst den Sattel auf und dann die Trense. Hast du ihm schon die Hufe ausgekratzt?«

»Nö.« Michi schüttelte verlegen den Kopf. Es war ihm sichtbar peinlich, dass er sich von Cookie hatte austricksen lassen, während die Mädchen nebenan offensichtlich ohne weitere Probleme ihre Ponys versorgten.

»Na komm, du Scherzkeks, gib die Hufe.« Ich stellte mich neben Cookie, drückte leicht meine Schulter gegen seine und ergriff gleichzeitig sein linkes Bein. »Schau, so macht man das«, erklärte ich Michi und säuberte mit raschen Bewegungen Cookies Vorderhuf. Strohfitzel und dicke Lehmbrocken fielen zu Boden.

»So, und jetzt du!« Ich hielt ihm den Hufkratzer hin und bemerkte, wie er zögerte. »Der Trick ist, sich ganz dicht neben ihn zu stellen. Erstens spürt er dann deine Überlegenheit und zweitens kann er dich nicht treten, weil er keinen Schwung holen kann. Na los, komm schon! Cookie tut nur so ...« Ich versuchte, nicht ungeduldig zu klingen, weil Michi an sich ein prima Kerlchen war. In Wahrheit gingen mir diese Schisser-Kinder sonst schrecklich auf den Wecker: Gaben an wie Graf Koks, wenn sie im Sattel saßen, aber hatten Schiss in der Büx, wenn's drauf ankam.

»Okay.« Michi atmete tief durch und stellte sich ganz dicht neben Cookie.

»Der muss spüren, dass du stärker bist!«, rief ich ihm aufmunternd zu und beobachtete dann zufrieden, wie Michi nach kurzem Zögern einen Huf nach dem anderen ordentlich auskratzte.

»Super! Jetzt noch die Trense und es kann losgehen.«

»Wo bleibt denn Mareike?«, quengelte ein blondes Mädchen, die bereits auf ihrem Shetty saß. »Wir wollen heute zum Waldsee, ich habe extra meinen Badeanzug angezogen.«

»Kannst du mir mit den Steigbügeln helfen?«, rief ein anderes dazwischen. »Ich komme mit den Löchern nicht klar.«

»Und kriege das mit den Schnallen nicht hin!«, rief ein Junge.

»Aber reiten könnt ihr alleine, was?«, rutschte es mir heraus, während ich rasch Gurte und Riemen prüfte und einem nach dem anderen auf die Ponys half.

»Hey, du hörst dich an wie dein Onkel Piet persönlich!« Mareikes vertraute Stimme drang an mein Ohr.

»Spotte du nur! Bin ich Babysitterin oder Reitlehrerin, hä?« Ich grinste breit, während ich sie zur Begrüßung umarmte.

»Beides!« Mareike drückte mir einen dicken Schmatzer auf die Wange, bevor sie ihr Fahrrad in die Hecke pfefferte und mich liebevoll in die Seite knuffte. »Bin gleich bei euch, ihr Süßen, muss hier nur noch kurz was mit eurer Chefin klären.«

»Schieß los, du siehst scheiße aus«, sagte ich und blickte sie fragend an. Ein Blick in ihre Augen ließ mich das Schlimmste ahnen. Ich zog sie ein Stück zur Seite.

»Danke, so genau wollte ich es gar nicht wissen ...« Mareike grinste schief.

»Lass mich raten: Brian.«

»Bingo.« Sie seufzte. »Du weißt ja, wie er sich nach der Flutkatastrophe und der Sache mit seinem Vater verändert hat ... ich komme überhaupt nicht mehr an ihn heran. Manchmal ist er ganz lieb und weich, so wie früher. Und dann wieder ist er total ätzend, wie vorhin. Wir waren zum Schwimmen verabredet und wollten danach gemeinsam Burger essen gehen. Aber mitten beim Umziehen hat er sich weggedreht und ist einfach abgehauen, er hat mir noch nicht einmal tschüss gesagt. Langsam weiß ich nicht mehr, was ich tun soll.« Mareike wischte sich eine Träne aus dem Auge, jetzt wirkte sie traurig und verzweifelt.

Oft hatten wir in den letzten Monaten über Brian gesprochen, der den Tod seines Vaters immer noch nicht verarbeitet hatte. Hilflos mussten wir zusehen, wie er sich immer mehr vom Leben zurückzog und jede Hilfe und jeden Zuspruch von uns und anderen verweigerte. Mareike hatte sich lange Zeit wirklich aufopferungsvoll um ihn gekümmert, sich große Mühe gegeben und versucht, ihn abzulenken. Gleichzeitig hatte sie ihm immer wieder und wieder zugehört, wenn er ihr sein Herz ausgeschüttet hatte, oder ihn getröstet, wenn er verzweifelt zusammengebrochen war. Hatte ihm bei den Schulaufgaben geholfen und mit ihm gemeinsam gelernt, damit er wenigstens in der Schule nicht den Anschluss verlor, und ihn mit auf Partys und Events geschleppt, damit er abgelenkt wurde.

»Viel kannst du da nicht machen, er braucht noch Zeit. Und endlich professionelle Hilfe. Wichtig ist jetzt, dass du nicht aus den Augen verlierst, was *dir* Spaß macht!« Ich hatte sie in meine Arme gezogen und streichelte tröstend über ihre Haare. »Komm, worauf wartest du, die Lütten scharren schon mit den Hufen. Und nicht nur die.« Ich deutete lachend auf Cookie, der sich zu Michis Verzweiflung über ein paar verdorrte Grasbüschel am Wegesrand hermachte.

Mareike nickte und wischte sich die Augen frei. »Denn man tau!«, rief sie. »Habt ihr Kusmi fertig?«

Kurz darauf wirkte sie wie ausgewechselt, als sie mit der bunten Kindertruppe auf ihren Shettys vom Hof ritt und fröhliche Kommentare hin und her schwirrten. Ich winkte ihr hinterher und musste an Brian denken, der um seinen Vater trauerte.

Beinahe hätte ich um meinen auch trauern müssen, ging es mir durch den Kopf. Hätte es mich traurig gemacht, wenn mein Vater bei dem Frachterunglück ums Leben gekommen wäre? Oder hätte sich für mich damit ohnehin nichts geändert? Vielleicht wäre es ja ein besseres Gefühl, sagen zu können, mein Vater ist tot, als: Mein Vater will von mir nichts wissen.

»Löpt sich allens torecht«, meinte Onkel Piet, der unbemerkt hinter mich getreten war. Er hatte wohl Mareikes und mein Gespräch gehört und legte mir beruhigend die Hand auf die Schulter »Der Jung kriegt sich schon wieder ein. Und du solltest dir wegen Sean auch keinen Kopf machen«, fügte er noch hinzu, als ob er meine Gedanken lesen konnte.

»Wenn du meinst.« Ehrlich gesagt, machte ich mir weniger Sorgen wegen Brian oder Sean als um meine Freundin. Mareike war das fröhlichste Menschenkind unter der Sonne und immer zu Späßen aufgelegt, aber hoffnungslos in Brian verliebt, der zu den Blackies im Ort gehörte, wie sich die schwarz gekleideten Jugendlichen nannten, die immer unten bei den Containern im Hafen rumhingen. Sie hatte sich völlig in ihm verloren und ihren kompletten Klamotten- wie Musikgeschmack dem seinen angepasst. Deshalb auch die blauen Haare. Ich hoffte sehr, dass sie bald kapierte, dass sein Unglück nicht das ihre war.

Seufzend wendete ich mich ab, um endlich Hauke zu versorgen und auf die Koppel zu bringen. Außerdem wurde es höchste Zeit, die Fuhrwerke startklar zu machen, in einer Stunde sollte es hinaus ins Watt gehen und die Plätze waren alle ausgebucht. Kein Wunder, bei dem herrlichen Wetter!

Ich war gerade dabei, die Sitzkissen zu sortieren, da hörte ich draußen einen Hänger auf den Hof rumpeln. Verwundert hielt ich in meiner Arbeit inne. Heute war doch Freitag und überhaupt kein Anreisetag, wir erwarteten die neuen Gäste erst morgen. Mit dem Kissen in der Hand lief ich rasch hinaus, um nachzusehen.

»Moin, Anna, wo geit di dat!« Noch bevor ich etwas sagen konnte, war Isodora aus dem Haus gestürmt und hatte das junge Mädchen überschwänglich an ihren üppigen Busen gedrückt.

»Hey! Wusste gar nicht, dass du schon heute kommst«, begrüßte ich die zarte dunkelhaarige Gestalt, nachdem meine Tante sie endlich losgelassen hatte.

»Ich auch nicht«, antwortete sie und rollte mit den Augen. »Aber Papa hat's eilig, mich loszuwerden ...« Sie deutete auf Thorsten, der mit dem Handy am Ohr aus dem Auto stieg. »Er und Camilla wollen morgen nach Vietnam fliegen. Spontan.«

»Ja, hab's gerade gehört. Und doch glaube ich es erst, wenn die beiden im Flieger sitzen!«, prustete ich laut los und erntete prompt einen tadelnden Blick von Isodora. Thorsten war mindestens so ein Arbeitstier wie meine Mutter.

Aber immerhin hatte er mit seinen Plänen und Geldern den Friesenhof vor dem Ruin gerettet. Nicht ganz uneigennützig, wie sich herausgestellt hatte, denn für Anna, die so alt war wie ich, war der Friesenhof längst eine zweite Heimat geworden.

»Wie geht es Moonlight?«, fragte ich. »Komm, holen wir sie aus dem Hänger.«

»Sie ist zum Glück wieder fit, sie hatte eine leichte Bänderzerrung am rechten Vorderbein«, berichtete Anna, während sie vorne durch die Luke stieg und die Stute losband. Thorsten hatte mittlerweile sein Gespräch beendet und die Ladeklappe heruntergelassen.

»Hohoho ...« Anna redete beruhigend auf die unruhige Stute ein, die es kaum erwarten konnte, rückwärts aus dem Pferdeanhänger zu kommen.

»Na, du Schöne!«, begrüßte ich Moonlight mit einem zärtlichen Nasenstüber, als sie auf dem Hof stand und mit aufgeblähten Nüstern Witterung aufnahm. Hauke, der hinten auf der Koppel stand, wieherte zu ihr hinüber und sie antwortete natürlich sofort.

»Willkommen zu Hause!«, lachte ich. »Siehste, Hauke hat dich auch vermisst!« Fachmännisch ließ ich meine Hände über Moonlights Fesseln gleiten. »Fühlt sich gut an, zum Glück. Dann können wir heute Abend ausreiten, was meinst du?«

»Sehr gerne!«, strahlte mich Anna an. »Ich hab euch so vermisst!« Sie fiel mir abermals um den Hals, ich drückte sie fest. Es gab mal eine Zeit, da konnte ich sie nicht besonders gut leiden. Aber dann hatte ich kapiert, dass sie mindestens so pferdeverrückt war wie ich, und mittlerweile waren wir echte Freundinnen geworden.

»Sagst du mir vielleicht auch mal Hallo!«, polterte Thorsten in unsere Unterhaltung und boxte mich freundschaftlich gegen die Schulter. Ich boxte zurück: »Wenn du mal aufhörst zu telefonieren?« Ich grinste. »Du bist ja schlimmer als meine Mutter!«

»Snackt nich' rum, helft mir lieber!«, unterbrach Piet unser Geflachse. Er kam mit dem Geschirr in der Hand um die Ecke und machte wie immer Stress.

Anna und ich prusteten los. Das war ja mal wieder typisch. Aber ein Blick auf die Uhr verriet mir, dass er absolut recht hatte, mich zur Eile zu ermahnen.

»Komme schon!«, rief ich zurück. Ich warf Thorsten ein »Schönen Urlaub!« zu und Anna ein »Wir sehen uns später!«.

»Geht klar ...«, sagte sie und holte Luft. Ich blieb stehen, weil sie offenbar noch etwas hinzufügen wollte.

»Äh, wo steckt eigentlich Finn?«

»Keine Ahnung ...«, antwortete ich und wollte schon wieder weitergehen.

»Seid ihr wieder zusammen?«, fragte sie in meinen Rücken.

»Nein«, entgegnete ich und drehte mich noch mal kurz um. Ich zögerte. Ich war mir gerade nicht so sicher, was ich eigentlich für Finn empfand.

»Verstehe«, antwortete sie knapp. Ihre dunklen Augen musterten mich nachdenklich. Dann schüttelte sie ihren Kopf, wie um einen Albtraum abzuschütteln. »Komm, Moonlight, meine Hübsche, dann machen wir erst mal einen Spaziergang.« Und ohne mich weiter eines Blickes zu würdigen, schwang sie sich aus dem Stand auf ihren Rücken und ritt vom Hof.

»Liv!!!« Piets Stimme klang jetzt wie ein Donnergrollen, er duldete keinen Aufschub.

»Komme schon!«, rief ich zurück und beeilte mich, ihm beim Einspannen von Alma und Luigi zu helfen.

Wilm hatte bereits zwei weitere Wattwagen startklar gemacht und die Kissen auf den Sitzen verteilt. Decken würden wir heute keine brauchen, die Sonne strahlte am blauen Himmel und kein Wölkchen war in Sicht. Wenn wir Glück hatten, würde das in den nächsten Wochen auch so bleiben und beinahe traute ich mich, auf eine erfolgreiche Saison zu hoffen. Aber an der Nordsee wusste man nie, da musste man auf alles gefasst sein.

Keine halbe Stunde später winkte ich der Wagenkolonne hinterher, die sich mit lautem Hufgeklapper Richtung Strand aufmachte. Es war eine fröhliche Truppe, die Urlaubsgäste hatten allerbeste Laune und Piet, der die Ausflüge in die Weite des Watts liebte, ließ sich nur allzu gerne davon anstecken und unterhielt die Truppe mit feinstem Seemannsgarn von der Küste. Er stammte von der Hallig Hooge, war als junger Mann nach Töwerhaven gekommen und hatte natürlich viel zu erzählen ...

Ich seufzte erleichtert, als alle weg waren und Ruhe einkehrte. Fix erledigte ich meine Stallarbeit, die vor lauter Gequatsche liegen geblieben war, aber ich war längst darin geübt, mich zu beeilen. So sortierte ich die Halfter der Shettys am Putzplatz, räumte vergessene Striegel und Jacken zur Seite und stellte ein Fahrrad aus dem Weg. Dann ging ich in die Futterkammer und bereitete Eimer und Schiebkarre für den Abend vor, damit später so schnell wie möglich Ruhe einkehren konnte. Seit ich hier lebte, hatte ich für einige Änderungen in den Abläufen gesorgt und Piet und Wilm hielten mich für oberpingelig, weil ich darauf bestand, den Plan abzuhaken. Niemals würden sie zugeben, dass jetzt alles geordneter und strukturierter lief, aber dass sie nicht weiter daran rummäkelten, war für mich Bestätigung und Lob genug.

Als ich die Futterliste durchging, fiel mir ein neuer Name auf. *Dancer* sollte heute Abend Rübenschnitze bekommen, die mussten noch eingeweicht werden. Nur: Wann kam dieser Dancer?

Die Antwort erübrigte sich, als kurz darauf ein Pinto-Pferd in die Stallgasse getrabt kam und kurz vor der Futterkammer bremste.

»Na, biste am Verhungern, du Armer?!« Lachend kraulte ich seinen Schopf. »Wo hast du denn deinen Reiter gelassen?« Ich nahm ihm den Sattel ab und lockerte die Riemen an der Trense. Der Pinto trug Cowboy-Zaumzeug und ich war gespannt, zu welchem Typ Reiter er wohl gehörte. Komisch, dass der nicht auftauchte.

»Wollen wir mal schauen, wo du stehst …« Ich führte Dancer in eine freie Box und verriegelte die Tür, bevor ich nach draußen lief, um nach seinem Reiter Ausschau zu halten. Am Ende lag da irgendwo einer mit verletztem Bein oder schlimmer. Es wäre nicht das erste Mal gewesen, dass wir jemanden suchen mussten.

Doch als ich am Biergarten vorbeilief, traute ich meinen Augen kaum: Dort saßen zwei semmelblonde Jungs, flirteten mit Marlene um die Wette und schienen kein bisschen ihr Pferd zu vermissen. Denn den Chaps und dem Outfit nach zu urteilen, gehörte einem von ihnen der Pinto, der jetzt zufrieden Stroh malmend in der Box stand.

»Wer ist denn das?«, raunte ich Marlene zu, als sie am Tresen ihr Tablett mit gefüllten Gläsern bestückte.

»Na, du bist ja 'ne feine Gastgeberin!« Finns Schwester grinste mich breit an. »Das sind die Orlowski-Brüder, Vlogger mit Millionen Followern. Nie gehört? Die sind seit heute zu Gast auf dem Friesenhof und wollen Pause machen von ihren Fans. Ohne Kamera. Und ohne WLAN. Sozusagen inkognito.«

»Hä?«

»Jetzt sag nicht, du kennst die nicht? Nur weil du jetzt in Töwerhaven lebst, heißt das noch lange nicht, dass du hier auf dem Mond bist …« Marlene schüttelte den Kopf und ich traute meinen Ohren nicht. Ausgerechnet Finns Schwester, die ganz sicher nicht die hellste Leuchte in der Lampe war, wollte mir die Welt erklären.

»Ich hab etwas Besseres zu tun, als ständig im Internet zu surfen«, meinte ich lapidar. »Zum Beispiel, durchgegangene Pferde zu versorgen.«

»Du willst doch jetzt wohl keinen Aufstand machen, nur weil Daniel seinem Pferd Freiheit lässt! Jetzt sei mal nicht so spießig. Der ist *Horseman* durch und durch und versteht mehr von Pferden als du.«

»Na, das werden wir ja sehen! So ein Pferd ist doch kein Hund, den man frei herumstromern lässt.« Ich schüttelte den Kopf und trat mit energischen Schritten an den Tisch zu den beiden Brüdern heran. Doch ich kam erst gar nicht dazu, den beiden meine Meinung zu geigen.

»Holla, die Waldfee, chill die Basis …« Ein paar blau blitzende Augen strahlten mich an. Ich atmete dreimal tief durch, sämtliche Alarmglocken schrillten. Bloß nicht von solch einem Sunnyboy um den Finger wickeln lassen. Typen wie der waren gefährlich, ich kannte sie aus meiner Hamburger Zeit. Was hatte ich mir wegen Eliyah damals die Augen ausgeweint. Und meine unglückliche Liebe zu Jan, dem hiesigen Fußballstar, hatte ich auch lange nicht verwinden können.

»Entspann *du* dich! Was fällt dir ein, einfach dein Pferd

hier frei herumspazieren zu lassen! Was ist, wenn es durchgeht? Da kann wer weiß was passieren!«, legte ich los, nachdem ich mich wieder gefasst hatte.

»Da kann wer weiß was passieren ...«, äffte er mich nach und trank seelenruhig einen Schluck Bier aus seinem Glas. Spätestens das war der Moment, in dem klar wurde, dass aus uns keine Freunde werden würden, *Horseman* hin oder her.

»Sorry, Daniel denkt manchmal, ihm gehört die Welt«, mischte sich sein Bruder vermittelnd ein. Er hielt mir die Hand hin. »Ich bin Simon. Und du musst Liv sein, die ... äh ...« Er suchte stammelnd nach den passenden Worten.

»... die Hexenfee vom Friesenhof, wer sonst!«, rief Daniel feixend. »Hat uns aber niemand verraten, dass du ein Drache bist.«

»Bitte was?« Vor Empörung blieb mir glatt die Spucke weg. Ich traute meinen Ohren kaum. Hexenfee hatte mich Finn immer spaßeshalber wegen meiner feuerroten Haare genannt. Damals, als wir diese Fantasy-Phase hatten und Hogwarts in den Dünen spielten. Manchmal tat er das noch heute ... Auch die Einheimischen riefen mich so, weil ich wie alle Zugezogenen als Außenseiterin galt. Piet konnte ein Lied davon singen. Denn obwohl er schon so lange hier lebte, hatten ihn die Dorfbewohner auch nicht wirklich integriert.

»Jetzt krieg dich wieder ein.« Simon grinste mich an. »Daniel meint es nicht so. Im Grunde ist er total happy, endlich auf dem Friesenhof zu sein. Wo könnte er sich besser verstecken als hier? Das ist wirklich Idylle pur, besser kann man es nicht treffen.« Er machte eine vage Bewegung in die Runde und deutete auf das reetgedeckte Gebäude mit seinem neuen Anbau. Weiter hinten sah man die Pferde auf den Weiden und Koppeln stehen, eine frische Abendbrise wehte zu uns hinüber. Am Himmel deutete sich ein Wetterumschwung an.

»Ja, hier ist es ruhig und friedlich. Und wenn du willst, dass es so bleibt, machst du besser, was ich dir sage.« Ich blickte diesem Daniel geradewegs in die Augen und ließ mich auch von seinem Gezwinker nicht irritieren. Marlene neben mir atmete spürbar tief ein, sie hatte sich Knall auf Fall in Daniel verguckt, das sah ein Blinder ohne Krückstock.

Er nickte. »Deal!«, antwortete er – und Simon brach in schallendes Gelächter aus.

3

Am nächsten Morgen weckte mich unaufhörliches Regengeprassel. Ich lag mit geschlossenen Augen in meinem Bett und brauchte gar nicht erst durch die schmale Fensteröffnung zu blicken, um zu wissen, dass draußen Land unter war.

Seufzend drehte ich mich auf die Seite. Was für ein Schietwetter! Ausgerechnet heute am Anreisetag, das verhieß nichts Gutes, hoffentlich würde später der Regen nachlassen und der Himmel aufklaren. Normalerweise liebte ich es, für einen Moment den Morgen zu begrüßen und zu orakeln, wie das Wetter jenseits des Fensterausschnitts wohl war und werden würde. Denn selbst, wenn der Himmel knallblau an dieser Stelle schien, konnte es weiter hinten am Horizont völlig anders aussehen – an der Nordsee wusste man eben nie und musste auf alle Wetter gefasst sein.

Doch an diesem Morgen hatte ich schlechte Laune, einfach so, warum, wusste ich auch nicht so genau. Gestern Abend hatte ich mich mit Piet gestritten, der auf eigene Faust einen Kutscher engagieren wollte, um für die nächsten Wochen noch einen Wagen mehr am Start haben zu können. Dass wir den auch bezahlen und versichern mussten, hatte er offensichtlich vergessen – zumindest tat er ganz unschuldig und murmelte etwas von wegen »Tusnelda«, als ich ihn daran erinnerte, dass für Neuanstellungen Frauke zuständig war.

Und dann prickte mich der Gedanke, dass er mich immer wie ein kleines Kind behandelte. Nicht nur in dieser Sache mit dem Kutscher - auch in der mit meinem Vater. Wie mich seine Geheimniskramerei nervte! Ich war doch alt genug, dass er mir erzählen konnte, wenn er etwas von meinem Vater gehört hatte. Piet hätte ja auch mal auf die Idee kommen können, mich zu fragen, ob ich ihn treffen und kennenlernen möchte. Denn in mir drin hatte ich eine tiefe Sehnsucht nach einem - meinem! - Vater, auch wenn ich dieses Gefühl gerne versteckte, weil es sich so kompliziert anfühlte.

Missmutig stieg ich aus dem Bett. Ich ärgerte mich darüber, dass ich mich ärgerte und mein Knie immer noch höllisch wehtat.

Vielleicht interessierte sich ja einer dieser dämlichen Zwillingsbrüder für Anna, überlegte ich, während ich meine Jeans zuknöpfte und meine Haare bürstete.

Was war dieser Daniel für ein Schnoetkop, wie Piet sagen würde! Gestern hatte er lang und breit seine Erfolge beim Westernreiten zum Besten gegeben und selbst sein Bruder hatte irgendwann die Augen gerollt. Simon hatte mit Pferden nichts am Hut und sogar richtig Schiss vor ihnen. Er interessierte sich fürs Surfen, mit oder ohne Kite, und die zuverlässigen Wellen am Strand von Töwerhaven.

Beide freuten sich auf eine unbeschwerte Zeit ohne Fanpost und Digicam, weil sie den Trubel um ihren Blog und um die Videos mehr als satthatten. Ich fragte mich, wie lange sie es wohl offline aushalten würden, wo sie doch gestern Abend schon mit ihrer lautstarken Art sämtliche Gäste unterhalten hatten. Jeder der Anwesenden musste hinterher versprechen, dass er nirgends postete, dass die berühmten Orlowski-Brüder zu Gast auf dem Friesenhof waren. Marlene hing wie gebannt an ihren Lippen und hatte feierlich geschworen, kein Wort zu niemandem zu sagen. Ich war gespannt, wie lange sie ihr Schweigegelübde halten würde.

Völlig in Gedanken, lief ich die Treppe hinunter in die Küche, wo Isodora bereits mit ihrer Kaffeemaschine hantierte. Der vertraute Geruch versöhnte mich sofort mit dem Tag, der pieselig grau und trübe vor dem Fenster wartete. An sich machte mir das schlechte Wetter nichts aus, ich hatte in den Stallungen genug zu tun und bewegte die Pferde dann eben in der Halle. Anstrengend waren die Urlaubsgäste, die, obwohl sie Jahr für Jahr zu uns kamen, sich immer noch nicht daran gewöhnt hatten, dass es an der Nordsee nun mal keine Wettergarantie gab wie auf den Malediven.

»Moin, min Deern«, begrüßte mich Piet, der gut gelaunt über seiner »Tass Kaff« hockte. Er deutete grinsend auf Isodora, die in ihrem geblümten Kaftan durch die Küche wirbelte und die Brotkörbe für den Frühstücksraum richtete. Meine Tante war gerade dabei, eine dicke Scheibe Rosinenstuten für mich abzuschneiden. Ich holte mir einen Teller und die Butter dazu.

»Geht doch nichts über ein ordentliches Stück, was!«, sagte sie wohlwollend, als ich genüsslich in das frische Rosinenbrot biss.

»Mmh, lecker!«, nuschelte ich.

»Der Olschn sind ihre Muffins verbrannt.« Piet grinste über beide Ohren. Offensichtlich war es für ihn eine große Genugtuung, dass Fraukes innovative Pläne im Mülleimer gelandet waren und Isodora mit ihrem beliebten wie bewährten Rosinenstuten an diesem Morgen das Frühstücksgeschäft retten würde.

»Dann ist ja alles gut!« Ich ging gar nicht weiter auf ihre Bemerkungen ein, sondern studierte ausführlich die Gästeliste, die neben meinem Kaffeebecher lag. »Diese Brüder ... wie lange bleiben die hier?«

»Sechs Wochen! Der eine ist schon los an den Strand. Übrigens: schicke Bengels, die beiden. Der eine Surfer, der andere Westernreiter«, kam es von Isodora wie aus der Pistole geschossen. Wie immer kannte sie die Liste auswendig und wusste genau, zu wem welches Pferd gehörte und wer welche Vorlieben hatte, angefangen bei der Marmelade bis hin zu den persönlichen Interessen wie eben Surfen oder Moorwanderung oder Kräuterauswahl bei den Räucherzeremonien. Da Letzteres zu ihren Lieblingsbeschäftigungen zählte, galt jenen Gästen natürlich ihr ganz besonderes Augenmerk. Leider waren die Kräuterfreunde in letzter Zeit etwas seltener geworden.

»Der Pinto ist ein sehr umgängliches Tier ...«, meinte Piet und wischte sich den Mund mit dem Handrücken ab. »Reitet sich bestimmt wie ein Sofa!«

»Apropos«, unterbrach ihn Isodora. »Hast du Merlin gesehen? Der Kater gefällt mir nicht ... der Kerl hat man seit drei Tagen keine Maus mehr gejagt.«

»Och, der stromert sicher irgendwo herum«, sagte ich leichthin und stand auf, dabei hatte ich ihn selbst schon vermisst. »Ich check jetzt mal die Gästezimmer, ob sich sämtliche Blumen und Obstkörbe am richtigen Platz befinden, und schau im Stall, ob die Boxen für die Gastpferde alle in Ordnung sind. Hat Wilm dieses getreidefreie Futter für den Fuchs aus Werne bestellt? Und nächste Woche kommt ein Isländerpony, das braucht irgendwelche Derma-Care-Spezial-Cubes, weil es Hautprobleme hat. Na, dann warten wir auf die alten, neuen Neuankömmlinge, was? Bin gespannt, was die für Augen machen! Schließlich kennen sie nur die alten, verschrabbelten Tapeten und nicht die modernen Wandanstriche.«

Ich nickte den beiden noch mal zu, schnappte mir einen Apfel von der Anrichte und wollte zur Tür hinaus. Da hielt mich Isodora am Ärmel fest und musterte mich aufmerksam.

»Wir sind so froh, dass du uns hilfst«, sagte sie. »Aber du bist so rappelig geworden in der jüngsten Zeit, ich erkenn dich kaum wieder! Bist du denn wirklich glücklich hier?«

»Klar! Ich kann mir nichts Besseres vorstellen«, beruhigte ich sie. Aber ich konnte ihr nicht in die Augen gucken aus Angst, ich würde ihr plötzlich mein Herz ausschütten und ihr von Piet und meinem Vater erzählen. »Jetzt will ich noch schnell zu Hauke«, ergänzte ich rasch, »bevor uns alle die Bude einrennen und Stress wegen des Schmuddelwetters machen ...«

»Dann grüße deinen Schatz und richte ihm aus, er soll sich die Goldparmäne schmecken lassen! So leckere Äpfel kriegen hier sonst nur unsere Gäste, für die Viecher gibt's den Appelbaum hinten an der Pappelallee«, meinte sie und zur Antwort drückte ich ihr einfach einen dicken Kuss auf die Wange. Ich machte, dass ich nach draußen verschwand.

»Hier, mein Lieber, extra für dich«, sagte ich kurz darauf zu Hauke und sah zufrieden zu, wie er seinen Luxusapfel genüsslich zermalmte. Für einen Moment lehnte ich mich an ihn, um seinen vertrauten Pferdegeruch zu atmen und das Klopfen seines Herzschlages zu spüren. Manchmal kam es mir so vor, als wäre Hauke überhaupt kein Pferd, sondern mein bester Freund, so eng und vertraut war er mir. Es war, als verstünde er immer sofort, was mit mir los war. Kam ich traurig zu ihm, schnaubte er mir tröstend in die Haare, während ich mich an seinem Hals ausweinte, und hörte mir geduldig zu, bis ich mir meinen Kummer von der Seele geredet hatte. War ich schlechter Laune, stupste er mich so lange in die Seite, bis ich wieder lachen musste. Und wenn ich über etwas nachdenken musste, beispielsweise, ob ich es jetzt doof fand, dass Finn mit Anna anbändelte, oder ob ich Piet nach meinem Vater ausquetschen sollte, blieb er einfach still wie ein Reiterdenkmal stehen und wartete ab, bis ich mich wieder sortiert hatte.

Draußen schepperte ein Eimer, der Wind hatte zugenommen, der Regen paddelte in einer Tour noch heftiger als heute Morgen.

»Hohoho, alles okay«, beruhigte ich Hauke, der erschrocken hochgefahren war und mir dabei unsanft an den Kopf stieß. »Spätestens morgen früh reiten wir aus, versprochen! Aber bis dahin müssen wir zusehen, wie wir hier gute Laune und Sonnenschein in der Bude verbreiten ...«

Ich gab meinem Pferd noch einen Nasenstüber, dann verabschiedete ich mich schweren Herzens und verriegelte die Box. Nachdem ich mich vergewissert hatte, dass die Einstreu für die Gastpferde vorbereitet war und die neuen Futterpläne aktualisiert in der Kammer hingen, ging ich zurück in den Gästetrakt, um dort nach dem Rechten zu sehen.

Weit kam ich nicht, denn dieser Daniel kam mir entgegen. Eingepackt in eine teure Wind-und-Wetter-Jacke, hätte ich ihn kaum erkannt.

»Der Kaffee schmeckt nicht, kannste deiner Tante sagen. Wahrscheinlich hat sie mit ihren Wurstfingern die falsche Taste gedrückt und dann kommt nix anderes raus als diese Plörre!«, rief er mir zu. »Ich geh jetzt woanders frühstücken. Ein ordentlicher *Café au lait* ist ja wohl nicht zu viel verlangt.« Schon stapfte er mit energischen Schritten an mir vorbei.

»Huch, was ist denn mit dem?« Frauke, die gerade aus der Haustür trat, schaute mich verwundert an.

»Keine Ahnung, hat sich wohl über irgendwas geärgert«, antwortete ich und ging einfach an ihr vorbei, um die Zimmer zu prüfen. Einen Teufel würde ich tun und Öl ins Feuer gießen, um den Kaffeestreit der beiden weiter anzuheizen. Aber Frauke, die diesbezüglich eine feine Antenne hatte, kapierte auch so und rollte mit den Augen. Zumal jetzt deutlich Isodoras Stimme aus dem Frühstücksraum zu hören war, die sich beflissen bei jemandem für die Mucken ihrer Melitta entschuldigte.

Kaum hatte ich die letzten Obstkörbe und Handtücher auf die Zimmer verteilt, rollten unten auf dem Hof schon die ersten Hänger an.

Aus dem Fenster sah ich, wie Piet und Wilm beim Ausladen halfen, während Isodora und Frauke die Gäste begrüßten. Die beiden gaben ein köstliches Bild ab: Meine Tante in ihrer farbenfrohen Kleidung, wie sie herzlich einen nach dem anderen umarmte, und neben ihr Frauke, die mit hanseatischer Zurückhaltung den Gästen die Hände schüttelte und sich als neue Inhaberin vorstellte. Eine nicht ganz korrekte Bezeichnung, die Isodora sichtlich traf, doch glücklicherweise ließ sie sich das nicht anmerken, sondern lachte und scherzte einfach darüber hinweg. Schon kamen die ersten Besucher mit all ihrem Gepäck in den ersten Stock gerumpelt und bezogen lautstark ihre Zimmer.

»Boah, das ist aber toll«, staunte ein Mädchen. Sie sprang schwungvoll auf ihr Bett und ließ die Matratze wippen.

»Na ja, ich weiß nicht, ein bisschen größer könnten die Zimmer schon sein«, kam es von ihrer Mutter.

»Dafür haben wir einen gemütlichen Gemeinschaftsraum, da gibt es heute Abend noch einen kleinen Begrüßungsumtrunk«, warf ich schnell ein. »Und die Pferde haben geräumige Boxen.«

Unsere Stammgäste aus Hessen dagegen zeigten sich restlos begeistert von dem Umbau und waren voll des Lobes, egal, ob es die sanften Grüntöne des Wandanstrichs waren oder die Mosaikfliesen in den Badezimmern oder das einladende Restaurant mit seiner gehobenen Speisekarte. Am allerbesten gefiel ihnen jedoch Finns »Kombüse«, die natürlich wie immer Hochbetrieb hatte. Längst hatte sich herumgesprochen, dass es hier die allerbeste Linsensuppe gab, und zur Mittagszeit ließ sich natürlich niemand die leckere Stärkung entgehen.

Als ich mich am späten Nachmittag für einen Moment zu Hauke in die Box schleichen wollte, um wenigstens fünf Minuten Pause von dem Trubel zu haben, lief ich ausgerechnet Daniel in die Arme.

»Hallo, Friesenfee, wohin so eilig? Ich brauche dich doch als Hauptdarstellerin für mein neues Video!« Er versperrte mir einfach den Weg.

»Ich hab deinen Pinto verhext – oder wo hast du Dancer

gelassen?«, konterte ich fix und versuchte zu ignorieren, dass er mich anflirtete.

»Draußen auf der Weide, er hat da so 'ne schicke Araberstute kennengelernt …« Daniel grinste über beide Ohren.

»Du meinst Moonlight. Komisch, ich habe Anna den ganzen Tag nicht gesehen«, fiel mir in diesem Moment auf und wurde wieder ernst. »Moonlight und sie sind normalerweise unzertrennlich.«

»Da würde ich an deiner Stelle mal deinen Kombüsen-Freund fragen«, meinte Daniel. »Marlene hat uns gesteckt, dass dieser Finn eigentlich dein Freund ist. Davon merkt man allerdings nicht viel … Bist du so blöd oder tust du nur so?«

»Und du hast wohl zu allem eine Meinung, ob man dich fragt oder nicht, was?«, schoss ich zurück. Der sollte mir bloß nicht so kommen und sich besser um seine Angelegenheiten kümmern. Finn war nicht mehr mein Freund. Jedenfalls nicht so. Trotzdem gab es einen fiesen Stich in meinem Herzen. Wenn Anna vor lauter Finn ihre geliebte Stute einfach sich selbst überließ, hatte das bestimmt etwas zu bedeuten.

Hatte es auch, wie sich später herausstellte, und prompt bekam ich ein schlechtes Gewissen wegen meiner miesen Gedanken. Anna war kurzerhand für Marlene eingesprungen, die sich am Morgen wegen Übelkeit vom Tischdienst abgemeldet hatte. Also eigentlich total nett von ihr. Trotzdem grummelte etwas in mir, weil sie so nah bei Finn war.

4

An diesem Abend fiel ich völlig genervt und todmüde in mein Bett. Nach etlichen Diskussionen über das Wetter, das Wetter und das Wetter und die Unmöglichkeit, Wattwagenfahrten bei Piet online zu reservieren, hatte es ausgerechnet beim Willkommensumtrunk eine Panne nach der nächsten gegeben. Erst war der Eierlikörgrog nicht warm geworden, weil die Heizplatte ausgefallen war, dann streikte der Beamer, mit dem wir die Fotoshow über die Geschichte des Friesenhofs hatten zeigen wollen, und schließlich hatten Daniel und Simon sämtliche Aufmerksamkeit auf sich gezogen, weil das Mädchen aus Hessen sie sofort erkannt und um ein Autogramm gebeten hatte.

Doch als ich nach einer ausgiebigen Dusche endlich in meinen Federn lag, war ich wieder hellwach. Viel zu viele Gedanken geisterten durch meinen Kopf und machten, dass meine Beine unruhig hin und her zappelten. Also schaltete ich wieder das Licht ein, setzte mich auf und blätterte in einer Pferdezeitschrift in der Hoffnung, dass sich die Müdigkeit wieder zurückmelden würde. Aufmerksam las ich einen Artikel über Hufrehe bei Weidepferden und alternative Heilsalben bei Satteldruck, studierte die Angebote zu Elektrozäunen und blieb schließlich an einem Bericht über Westernreiten hängen. Als ich den Artikel ausgelesen hatte, gingen meine Gedanken zu Daniel, unserem großmäuligen Westernhelden. Es sah schon cool aus, musste ich mir eingestehen, wenn er wie heute Nachmittag in seinen Chaps und Regenponcho auf dem Pinto angeritten kam, die Hand lässig auf den Sattelknauf gelegt und ansonsten die Zügel frei. Beiden schien das norddeutsche Schmuddelwetter nicht viel auszumachen. Dancer gehorchte aufs Wort, und wenn ich Daniel richtig verstanden hatte, hatten die beiden bereits etliche Preise bei Westernturnieren gewonnen. Er und sein Pferd waren auf besondere Weise miteinander verbunden, man spürte sofort, dass sie sich gegenseitig blind vertrauten. Ich hatte mich dabei ertappt, wie ich den beiden heimlich beim Reiten zuschaute, um ihre Geheimzeichen herauszufinden - solch ein unsichtbares Band hätte ich mit Hauke auch gerne gehabt! Denn obwohl ich mich mit Hauke seelenverwandt fühlte und er mein größter Tröster und engster Freund war - er hatte immer seinen eigenen Willen ...

Seufzend klappte ich die Zeitung zu und legte sie zur Seite. Der Mond schien hell durch das kleine Fenster und spätestens jetzt war an Schlaf nicht mehr zu denken. Schnell schlüpfte ich in meinen Hoodie und lief leise die Treppe hinunter. Die Haustür knarzte nur ein bisschen, als ich sie öffnete. Atemlos lauschte ich in die Dunkelheit, aber hinter Isodoras und Piets Schlafzimmertüren blieb es ruhig.

Kurz darauf begrüßte mich Hauke mit einem Nasenstüber. Er schien mich längst erwartet zu haben, denn er stupste mich andauernd in die Seite und lief aufgeregt in seiner Box auf und ab. Immer wieder wieherte er unruhig auf und ich wunderte mich, dass es den anderen Pferden nichts auszumachen schien. Als ob sie sich daran gewöhnt hätten, dass dieser Schimmelhengst sein eigenes Ding drehte.

»Ist ja gut, mein Lieber, wir reiten ja schon aus.« Rasch holte ich die Trense aus der Sattelkammer, zog sie ihm über und schwang mich dann, kaum dass wir zur Stalltür hinaus waren, auf seinen Rücken. Ich kam gerade noch dazu, mich mit den Knien festzuklammern, da machte er auch schon einen Satz und galoppierte aus dem Stand los.

Ehe ich mich versah, preschte er den schmalen Weg hinter dem Friesenhof Richtung Dünen entlang, erklomm die leichte Anhöhe und blieb dann für einen Moment oben stehen, wie um die Witterung des Watts aufzunehmen. Es war jedes Mal ein atemberaubender Anblick und auch heute stand mein Herz vor Ehrfurcht und Glück für einen Moment still.

Vor uns breitete sich der Sandstrand in seiner vollen Größe aus und es war, als leuchtete der Vollmond nur für uns. Längst hatten sich die Regenwolken verzogen, die Sterne funkelten am nachtklaren Himmel um die Wette und ich atmete tief die frische Nordseeluft in meine Lungen. Auch Hauke schien den Ausblick zu genießen und rührte sich nicht vom Fleck. Aber bei ihm wusste man nie, deswegen war ich auf alles gefasst und hielt mich mit den Händen in der Mähne fest, während ich ihm die Zügel freigegeben hatte. Hauke spielte unruhig mit den Ohren, als ob er von irgendwoher ein Geräusch hören würde. Auch ich lauschte aufmerksam in die Dunkelheit, doch da war nichts außer dem sanften Rauschen der Wellen weiter hinten Richtung Horizont. Trotzdem klopfte mein Herz bis zum Hals.

Als sich Hauke nach einer Weile immer noch nicht bewegen wollte, trieb ich ihn leicht an und da endlich marschierte er los.

Als ob nichts wäre, trottete er den Weg hinunter an den

Strand. Immer wieder blieb er stehen und schien in die Dunkelheit zu lauschen.

»Ich weiß ganz genau, wo du hinwillst, tu nicht so, alter Spinner!«, murmelte ich, während Hauke zögerlich einen Huf nach dem anderen in den Sand setzte. Vor uns schimmerte der glänzende Sandboden im Mondlicht, vereinzelt lagen immer noch Plastikeier herum. Und obwohl ich mit der Ermahnung aufgewachsen war, nicht bei Vollmond ins Watt zu gehen, tat ich es also doch – mich faszinierte dieser Anblick, ich liebte es, tief über Haukes Mähne gebeugt, dem gleißenden Mondlicht entgegenzugaloppieren.

Das Leuchtturmmädchen

Vor vielen, vielen Jahren, vielleicht im vorletzten Jahrhundert, lebte ein Leuchtturmwärter gemeinsam mit seiner Tochter in einer alten Kate am Dorfrand. Die Mutter war bei der Geburt des Mädchens gestorben und der ehrbare Mann hatte nie wieder geheiratet. Tagsüber versorgte er seine über alles geliebte Tochter Gesche, pünktlich zur Dämmerung aber machte er sich auf den Weg zu seinem Arbeitsplatz im Leuchtturm, wo er Nacht für Nacht Wache über dem Leuchtfeuer hielt; die Tochter ließ er in der Obhut einer Amme. Der Turm war vor etlicher Zeit ein paar Hundert Meter vom Land entfernt ins Meer gebaut worden, je nach Witterung und Tide mal mehr oder weniger beschwerlich zu erreichen.

Doch mit der Zeit hatte das Meer die Zufahrt überspült, der schmale Damm war nur mit Mühe und Ortskenntnis zu passieren; der Leuchtturmwärter nahm deswegen lieber sicherheitshalber das Boot. Der Lauf der Jahre sowie das nächtliche Wachen hatten ihm jedoch zugesetzt, Gicht und Husten plagten ihn – und nur die wärmende Suppe und die Liebe seiner Tochter hielten den alten Mann bei Gesundheit und Verstand. Gesche kümmerte sich rührend um ihren zunehmend gebrechlichen Vater und half den Fischersfrauen und Näherinnen im Dorf, womit sie ihnen beiden ein kärgliches Zubrot sicherte. Eines Abends jedoch vergaß der Vater, seine Brotzeit mitzunehmen, er war in jüngster Zeit fahrig und vergesslich geworden – aber zu spät, sein Boot hatte bereits abgelegt. Da fasste Gesche jenen verhängnisvollen Entschluss: Obwohl es stürmte und der Neumond bis Mitternacht die Springflut über die Deiche treiben würde, wollte sie ihrem geliebten Vater die Suppe bringen. So ritt sie auf ihrem Schimmel hinaus, in der Hoffnung, durchs Watt den Weg bis zum alten Damm und damit zum Leuchtturm zu finden. Schließlich war sie an der Küste aufgewachsen und kannte den Wattboden samt seiner Priele in- und auswendig. Doch dichter Nebel und eine tiefdunkle Nacht lockten sie in die falsche Richtung. Dachte sie, dort das Licht des Leuchtturms zu sehen, war es die Funzel eines Fischerbootes. Meinte sie, festen Boden unter den Hufen ihres Pferdes zu spüren, war es die trügerische Festigkeit einer Sandbank im Meer. Niemand weiß, wie lange Gesche in jener Nacht durchs Watt irrte, bis die Flut sie und ihr Pferd für immer verschlang. Den Leuchtturmwärter fand man am nächsten Morgen tot in seinem Turm.

Bei Ebbe kann man das abgebröckelte Fundament des alten Leuchtturms heute noch sehen, längst wurde an anderer Stelle ein neuer errichtet. Den Steg und das Boot gibt es jedoch immer noch. Und in Vollmondnächten, wenn Lichter über das aufgewühlte Wattenmeer irren und Nebelwolken die Sicht erschweren, wispern die alten Leute im Ort: »Das ist Gesche auf ihrem Pferd, sie sucht ihren Vater …«

Der alte Leuchtturm selbst mit seinem bröckelnden Fundament war schon immer mein Sehnsuchtsort gewesen – und als mir die Plastikeier wieder in den Sinn kamen, wusste ich auch, warum. Ich war wie Gesche, die ihren Vater suchte! Deswegen führte mich Hauke immer wieder dorthin.

Und waren die Plastikeier nicht eine eindeutige Aufforderung, endlich aktiv zu werden? Camilla konnte mich nicht daran hindern, ich war alt genug! Ich musste mir Piet vorknöpfen und herausfinden, wo mein Vater geblieben war. Ich beugte mich vor und kraulte Hauke liebevoll den Schopf. Es war immer noch ablaufende Flut, wir hatten gut drei Stunden Zeit und brauchten uns nicht zu beeilen.

Schon ließen wir den Strand hinter uns und ich spürte, wie Haukes Hufe über den Wattboden federten. Immer schneller wurde er, bis er schließlich in einen sanften Galopp fiel. Längst hatte ich mich über seinen Hals gebeugt und mein Gesicht in seine Mähne vergraben, die Zügel hielt ich locker in der Hand. Vertrauensvoll gab ich mich seinem Rhythmus hin, verlor jegliches Gefühl für Raum und Zeit und spürte seinen kraftvollen Körper unter mir, wie er sich streckte und durch die Nacht zu fliegen schien. Wasser spritzte hoch an meine Beine, ich hatte nur eine dünne Schlafanzughose an, doch mir war nicht kalt, ich fühlte mich durch und durch gewärmt von meinem Pferd, meinem Vertrauten, dem besten Freund aller Zeiten, der immer wusste, was gut für mich war. Denn selbst, wenn ich heute Nacht kaum schlafen würde, würde ich morgen früh ruhig und entspannt den Tag begrüßen können, weil ich friedlich wie ein Baby auf Haukes Rücken durch die Nacht geschaukelt war.

Wenig später blieb Hauke mit einem Ruck stehen. Oder waren bereits Stunden vergangen? Ich wusste es nicht. Dem Mond nach zu urteilen, war es kurz nach Mitternacht, für mein Gefühl hatte er sich kaum am Firmament bewegt. Einzig der Wind war aufgefrischt und wehte aus Nordost kalt in mein Gesicht. Langsam ließ ich mich von Haukes

Rücken gleiten. Wir waren am alten Leuchtturm angekommen, der weit draußen im Watt vor Töwerhaven lag und nur bei Ebbe zu erreichen war.

Ich lief zu dem alten Kahn, der unversehrt am alten Bootssteg lag, und tastete nach der versteckten Decke unter der Sitzbank. Es gab nichts Schöneres, als rücklings, warm und geborgen, hier zu liegen und hoch zu den Sternen zu schauen und sich von den auflaufenden Wellen schaukeln zu lassen. Noch zeigten sich keine Wolken am Himmel, einzig der Wind ließ mich achtsam sein. Ein Wetterumschwung im Watt war gefährlich und konnte lebensbedrohlich sein, wenn man nicht rechtzeitig den Rückweg antrat oder sich nicht auskannte. Aber ich hatte ja Hauke dabei, der mich besser als jeder Wachhund warnen würde, wenn die Flut käme.

Erschöpft und beflügelt zugleich von dem Gedanken an meinen Vater, den ich finden wollte, musste ich eingeschlafen sein, denn ich wurde wach, als mich Haukes schrilles Wiehern aus den Träumen riss. Was ich genau geträumt hatte, erinnerte ich nicht, irgendetwas Verrücktes mit Melitta, Muffins und Plastikeiern. Erschrocken sprang ich auf, verstaute die Decke und wollte zu meinem Pferd rennen, doch in meiner Eile stolperte ich und schlug der Länge nach hin. Fluchend rappelte ich mich wieder auf.

»Hauke, hohoho, alles gut!«, rief ich ihm von Weitem beruhigend zu. »Hauke!«, rief ich abermals. »Hauke, wo steckst du?« Suchend blickte ich mich um. Ich stand jetzt mutterseelenalleine im Watt, hinter mir ragten die Überreste des alten Leuchtturms in den Nachthimmel, aber rings um mich herum gähnte die Dunkelheit. Keine Panik, versuchte ich, mich zu beruhigen, dein eigensinniges Pferd will dir einen Streich spielen und dreht nur eine kleine Runde, um dich zu ärgern.

»Hauke!«, rief ich gegen den aufbrausenden Wind an. Ich spürte, wie mir das Wasser langsam gegen die Knöchel lief. Längst hatten wir auflaufende Flut und es wurde allerhöchste Zeit, hier zu verschwinden. Doch in der Dunkelheit war es unmöglich, den richtigen Weg einzuschlagen – ein falscher Schritt und ich wäre verloren! Hier im Watt lauerten überall Priele, die sich bei Hochwasser zu reißenden Strömen entwickelten und mein sicheres Ende bedeuten würden. Meine einzige Chance war das Boot. Doch was war mit Hauke? Ich konnte mir beim besten Willen nicht vorstellen, dass er einfach abgehauen war. War es, weil plötzlich der Wind auffrischte?

»Hauke!« Ich schnalzte mit der Zunge, rief und lockte ihn, wieder und immer wieder, aber von meinem Pferd fehlte jedes Wiehern, jeder Fellschimmer. Verzweifelt lief ich vor dem Leuchtturm auf und ab. Oft schon hatte mich Hauke hierhergeführt, oft schon waren wir auf den letzten Drücker mit der auflaufenden Flut nach Hause geritten. Aber noch nie hatte er mich mutterseelenalleine mitten in der Nacht zurückgelassen!

Fieberhaft überlegte ich, was zu tun war. Das Wasser ging mir mittlerweile bis zur Wade, bald würde ich selbst auf Haukes Rücken nicht mehr sicher zurückkommen. Aber alleine zum Strand zu laufen, in der Hoffnung, den richtigen Weg zu finden, war reinster Selbstmord. Hier in der Nähe des Leuchtturms standen auch keine Rettungsbaken wie auf den anderen Küstenabschnitten. Meine einzige Chance zu überleben, war das Boot.

Oder Hauke.

»Hauuuuke! Lass mich nicht alleine!«, rief ich und heulte jetzt mit dem Wind um die Wette, der mir scharf die Haare ins Gesicht blies. Am Himmel hatten sich dichte Wolken gebildet, die immer wieder den Mond verdeckten und alles um mich herum für einen kurzen Moment in stockdunkle Finsternis verwandelten – kaum vermochte ich noch, meine eigene Hand vor den Augen zu erkennen. Irgendwann weinte ich nur noch stumm und verzweifelt vor mich hin. Ich würde hier so lange stehen bleiben, bis mir das Wasser bis zur Hüfte ging, und mich dann ins Boot retten, schwor ich mir und wusste in diesem Moment nicht, was für mich schlimmer war: Die Tatsache, völlig auf mich gestellt mitten in der Nacht im Watt zu sein oder dass mich Hauke einfach verlassen hatte. Letzteres schmerzte mich tief. Hauke war mein Leben, ohne ihn war ich nichts. Innerhalb des letzten Jahres, das ich hier in Töwerhaven verbracht hatte, waren wir noch unzertrennlicher geworden, ein eingespieltes Team, und Mareike spottete oft zu Recht, es sei kein Wunder, dass ich mich nicht ernsthaft verlieben könnte, solange Hauke an meiner Seite die Nummer eins war.

Wie lang ich in jener Nacht im Stockdunklen in diesem Boot gesessen und auf Hauke gewartet hatte, ich weiß es nicht. Ich kam wieder zu mir, als ich warmen Pferdeatem in meinem Gesicht spürte, als wolle mich jemand wieder zum Leben erwecken.

»Hauke, wo warst du bloß?!«, murmelte ich matt und streichelte sanft seine Nüstern. »Bring mich nach Hause!« Erschöpft kletterte ich auf seinen Rücken, ich brauchte drei Anläufe dazu, und klammerte mich in seiner Mähne fest, während er durch die auflaufende Flut anstapfte. Dieses

Pferd hat eine unermessliche Willenskraft, dachte ich noch. Dann muss ich eingeschlafen oder ohnmächtig geworden sein, denn ich schreckte auf, als wir plötzlich auf dem Friesenhof vor der Stalltür standen, da dämmerte es bereits.

Völlig benommen, rutschte ich von Haukes Rücken und brachte mein Pferd in seine Box, wo ich ihn mit letzter Kraft trocken rieb und mit Futter versorgte, bevor ich mich an die Seite ins Stroh legte und auf der Stelle einschlief. Ich spürte nur noch, wie mir jemand eine Decke über die Schulter legte, aber ich war viel zu müde, um mich darüber zu wundern.

»Na, min Deern, ausgeschlafen?«, begrüßte mich Wilm am nächsten Morgen und kniff mir aufmunternd in die Wange, als er mich entdeckte. »Na, da komm man in die Puschen und hilf mir beim Füttern, dein Onkel hat noch nichts bemerkt.« Wilm war der beste Pferdemensch unter der Sonne und alles, was ich über meinen geliebten Vierbeiner wusste, hatte ich von ihm gelernt.

»Aye, aye, Sir!«, salutierte ich mit gespieltem Ernst und rappelte mich verschlafen auf. Hatte mich Hauke letzte Nacht wirklich alleine am Leuchtturm gelassen? Und hatte mich wirklich jemand zugedeckt, nachdem ich eingeschlafen war? Schnell wischte ich den Gedanken zur Seite, jetzt galt es, die Pferde zu versorgen, die bereits hungrig in ihren Boxen auf und ab liefen.

»Huch, was machst denn du hier?«, rutschte es mir heraus. Merlin lag zusammengekauert in der Futterkiste und wirkte, als hätte er zu viel gefressen. Oder zu wenig, wie mir auffiel, als ich ihn jetzt heraushob und er mit wackeligen Schritten die Stallgasse davonstakste.

»Wenn morgen Doktor Claasen kommt, soll er sich den mal angucken, was?«, rief ich Wilm zu, doch der winkte nur ab.

»Das is' 'n alter Kater, der weiß, was für ihn gut ist. Lass man, Liv, irgendwann ist auch mal gut mit Mäusejagen!«

Ich schluckte ob dieser Bemerkung, schließlich war Merlin nicht irgendwer. Er war der Haus- und Hofkater hier, eine wichtige Persönlichkeit und hatte verdient, dass wir uns um ihn kümmerten.

Genau das sagte ich zu Doktor Claasen, der Montagfrüh zum Routinebesuch bei den Pferden kam. In regelmäßigen Abständen guckte er nach dem Rechten, verabreichte Wurmkuren und machte Verbände. Unsere Urlaubsgäste nutzten auch gerne die Gelegenheit, um sich der Gesundheit ihrer Pferde zu vergewissern, die an der Nordsee manchmal unter dem rauen Klima litten oder sich die Beine in einem Karnickelloch verknacksten.

»Den kann sich Torge angucken«, meinte er nach einem besorgten Blick auf das abgemagerte Tierchen in meinen Armen. Merlins Fell war ganz stumpf geworden.

»Torge?« Ich guckte Doktor Claasen fragend an. Seit Jahren kam die gute Seele zu uns auf den Friesenhof, mittlerweile mochte er auf die siebzig zugehen. Er wirkte immer noch rüstig und engagiert, auch wenn er sich mit den Jahren ein kleines Bäuchlein zugelegt hatte und seine Bewegungen etwas langsamer geworden waren. Aber er war auf seinem Gebiet unübertroffen gut und es gab weit und breit niemanden, der ihm nicht sein geliebtes Haustier anvertraute. Egal, ob es sich um ein kleines Meerschweinchen oder einen stämmigen Friesen wie Luigi handelte.

»Torge ist mein neuer Assistent, genauer gesagt, Tierarztstudent, der mal das Leben auf der Scholle testen will ... wirst ihn gleich kennenlernen, keine Ahnung, wo der Jung noch steckt.« Doktor Claasen fummelte eine Zigarette aus der Packung, er würde im Laufe des Tages noch mehrfach zum Feuerzeug greifen.

»Moin, Klaus! Lust auf eine schöne Tasse heißen Kaffee?« Isodora kam in ihrem bunten Kaftan aus dem Haus geweht. »Kiek mol in, herumdoktorn kannst du immer noch.«

»Jo, mach ich!« Doktor Claasen tat einen tiefen Zug an seiner Zigarette und noch einen und noch einen. Dann folgte er gut gelaunt meiner Tante in die Küche. Ich grinste in mich hinein. Das konnte jetzt eine Weile dauern, bis die beiden ihren Klönschnack beendet und die neuesten Neuigkeiten über Töwerhaven ausgetauscht hatten.

»Hey, du musst Liv sein, oder?«, wurde ich von einer tiefen Stimme aus meinen Gedanken gerissen. Überrascht drehte ich mich um – und schaute in das freundliche Gesicht eines großen jungen Mannes. Seine graublauen Augen musterten mich neugierig, ich grinste.

»Und du Torge!«, schaltete ich sofort und hielt ihm die Hand hin, er war mir sofort sympathisch. »Komm, lass uns gleich anfangen. Kusmi hat eine dicke Fessel und Alma seit Neustem eine fiese Druckstelle vom Geschirr, die wir nicht in den Griff bekommen.

»Alles klar!«, antwortete er. »Und was ist mit dem da los?« Torge hatte sich nach Merlin gebückt und streichelte dem Kater sanft über den Rücken.

»Och ...«, antwortete ich betont forsch. »Ist ein alter Hofkater ... und Katzen wissen schon, was für sie gut ist.«

»Da wäre ich mir aber nicht so sicher«, meinte er und

streichelte Merlin übers Köpfchen. »Fühlt sich nicht gut an.« Torge tastete sorgfältig Merlins Bauch ab. »Hier spüre ich einen Knubbel. Und das ist nicht die Blase.« Er schüttelte sorgenvoll den Kopf.

»Wird schon!« Schnell wendete ich mich ab, weil mir Tränen in die Augen schossen. Torge sollte nicht merken, wie sehr ich um Merlin in Sorge war, der wie Hauke und der Rosinenstuten zum Inventar des Friesenhofs gehörte.

»Ich gebe ihm nachher eine Spritze. Sicher hat er auch Fieber, matt, wie er wirkt ... also, gucken wir nach den Pferden, ich hole noch schnell die Tasche aus dem Wagen.«

Wenig später standen wir bei Sugar in der Box, deren rechtes Vorderbein in einem dicken Verband steckte.

»Ich habe in den letzten Tagen mehrfach die Auflage gewechselt, gecremt, gekühlt, aber es ist nicht besser geworden«, erklärte ich. »Sugar hat sich vor ein paar Wochen bei einem Ausritt überanstrengt, seitdem scheint die Sehne gedehnt. Erst dachten wir, sie ist wieder beschwerdefrei, und haben sie leicht bewegt, aber seit gestern lahmt sie richtig. Ich habe Sorge, dass es mehr ist als nur eine Dehnung.«

Gespannt guckte ich zu, wie Torge Sugars Bein untersuchte, immer wieder die angeschwollene Stelle befühlte und mit dem gesunden Bein verglich. Wie konnte einer, der Tiere bisher nur aus dem Anatomiebuch kannte und am Anfang seines Studiums stand, eine genaue Diagnose stellen, geschweige denn die richtigen Medikamente verschreiben?, fragte ich mich. Skeptisch beobachtete ich seine Bewegungen. Dabei fielen mir seine feingliedrigen Hände auf, die sich behutsam in die schmerzende Stelle hineinzufühlen schienen. Sugar, die sonst immer unruhig von einem Bein auf das andere tänzelte, wenn Doktor

Claasen sie behandeln musste, hielt ausnahmsweise still. Torge machte ein nachdenkliches Gesicht.

»Mir scheint, da ist etwas gerissen. Denn nach deiner Schilderung müsste sie jetzt eigentlich beschwerdefrei sein. Wahrscheinlich hatte die Sehne einen leichten Knacks und bei der Bewegung gestern ist es dann doch zu einem Faserriss gekommen. Was füttert ihr denn?« Ohne eine Antwort abzuwarten, fügte er hinzu: »Es gibt ganz gute Nahrungsergänzungsmittel mit Glucosamin, Chondroitin, Antioxidanzien, Aminosäuren, Kieselgur, die in diesem Fall helfen können«, zählte er auf.

»Klookschieter«, kam es von Piet, der in diesem Moment hinzugetreten war. »Pack man 'ne ordentliche Salbe drauf, min Jung, und wenn Sugar in zwei Wochen nicht wieder fit ist, dann ...«

Was genau »dann« passierte, mochte ich mir lieber nicht ausmalen und ich traute mich auch nicht, ihn danach zu fragen. Glücklicherweise klingelte in diesem Moment mein Handy.

Ich sah auf das Display. Es war Zygmunt.

5

Zygmunt war ein polnischer Pferdezüchter, den Finn und ich im letzten Sommer auf unserer Tour kennengelernt hatten. Er hatte uns eines Abends am Lagerfeuer aufgelesen und kurzerhand mit auf den Brinkumer Hof genommen, den er – inzwischen gemeinsam mit seiner Frau – bewirtschaftete. Ähnlich wie der Friesenhof gab es auch dort Boxen für Urlaubspferde und Gästezimmer für ihre Besitzer, jedoch mit dem Unterschied, dass der Hof in den letzten Jahren ziemlich heruntergekommen war und kaum noch Besucher, geschweige denn Einnahmen hatte – nur lauter alte, kranke Tiere aller Art, von Esel bis Hängebauchschwein. Oma Brinkum hatte in ihrer Not selbst ihre Zuchtstute Malina verkaufen wollen und war bei einer Auktion Zygmunt begegnet, der mit Kennerblick sofort Malinas Potenzial erkannt hatte. Kurzerhand war er mit Oma Brinkum ins Geschäft gekommen. Nach den politischen Veränderungen in seinem Heimatland selbst auf der Suche nach einer neuen Wirkungsstätte, waren sich die beiden schnell einig darüber geworden, in Zukunft gemeinsame Sache zu machen. Finn und ich hatten während unseres Aufenthaltes bei der Renovierung der Zimmer geholfen, es war eine geniale Zeit gewesen, in der es nur uns, Pinsel, Wandstreichfarbe und die Pferde gegeben hatte. Gemeinsam mit Zygmunt hatten wir die Tiere des Brinkumer Hofs wieder gesund gepflegt – und Zygmunt hatte ein Auge auf

Hauke geworfen, den er gerne als Deckhengst für Malina einsetzen wollte. Und genau deswegen rief er an.

»Malina ist rossig ...«, rief er kurz angebunden in den Hörer. »Aber ich kann sie nicht zu euch bringen.«

»Wie, du kannst sie nicht bringen?«, fragte ich und spürte Torges verständnislosen Blick auf mir ruhen. Selbst mit lauter Fragezeichen im Gesicht sah er unverschämt gut aus.

»Nein«, erklärte Zygmunt. »Du musst mit Hauke zu uns kommen.«

»Das geht nicht, du weißt, wie ungern Hauke mit dem Hänger fährt!«, antwortete ich und schüttelte den Kopf. »Außerdem hat Henry keine Zeit! Hier herrscht Hochbetrieb, schon vergessen? Wir stecken mitten in der Saison!«

»Wir haben einen Deal, Liv!«, erinnerte er mich und seine Stimme klang ungewöhnlich scharf.

»Hab ich nicht vergessen. Aber ich kann Hauke nicht zu dir hinzaubern. Warum kannst du nicht kommen?«, fragte ich.

»Musste meinen Führerschein abgeben«, kam es kleinlaut vom anderen Ende der Leitung. »War zu schnell unterwegs. Ich war auf einer Pferdeschau, als Oma Brinkum anrief, dass eine der Stuten zwei Tage vor der Zeit fohlen wollte. Deswegen bin ich zurückgerast wie ein Irrer und prompt in eine Kontrolle geraten. Jetzt ist der Lappen futsch.«

Diese Worte hörten sich mit polnischem Akzent besonders witzig an. Ich musste grinsen.

»Dann müssen wir eben noch mal warten«, meinte ich lapidar und beobachtete aus den Augenwinkeln, wie Torge jetzt Sugar das Bein mit einer seltsam grünen Paste bestrich. Sie roch bis zu mir nach irgendwas Stinkigem.

»Die wärmt!«, raunte er mir zu.

»Wärme? Spinnst du?« Ich tockte mir mit der freien Hand an die Stirn und lief zu Sugar, um ihr über die Nüstern zu streichen. Wusste doch jeder, dass bei einer Sehnenentzündung Kühlen angesagt war.

Zygmunt hatte sich inzwischen in Fahrt geredet. »Ich kann nicht mehr warten! Wenn Malina jetzt aufnimmt, ist das für ein Fohlen im nächsten Sommer spät genug, ich krieg es sonst nicht mehr gut durch den Winter. Bitte, Liv, du musst hierherkommen. Das ist unsere letzte Chance für eine angehende Zucht! Sonst komme ich hier nie auf einen grünen Zweig. Und du weißt genau: Wenn das funktioniert, bist du finanziell aus dem Schneider! Dann ist Hauke ein gefragter Deckhengst. Und keiner interessiert sich für seine Mucken, die ich garantiert niemandem verraten werde. Du weißt genau, dass ihn sonst niemand buchen würde.«

Ich atmete tief durch. Zygmunt hatte recht. Hauke war sonst zu nichts zu gebrauchen, wie mir Piet oft genug unter die Nase rieb – als Reitpferd für die Gäste zu nervös, als Kutschpferd ungeeignet. Der Friesenhof war zwar für die nächsten Wochen ausgebucht, aber die nächste Saure-Gurken-Zeit kam bestimmt. Und Geld konnten wir hier sowieso immer gebrauchen. Wenn ich auf diese Weise Isodora und Piet ein paar Sorgen nehmen konnte, musste ich auf alle Fälle den Deal eingehen, das war ich ihnen schuldig. Schließlich hatten sie Hauke in all den Jahren einfach durchgefüttert und anstandslos sämtliche Tierarztrechnungen bezahlt, obwohl er nur »sinnlos« herumstand.

»Komm schon, Liv! Gib es zu, der Gedanke an ein paar süße Hauke-Nachkommen gefällt dir doch sehr, oder?«

Touché. Zygmunt hatte meine Schwachstelle erkannt

und nutzte sie gnadenlos aus. Meine grenzenlose Liebe zu Hauke. Wie süß wären Fohlen von ihm!

»Äh, was machst du?« Kopfschüttelnd sah ich zu, wie Torge Sugars Bein massierte. »Die Sehne braucht doch Ruhe ...?!«

»Redest du mit mir?«, fragte Zygmunt. »Also ich füttere Malina Mineralstoffe und Spurenelemente, damit sie aufnahmebereit ist. Und du solltest so schnell wie möglich Hauke startklar machen. Kannst ihm ins Ohr flüstern, dass er ein Rendezvous mit seiner Schönen hat, Vorfreude ist bekanntlich die schönste Freude!«

»Äh, ja, mache ich, ich kümmere mich ...«, antwortete ich irritiert und drückte ihn weg. »Kannst du mir mal erklären, was du da veranstaltest?«, machte ich Torge an. »Ich kühle und bandagiere seit Tagen und du malträtierst die Sehne mit Wärmepaste?«

»Noch nie was von durchblutungsfördernden Maßnahmen gehört?« Torge ließ sich von meiner Bemerkung nicht aus der Ruhe bringen und arbeitete konzentriert an Sugars Bein. Immer wieder strich er über die verletzte Sehne, um schließlich einen Moment innezuhalten.

»Du spinnst! Wie viele Semester Tiermedizin!? Null oder was?« Ich guckte ihn stirnrunzelnd an. Es gefiel mir mittlerweile überhaupt nicht mehr, was Torge hier mit Sugar anstellte. Wo Doktor Claasen nur blieb? Wahrscheinlich hatte er sich mit Isodora festgequatscht oder, noch schlimmer, die beiden hatten sich ein Schnäpschen gegönnt und pingelten drinnen in der Küche um die Wette.

»Kannst mir schon vertrauen«, meinte Torge mit seiner tiefen Stimme und guckte mich amüsiert an. »Ich verspreche dir: In drei Tagen ist Sugar wieder fit!«

»In drei Tagen bin ich auf dem Brinkumer Hof«, rutschte es mir heraus.

»Wo?«

Schnell erklärte ich Torge, was es mit Hauke und Malina auf sich hatte und wer Zygmunt war.

»Das ist aber ungewöhnlich, dass ein teurer Deckhengst zur Stute gefahren wird«, meinte er und wischte sich die Hände an einem alten Handtuch ab. »Normalerweise ist es umgekehrt.«

»Normalerweise setzt man auch nicht leichtsinnig seinen Führerschein aufs Spiel. Und normalerweise hat man auch keine Geldprobleme wie wir hier auf dem Friesenhof. Und normalerweise lässt sich ein Pferd auch problemlos auf den Hänger führen.« Ich seufzte tief. »Ich hab jetzt schon Bammel davor.« Seufzend tätschelte ich Sugars Hals. »Hauptsache, du kommst wieder auf die Beine! Wir brauchen dich als Reitpferd für die Lütten! Und Lena wird dich ebenfalls schmerzlich vermissen, was?«, fügte ich scherzhaft hinzu.

»Die soll man bloß wegbleiben«, moserte Piet, der so plötzlich wieder im Stall auftauchte, wie er vorhin auch einfach verschwunden war. »War sie es nicht, die sie zuletzt geritten hat und in das Karnickelloch geraten ist?«

»Stimmt. Aber beweise es ihr mal! Die Tatsache, dass sie bisher all ihre Pferde lahm geritten hat, reicht da nicht aus ... und Mareike war an dem Tag mit Brian unterwegs und hat den Ausritt nicht betreut. Es weiß also niemand, ob Lena einfach fahrlässig drauflosgaloppiert ist oder ob es dummer Zufall war. Sugar ist an sich trittsicher ...«, sagte ich und beäugte misstrauisch Torges weitere Behandlung von Sugars Bein. Er war jetzt nämlich dabei, sie mit Kühlsalbe zu behandeln, die noch schlimmer roch als die Paste zuvor.

»Aber du weißt schon, was du tust, was?«, rutschte es mir heraus.

Auch Piet schüttelte den Kopf. »Junge, Junge ... wenn ich Klaus nicht so gut kennen würde.«

»Ich verstehe Ihre Besorgnis vollkommen, aber ich versichere Ihnen, ich tue genau das Richtige«, erwiderte Torge und richtete sich auf. Er stand jetzt meinem Onkel direkt gegenüber. Ein ulkiges Bild, schoss es mir durch den Kopf, zwei Eins-neunzig-Männer, der eine hager, der andere muskulös.

»Und was macht dich da so sicher?« Piet war seinem Blick nicht einen Moment ausgewichen.

»Mein angehendes Studium«, erwiderte Torge jetzt selbstbewusst. »Und meine jahrelange Erfahrung mit Pferden und alternativen Heiltherapien auf dem Hof meiner Eltern.«

Täuschte ich mich oder hatte seine Stimme einen bitteren Klang angenommen, als er das sagte? Irgendwie war mir Torge nicht ganz geheuer. Einerseits wirkte er jung und unerfahren, schlaksig, wie er hier mit seinem blonden Strubbelkopf auftrat. Und andererseits schien er sich von nichts und niemanden beirren zu lassen und trat selbstbewusst auf, als wäre er der Medizingott persönlich, dabei hatte er gerade mal das Einführungssemester hinter sich.

»Na, wir werden ja sehen ...«, meinte Piet. »Gucken wir nach den anderen Pferden. Ich bin gespannt, ob du für Alma auch ein Wundermittelchen hast!«

»Das hier heilt alles ...« Torge zwinkerte uns zu. Er zauberte eine weiße Tinktur aus seiner Tasche und wedelte damit vor Piets Nase herum. Ich grinste in mich hinein. Die meisten ließen sich von Piets Gepolter ziemlich rasch einschüchtern, aber Torge hatte es mit seiner fröhlichen Art geschafft, sich ihm zu widersetzen. Vielleicht hatte mein Onkel auch bemerkt, dass sich Torge wirklich auf Pferde verstand. Sugar war ihm während der Behandlung kein einziges Mal ausgewichen, sondern hatte die Prozedur brav über sich ergehen lassen.

Nachdem wir sämtliche Patienten im Stall durchgecheckt, dem armen Merlin zwei Spritzen verpasst hatten und sich Doktor Claasen immer noch nicht blicken ließ, wurde es höchste Zeit für eine Pause.

»Komm, ich lad dich zu 'ner Minzlimo in Finns ›Kombüse‹ ein«, schlug ich Torge vor, der gerade dabei war, sich einige Notizen in seiner blauen Kladde zu machen.

»Och später, das hat Zeit. Willst du mir nicht endlich mal Hauke vorstellen? Ich habe schon unendlich viele Geschichten von diesem Superhengst gehört ...« Seine graublauen Augen blitzten mich auffordernd an.

»Gerne! Er steht dort hinten in der Box, weil er in letzter Zeit immer so Mucken macht.«

»Klar, ist ja auch ein Hengst! Außerdem ...« Torge grinste und wollte noch etwas hinzufügen, doch mitten im Satz hielt er inne. Mit weit aufgerissenen Augen musterte er Hauke und atmete heftig ein und aus.

»Was ist?« Erschrocken blickte ich von einem zum anderen. Torge war ganz blass geworden, kleine Schweißperlen hatten sich auf seiner Stirn gebildet.

Hauke stand mitten in seiner Box, stolz, groß und erhaben, wie er nun mal war. Das Sonnenlicht, das durch die obere Fensteröffnung fiel, gab ihm eine besondere Aura, selbst wenn Mücken und Staubkörnchen darin tanzten.

»Nein! Es ist nur ... er ist ...« Torge hatte sich wieder gefasst und öffnete den Riegel, trat zu Hauke in die Box und blieb dann einfach mit dem Rücken zur Tür stehen, stets im Augenkontakt mit dem Hengst, der noch nicht einmal mit den Ohren spielte, aber jede Bewegung Torges genau zu verfolgen schien.

Torge ging langsam in die Hocke, als verbeuge er sich vor Hauke, und wartete einfach ab, wie der reagierte. Hauke stand noch einen Moment lang still, dann siegte seine Neugier und er machte einen Schritt auf Torge zu, stupste ihn sanft an die Schulter, bevor er ihm liebevoll das Haar zerzauste.

»Das gibt es nicht!«, flüsterte ich. »Das macht er sonst nur bei mir.« Sprachlos beobachtete ich, wie Torge jetzt aufstand und Hauke beinahe zärtlich den Hals klopfte, während er ihm sanft übers Fell strich. Vorsichtig, wie um den Hengst nicht zu erschrecken, tastete er sich langsam vorwärts, berührte seine Beine, seinen Bauch, strich ihm sanft über die Flanke. Hauke stand unterdessen still wie in Bronze gegossen.

»Ich habe selten so ein schönes Tier gesehen«, flüsterte Torge fast ein wenig ehrfürchtig und trat einen Schritt zurück, wie um ihn besser betrachten zu können. »Kein Wunder, dass dieser Zygmunt mit ihm eine Zucht aufbauen möchte.«

Schweigend standen wir eine Weile nebeneinander, jeder von uns in Gedanken versunken angesichts Haukes stolzer Schönheit. Wahrscheinlich würden wir immer noch dort stehen, wäre nicht Piet in den Stall gepoltert gekommen.

»Na los, min Deern, worauf wartest du noch! Zygmunt hat mich auch gerade angerufen und gesagt, wir sollen kommen. Also packen wir deinen Goldesel auf den Hänger, ich habe Henrys SUV!« Er klapperte mit einem Schlüsselbund. Offensichtlich konnte mein Onkel es kaum erwarten loszufahren. So eilig hatte er es sonst nie.

»Das ist der helle Wahnsinn, den Hengst zu verladen! Das macht man doch üblicherweise nicht«, betonte Torge noch einmal kopfschüttelnd, als er mir zusah, wie ich Hauke die Transportgamaschen umlegte, damit er sich seine Beine nicht irgendwo anstieß – denn natürlich tänzelte der Hengst herum. »Und diese Dinger passen nie, rutschen runter und dann gerät er in Panik. Kein Wunder, dass er nicht gerne Hänger fährt. Nimm lieber etwas anderes.« Schon war er Richtung Sattelkammer verschwunden, um mir kurz darauf Bandagen und Hufglocken in die Hand zu drücken.

Unschlüssig schaute ich ihn an.

»Mach schon, glaub mir, damit fühlt er sich wohler!« Torge lächelte mir aufmunternd zu, und als ich immer noch nicht entschließen konnte, seinem Rat zu folgen, nahm er sie mir wieder ab und legte sie selbst Hauke um, der natürlich von einem Bein aufs andere wechselte und nicht eine Sekunde ruhig hielt.

»Er spürt, dass du nervös bist!«, murmelte er. »Vertraue ihm, er packt das schon! Jetzt nimm das Halfter und führe ihn dann nach draußen. Er muss merken, wie entschlossen und sicher du bist, dass er gleich die Rampe hochgeht.« Torge nickte mir aufmunternd zu und mir rutschte das Herz in die Hose. Hauke auf den Hänger zu führen, war so ziemlich das Schlimmste, was man mir antun konnte. Bis jetzt war es nie gut gegangen und Piet und Wilm hatten ihn immer mit aller Gewalt die Rampe hochzwingen müssen. Als Henry uns damals vom Brinkumer Hof abgeholt hatte, war Hauke so krank gewesen, dass er willenlos alles mit sich machen ließ. Aber heute? Kaum dass wir den Stall verlassen hatten, fing er auch schon an zu tänzeln und bäumte sich auf, wobei er die Vorderhufe temperamentvoll in die Luft stieß, als wüsste er genau, was wir von ihm wollten.

»Hohoho, langsam, komm, du musst da hoch«, lockte ich ihn und lief energisch auf den Hänger zu. Doch Hauke wehrte sich mit aller Kraft, schnickte mit dem Kopf und schlug nach hinten aus. »Auf, mach schon! Wir müssen los, sonst wird Zygmunt sauer«, feuerte ich ihn an und bemerkte aus den Augenwinkeln, wie Piet und Wilm bereits die Gurte startklar machten, um ihn damit hineinzubugsieren. Doch so weit kam es nicht.

»Warte, warte. Ihr müsst Vertrauen aufbauen.« Torge war neben mich getreten und tätschelte beruhigend Haukes bereits vor Aufregung verschwitzten Hals. Und an mich gewandt fügte er hinzu: »So viel Zeit muss sein.«

Er nahm mir Haukes Führstrick einfach aus der Hand, führte ihn einmal im Kreis und fragte dann den Hengst: »Willst du ein Stück mitgehen? Danke!« Dann drehte er mit ihm eine Runde über den Hof, um dann die Kreise um den Hänger immer enger zu ziehen.

Mareike, die in diesem Moment auf den Hof geradelt kam, tockte sich an die Stirn, Piet schüttelte den Kopf und Wilm stopfte sich seine Pfeife.

Zu unserer Verwunderung aber trat Hauke tatsächlich ein Stück näher, beschnupperte neugierig die Ladeklappe und guckte dann Torge fragend an. Der ließ sich nicht aus der Ruhe bringen, drehte mit Hauke abermals eine Runde und fragte ihn dann wieder: »Willst du ein Stück mitgehen?«

Diesmal lief Hauke sogar ein paar Schritte die Rampe hoch, um dann erneut innezuhalten.

»Danke!«, wurde er von Torge ausgiebig gelobt, der diese Prozedur noch ein paarmal sehr geduldig wiederholte, bis Hauke endlich alle vier Hufe auf die Rampe setzte, schließlich ein Stück mit ins Innere des Hängers ging und wieder rückwärts heraus und wieder und wieder, so lange, bis er nicht mehr nervös zurücksprang, sondern lässig wie ein Star und erhobenen Hauptes in den Hänger schritt, als hätte er nie etwas anderes gemacht.

»So, ich glaube, jetzt kannst du hinter ihm die Stange verriegeln!«, rief mir Torge zu. Er hatte den Hengst vorne am Panikhaken angebunden und war durch die vordere Ladeklappe herausgeklettert.

Völlig perplex tat ich, was er sagte. Mareike stand vor lauter Staunen der Mund offen und Wilm murmelte nur: »Kiek mol einer, guck.«

»Bist du startklar, Liv? Denn man tau!«, ermahnte mich Piet, ohne weiter auf die Sensation einzugehen, die Torge soeben mit Hauke vollbracht hatte. Längst waren wir von etlichen Urlaubsgästen umgeben, die die gesamte Ladeaktion neugierig verfolgt hatten und jetzt Beifall klatschten. Selbst Finn hatte für einen Moment seinen Milchreis vergessen und staunend zugeguckt. Simon stand in seinem Neopren etwas verloren an der Seite, ohne sein Surfbrett in der Hand. Er winkte mir mit hochgerecktem Daumen zu. »Viel Erfolg!«, rief er und ich fragte mich, woher er von unserer Mission wissen konnte. Aber in Töwerhaven verbreitete sich jede Neuigkeit, jedes Gerücht in Windeseile, da war es wohl kein Wunder.

»Sieh an, ein Pferdeflüsterer!«, rief Daniel. Er saß auf seinem Pferd, die Hände lässig auf den Sattelknauf gestützt, wie immer trug er seine komplette Westernreitmontur.

»Kannst ja demnächst mal ein Tänzchen mit Dancer wagen!« Er ließ den Pinto ein paar flotte Wendungen auf der Hinterhand gehen, links rum, rechts rum, einmal um sich selbst, mir wurde ganz schwindelig beim Zuschauen.

»Wenn du mich zum Tanzen aufforderst, wie kann ich da Nein sagen!« Torge hielt seinem Blick stand und musterte ihn abschätzend. Mir fiel auf, dass die beiden etwa ein Jahrgang sein mussten, irgendwas um die neunzehn, zwanzig rum.

»Mach voran, Liv! Ich will zum Schlafen wieder hier sein«, rief Piet mir ungeduldig zu, weil ich gebannt Daniels Reaktion abwartete, der jedoch mit einem lässigen Gruß wendete und Dancer über die rumliegenden Striegel und Eimer auf dem Hof tanzen ließ. Täuschte ich mich oder zeigte er dabei Torge rücklings den Stinkefinger? Okay, beste Freunde würden die wohl nicht so schnell werden!

Mareike runzelte die Stirn und schüttelte den Kopf. Ich drückte ihr rasch einen Kuss auf die Wange.

»Danke, dass du für mich einspringst! Wir reden später!«

Dann hielt ich Torge die Hand ihn. »Dir auch: Danke!«

»Schon okay.« Er lächelte und schaute mir dabei gerade in die Augen, sodass mir kurz ganz warm und schwindelig wurde von diesem intensiven Blick, der viel mehr war als ein bloßes Höflichkeitslächeln. Oder mochte er mich nur, weil ich die Besitzerin dieses unglaublichen Pferdes war, in das er sich verliebt hatte? Ich lächelte unsicher zurück und bemerkte jetzt erst, dass ich die ganze Zeit noch seine Hand gedrückt hielt. Ich wurde rot, ließ sie los und stammelte ein Tschüss. Gerne hätte ich ihn noch ein paar Dinge gefragt, zum Beispiel, warum er so traumwandlerisch sicher mit Pferden umgehen konnte. Doch Piet hatte längst den

SUV gestartet und ich stieg schnell ein. Ich fühlte immer noch, wie mein Gesicht glühte, als wir vom Hof holperten.

Hauke verhielt sich zu meiner Überraschung während der Fahrt ungewohnt ruhig. Trotzdem hatte ich beim Aussteigen einen steifen Hals, weil ich die ganze Zeit über nach hinten durch die Heckscheibe schielen musste, um ganz sicherzugehen, dass alles gut war. Zygmunt erwartete uns schon und begrüßte Piet und mich aufs Herzlichste, bevor er sich auf Hauke stürzte. Aber falls ich so etwas wie eine kleine Hochzeitszeremonie erwartet hatte, wurde ich bitter enttäuscht. Malina stand seelenruhig auf der Weide und die Sonne schien strahlend hell auf ihr Fell. Das war aber auch schon der einzige romantische Moment.

»Ihr könnt Hauke ein paar Tage hierlassen, der muss die Stute sowieso mehrfach bespringen, bis die Rosse vorbei ist«, meinte er, während er einem Reiter im Vorbeigehen die Trense richtig einstellte und seinem Stallburschen Anweisungen erteilte. Er war voll im Stress, hatte wenig Zeit für uns. Oben aus dem Haus hörte ich Kindergeplärre und eine Frauenstimme, die beruhigende Worte sprach.

Auf dem Brinkumer Hof herrschte buntes Treiben! Anders als auf dem Friesenhof, wo die meisten Urlaubsgäste den Tag mit ihren Pferden am Strand oder auf Ausflügen unterwegs waren, nutzten die Reiter hier die Zeit für ihre Fortbildung und intensives Training. Außer Zygmunt gab es noch drei weitere Reitlehrer und Pferdetrainer. Der ganze Betrieb wirkte sehr professionell und durchgeplant. Ich sehnte mich sofort nach Isodoras Rosinenstuten und der Gemütlichkeit und fragte mich, was Zygmunt wohl zu Torges alternativem Umgang mit Pferden sagen würde.

»Was, wir sollen ohne Hauke wieder zurück? Wer kümmert sich um ihn, wenn ich nicht da bin? Ohne mich, ich bleib hier!«, sagte ich entschieden und wollte mein Handy zücken, um augenblicklich die Angelegenheit mit Isodora zu regeln.

Doch Piet schüttelte nur den Kopf. »Du *musst* mit zurückkommen, min Deern! Wir haben Hochbetrieb, schon vergessen? Dein Hauke ist hier in guten Händen, mehr Pferdeprofiheinis geht nicht.« Piet machte eine vage Geste in die Runde. Längst hatten sich sämtliche Reiter um den Neuankömmling versammelt und tauschten sich fachmännisch über Haukes Körperbau und Fähigkeiten aus. Mein Pferd ließ sämtliche Kommentare und Begutachtungen über sich ergehen, offenbar hing ihm die Reise in den Knochen: Er wirkte sanft wie ein Lamm.

Als ihm aber Malina von der Weide aus zuwieherte, erwachte der Hengst. Unruhig scharrte er mit den Hufen, tänzelte so wild herum, dass ich ihn kaum noch halten konnte – und wieherte freudig zurück.

»Na, was willst du mehr?« Mein Onkel grinste über beide Ohren. Und ich brachte Hauke schweren Herzens zu Malina auf die Weide, die sich aufgeregt von ihm beschnuppern ließ. Mich würdigte er keines Blickes mehr. Das hatte ich nun davon.

6

Dank Torges einfühlsamer Behandlung war Sugar tatsächlich ein paar Tage später wieder topfit und konnte im Reitbetrieb mitgehen, auch die anderen Patienten hatten sich rasch erholt. Einzig Merlin machte mir Sorgen, denn obwohl er nach den zwei Spritzen sogar Spezialfutter bekam, hatte sich sein Zustand nicht verbessert.

Wegen des Ferientrubels auf dem Friesenhof war die Sache mit Sean wieder ganz nach hinten in meinen Kopf gerutscht. Gelegenheit, mit Piet darüber zu reden, hatte es nicht gegeben. Manchmal ploppte jedoch der Gedanke hoch und ich fühlte, dass die Fragen in mir schwelten. Es war nur eine Frage der Zeit, bis sie wieder aufflackern würden.

Und dann durften wir endlich Hauke wieder abholen und stiegen in Piets alte Klapperkiste, weil Henry mit seinem SUV selbst unterwegs war, um Rindfleisch aus der Bretagne zu holen, und Fraukes Wagen keine Anhängerkupplung besaß.

Zygmunt strahlte uns an, als wir nach einer gefühlten Ewigkeit auf den Brinkumer Hof rumpelten. »Die beiden sind unzertrennlich, er hat sie mehrfach besprungen. Ich glaube, er hat dich kaum vermisst«, meinte er zufrieden, »Es wird schwer sein, ihn zu verladen ...«

»Ist es immer«, murmelte ich und kraulte meinem Liebling den Schopf. »Na, du treulose Tomate, geht's dir gut?«

Schon im letzten Sommer war mir aufgefallen, wie sehr Hauke Malina mochte, und ob es mir gefiel oder nicht, war ich grässlich eifersüchtig gewesen. Andererseits war es natürlich großartig, dass sich die Stute von Hauke ohne Weiteres begatten ließ. Oft genug kam es vor, dass die wertvollen Hengste dabei von den Tritten der Stuten verletzt wurden.

»In knapp einem Jahr gibt es ein prachtvolles Fohlen, wirst schon sehen. Das ist der Beginn einer vielversprechenden Zucht! Ich plane, eine weitere Stute zu kaufen ... kann sein, dass dein Hauke dann noch mal ranmuss. Aber jetzt scheint mir der arme Kerl erst einmal eine Pause zu brauchen!« Zygmunt zwinkerte mir verschmitzt zu und ich rollte genervt die Augen.

»Na, dann wollen wir mal!« Ich griff nach Haukes Führstrick, gewappnet für das Riesentheater, das Hauke beim Verladen immer aufführte. Aber heute trottete er wie von selbst auf den Hänger. Hatte Torge ihm mit seiner einfühlsamen Lektion tatsächlich ein für alle Mal die Panik vor dem Hänger genommen? Oder war er wirklich einfach so geschafft ...?

Nachdem wir uns ausgiebig verabschiedet hatten und Piet einen dicken Umschlag in seine Jackentasche einstecken konnte, fuhren wir los. Die Fahrt verlief ohne weitere Zwischenfälle, kein Stau, kein Unfall, aber dichter Verkehr. Piets Wagen lief wie am Schnürchen, langsam zwar, aber zuverlässig. Hauke verhielt sich unterdessen hinten im Hänger vollkommen ruhig. Sollte ich nicht endlich die Gelegenheit nutzen, hier in der gut gelaunten Zweisamkeit mit Piet, das Thema auf meinen Vater zu lenken? Ich könnte Piet ausquetschen, was er über Sean wusste. Wie Camilla und er damals ein Paar wurden und sich die Leute in Töwerhaven den Mund zerrissen haben. Und was er davon hielt, dass Sean meine Mutter und mich eines Tages Knall auf Fall verlassen hatte. Ob er eine Adresse hatte.

Vorsichtig steuerte ich das Gespräch auf den Tag, an dem die Plastikeier am Strand angespült worden waren. Als ich ihn jedoch auf seine Aussage ansprach, dass er in Kontakt mit meinem Vater stünde, winkte er ab.

»Ich sagte dir doch, dass wir uns aus den Augen verloren haben. Deshalb war ich ja so in Sorge, weil mein letzter Stand der Dinge der war, dass er als Kapitän auf der Independence III fuhr.«

Ich seufzte. »Hast du wirklich keine Handynummer von ihm? Oder eine Mail-Adresse?«

Piet schwieg, was bedeutete, dass er wahrscheinlich eine Nummer oder eine Adresse besaß. Aber sie mir nicht geben wollte.

»Und hat er mal nach mir gefragt? Vermisst er mich manchmal?« Die Frage kam ganz leise, aber laut genug, damit Piet sie hören konnte. Doch er antwortete nicht.

Sein Schweigen stand zwischen uns und wurde nur durch ein plötzlich einsetzendes Prasseln des Regens übertönt. Völlig unbemerkt, hatte sich der Himmel dramatisch verdunkelt, es hatte angefangen, wie aus Kübeln zu schütten. Piet stellte die Scheibenwischer auf die höchste Stufe, doch es war viel zu viel Wasser auf einmal, man konnte keine zwanzig Meter weit sehen. Hauke fing an, unruhig zu werden.

»Du musst anhalten!«, rief ich Piet zu und hielt mich am Türgriff fest, von einer plötzlichen Panikwelle überrollt. Es war der Horror – hier in diesem alten Wagen, ohne Sicht und mit dem nervösen Hauke hintendrin.

»Was?« Der Regen prasselte jetzt noch lauter auf das Autodach, dicke Hagelkörner sprangen von der Kühlerhaube. Hinter uns trampelte Hauke unruhig hin und her.

»Achtung, die bremsen!«, schrie ich gegen den Lärm an. Vor uns leuchteten rote Lichter auf.

Piet verlangsamte das Tempo und atmete tief aus, Schweißperlen standen ihm auf der Stirn, so konzentriert hielt er die Hände am Steuer. Ich hörte, wie Hauke gegen die Hängerwand randalierte, am liebsten hätte ich mich abgeschnallt und wäre zu ihm gerannt. Doch mein Onkel dachte nicht daran anzuhalten. Im Gegenteil. Es schien, als wollte er so schnell wie möglich diese Fahrt hinter sich bringen, bevor ich ihn so richtig nach meinem Vater ausquetschen konnte. Er beschleunigte jetzt, schaltete in den dritten Gang, obwohl es nach wie vor unaufhörlich regnete und wir gegen eine Wasserwand anfuhren. Zu meinem Entsetzen setzte er sogar den Blinker zum Überholen.

»Mach langsam! Spinnst du!«, rief ich und umklammerte panisch den Türgriff noch fester. »Jetzt halte doch an, wir müssen nach Hauke schauen!«

Und dann weiß ich nicht mehr genau, was geschah. Ich habe nur noch in Erinnerung, dass Hauke im Hänger tobte, wir beim Ausscheren schlingerten und das Auto gegen die Leitplanke knallte, sodass der Airbag aufging. Dass mich Piet abgeschnallt und mir ein Taschentuch in die Hand gedrückt hatte, weil ich blutete. Doch das war mir egal. Ich wollte zu Hauke! Mühsam kletterte ich aus dem Wagen und lief zum Hänger, der umgekippt auf der Seite lag, drinnen schlug Hauke panisch gegen die Wand. Immerhin, er lebte! Fieberhaft und mit regennassen Fingern versuchte ich, die

Heckklappe und die vordere Luke zu öffnen, irgendjemand half mir dabei, die Holme zu lösen, und dann schafften wir es – Wie! Auch! Immer! –, Hauke zu befreien und mit vereinten Kräften rückwärts aus dem Hänger zu ziehen.

Völlig benommen, stand der Schimmelhengst jetzt im strömenden Regen, er zitterte am ganzen Körper. Ich versuchte, ihn ein paar Schritte zu führen, um zu sehen, ob er verletzt war. Beruhigend streichelte ich seinen Hals, wieder und immer wieder, aber er zuckte jedes Mal unter meiner Berührung zusammen. Ich lehnte meine Stirn an seine, sofort wurde er ruhiger. Ich auch.

»Um Himmels willen, Liv, bist du okay, ist dir was passiert? Lass mal sehen ...« Onkel Piet machte einen Schritt auf mich zu. Verwirrt starrte ich ihn an, mein Kopf dröhnte und irgendwas lief mir ständig über die Wange, es regnete immer noch in einer Tour. Haukes Fell war rot verschmiert.

»Du blutest, komm, du musst dich ausruhen, der Rettungswagen ist schon unterwegs«, redete er beruhigend auf mich ein.

»Ich ... ich kann nicht«, stammelte ich. »Ich muss mich um Hauke kümmern! Sieh doch, er ist völlig durcheinander.«

Widerstrebend löste ich mich von meinem Pferd und ließ mich in Piets Arme gleiten, der beruhigend auf mich einredete, ich merkte, wie mir schwummerig vor den Augen wurde.

»Finn und Frauke kommen, Doktor Claasen bringen sie gleich mit. Er wird Hauke untersuchen, ich bin mir sicher, ihm ist nichts passiert. Aber du ... du stehst ja völlig unter Schock, min Deern. Komm schon, hierbleiben, bist doch meine Lütte.« Onkel Piet hielt mich fest in seinen Armen, kniff mir in die Wange und strich mir unablässig über meine nassen Haare, das Martinshorn kam immer näher.

»Verdacht auf Gehirnerschütterung«, hörte ich wie durch Watte. Dann wurde ich auf eine Trage verfrachtet und ins Innere des Rettungswagens geschoben, wo mir ein Sanitäter die nassen Kleider vom Leib zog und mir eine wärmende Decke überlegte.

»Hauke«, flüsterte ich immer wieder. »Bitte kümmert euch um Hauke!«

»Es wird alles gut!«, sagte der Sanitäter. »Wir geben dir jetzt eine Beruhigungsspritze und dann schläfst du schön.«

»Hauke!«

»Ist doch nur ein Pferd«, hörte ich ihn noch murmeln, dann dämmerte ich weg.

Ich wachte auf, weil ich mich beobachtet fühlte und zwei Männer leise miteinander reden hörte. Doch als ich es endlich geschafft hatte, meine schweren Augenlider zu heben, war nur Piet da. Er saß auf einem weißen Stuhl in einem weißen Zimmer und wirkte noch bleicher als die Wand. Mit wem hatte er gesprochen? Ich spürte seine Hand auf meiner. Ein Blick genügte, um selbst in meinem benebelten Zustand zu kapieren, dass ich mich im Krankenhaus befand. Beim Versuch, mich aufzurichten, schoss ein fieser Schmerz grell durch meinen Kopf. Sofort wurde mir übel. Erschöpft ließ ich mich in mein Kissen zurückfallen und schlief wieder ein. Unruhig wälzte ich mich im Dämmerschlaf hin und her. Jemand kam an mein Bett und strich mir sanft über die Stirn, murmelte beruhigende Worte und hielt meine Hand. Es war nicht Piets Stimme, aber sie kam mir vertraut vor.

»Hauke«, flüsterte ich nur.

Ich musste drei volle Tage in der Klinik bleiben, was unglaublich langweilig war, weil mich außer am ersten Tag Piet, der ein megaschlechtes Gewissen zu haben schien und sich immer wieder bei mir für den Unfall entschuldigte, niemand besuchen kam. Kein Wunder, wir hatten Hochsaison. Camilla rief mehrmals aus Vietnam an und ließ sich alles haarklein erzählen, sowohl von mir als auch vom diensthabenden Arzt, den sie zigmal konsultierte. Aber ich konnte sie dann beruhigen, dass sie den Urlaub nicht abbrechen musste. So schlimm war es nun doch nicht um mich bestellt. Es war vor allem die Langeweile, die mich quälte. Isodora konnte auch nicht kommen, tanzte aber für mich über die Wiese und meditierte. Und von Mareike, Anna und Marlene kamen aufmunternde Nachrichten rein, die mich ablenken sollten. Denn meine größte Sorge galt nach wie vor Hauke, ob er auch wirklich gesund war. Doktor Claasen hatte ihn gründlich untersucht und augenscheinlich fehlte ihm nichts, zum Glück. Und doch stand er in seiner Box und wirkte unruhig. Weder von Wilm, der ihm ja durch die tägliche Fütterung bestens vertraut sein sollte, noch von Finn ließ er sich anfassen – das erzählte mir Anna. Sie hatten sogar abwechselnd Moonlight und dann Morango neben ihn gestellt, aber da war er noch nervöser geworden. Wen wunderte es! Hauke hatte einen schweren Unfall erlebt und stand offensichtlich immer noch unter Schock.

Am Abend des zweiten Tages kam dann doch noch ein Besucher. Aber es war weder Mareike noch Finn noch Isodora, sondern zu meiner großen Überraschung Torge! Hinter einem großen Ringelblumenstrauß kamen erst ein besorgter Blick und dann ein riesengroßes Lächeln zum Vorschein.

»Hey, was machst du denn für Sachen!«, begrüßte er mich und fischte sich einen Stuhl aus der Ecke, um sich neben mich zu setzen. »Ich hatte hier ganz in der Nähe auf einem Gestüt zu tun und dachte, ich schau mal vorbei!« Torge deutete lächelnd auf seinen Motorradhelm, den er neben einer dicken Jacke unter dem Arm trug. Verlegen grinste ich ihn an. Wie süß war das denn, dass er hier einfach hereinschneite? Ich wusste gar nicht, was ich sagen sollte. Torge offensichtlich auch nicht.

»Hoffe, deine Eltern gehören nicht zu den überbesorgten und nerven dich nicht mit ihrem Dauerbesuch«, sagte er nach einer Weile feixend, in der wir uns angeschwiegen hatten.

»Meine Eltern?!« Ich richtete mich auf, ungeachtet dessen, dass mein Kopf sich nach Bohrmaschine anfühlte. »Meine Mutter ist gerade mit ihrem Freund in Vietnam. Und mein Vater ...« Ich schluckte und konnte jetzt Torges aufmerksamem Blick nicht mehr ausweichen, der auf mich gerichtet war.

»Was ist mit deinem Vater?«, hakte er behutsam nach. Seine Stimme klang weich und offen, und da konnte ich nicht anders, als ihm alles zu erzählen, was ich von Camilla über Sean wusste. Und dass er jetzt gemeinsam mit Tausenden von Plastikeiern plötzlich wieder in meinem Leben aufgetaucht war. Und wie sehr mich diese Sache durcheinanderbrachte, weil ich nicht wusste, wo er steckte und ob er sich überhaupt noch für mich interessierte. Es tat gut, mir einfach alles von der Seele zu reden, was mich belastete.

Torge hörte mir aufmerksam zu, ohne auch nur ein Wort zu sagen, wofür ich ihm unendlich dankbar war, er drückte nur mitfühlend meine Hand.

»Das ist sicherlich nicht alles so leicht für dich und es ist völlig normal, dass dich das durcheinanderbringt«, nahm er nach einer Weile den Faden wieder auf. »Wenn du wieder draußen bist, solltest du mit deinem Onkel mal reden und eventuell Nachforschungen anstellen. Aber das will überlegt sein. Mein Vorschlag: Versuch irgendwie, das Gedankenkarussell abzuschalten. Nur so kommst du wieder auf die Beine! Und genieße die Ruhe hier. In Töwerhaven steppt der Bär! Du weißt gar nicht, wie gut du es hast. Und übertreib es bloß nicht mit dem Arbeiten, wenn du wieder zurück bist! Sicherheitshalber lade ich dich jetzt schon mal auf 'ne Minzlimo ein ...«, sagte er, bevor er sich zum Abschied kurz über mich beugte und mir einen Kuss auf die Wange hauchte. »Also werde rasch gesund, ja?«

»Geht klar«, antwortete ich und winkte ihm zum Abschied zu, bevor er aus der Tür verschwand. Vorsichtig tastete ich nach meiner Wange. Hatte er mich wirklich geküsst?

An meinem Entlassungstag strahlte ich mit der Sonne am blauen Himmel um die Wette, als Piet mich abholte. Ich trug zwar immer noch ein dickes Pflaster auf der Stirn, das sie mir über die zugenähte Wunde geklebt hatten, aber zum Glück hatte ich keine Kopfschmerzen mehr.

»Rin in die gud Stuv!«, jubilierte Isodora, als wir auf dem Friesenhof ankamen, und hängte mir eine Kräuterkette aus Salbei um den Hals. »Zu deinem Pferd kannst du später immer noch ... Ich habe extra süßen Rosinenstuten gebacken.« Sie zog mich überschwänglich an ihre wogenden

Brüste. »Was danke ich dem Herrn dort oben! Du hast hier so gefehlt! Und vor lauter Arbeit konnte ich dich nicht besuchen kommen. Lass dich angucken: Ganz dünn bist du geworden! Aber Hauptsache, dir fehlt nichts weiter und du bist wieder auf dem Damm!«

Ohne eine Antwort abzuwarten, schob sie mich in ihre Küche, drückte mich auf den nächstbesten Stuhl und schnitt eine dicke Scheibe von dem noch dampfenden Brot ab. Bei diesem Anblick knurrte mein Magen, das Krankenhausessen war grässlich gewesen. Ich hatte keine andere Wahl, ich musste also hier erst mal ein zweites Frühstück machen. Vorher würde mich Isodora nicht zu Hauke lassen, das war klar.

»Danke!«, sagte ich und griff nach der Butter. Genüsslich verdrückte ich zwei Schnitten und trank zu Isodoras Genugtuung zwei Gläser Apfelschorle leer.

»Das tat gut!«, erklärte ich. »Wo sind eigentlich die anderen?«

Da lachte Isodora aus vollem Herzen, dass die Brüste unter ihrem bunten Kaftan bebten. »Die sind alle Mann am Arbeiten! Mareike kümmert sich um die Lütten und Finn wuppt gemeinsam mit Anna die ›Kombüse‹ und den Biergarten, weil Marlenchen sich in diesen Cowboy verguckt hat und ganz tranfunzelig durch die Gegend schlappt. Dabei hat der ein Auge auf unsere Blaufrau geworfen ...«

»Äh? Hä?« Ich guckte sie verständnislos an, aber dann fiel bei mir der Groschen. Ich grinste. Wenn Mareike einen neuen Flirt hätte, würde sie vielleicht endlich ihren Kummer mit Brian vergessen. Ich würde es ihr so gönnen!

»Und dieser Simon wäre besser man ein Fisch geworden!«, klönte Isodora weiter. »Ohne sein Surfbrett kann der nicht, bin ja froh, wenn er mal ohne seine Pellwurst hier aufkreuzt!« Meine Tante hatte sich wieder ihren Bohnen zugewendet, die sie fürs Einfrieren zurechtmachte. Für mich ein Zeichen zu verschwinden, bevor ich hier eingespannt würde. Bohnen schnippeln, anstatt Hauke zu begrüßen? Auf keinen Fall!

»Na, dann geh ich jetzt mal in den Stall!«, sagte ich. Ich konnte es kaum erwarten, meinen Liebling in die Arme zu schließen. Noch nie hatte ich mich so nach ihm gesehnt wie heute, selbst nach wochenlanger Abwesenheit in Hamburg nicht.

»Ab morgen hilfst du hier wieder, versprochen?«

»Versprochen!«

»Du hast was vergessen!« Isodora warf mir grinsend einen Apfel zu.

Als ich kurz darauf die Stallgasse betrat, wieherte mir Hauke nicht wie sonst entgegen, als ich seinen Namen rief. Beunruhigt trat ich in seine Box und wollte ihm wie immer zur Begrüßung einen Nasenstüber geben, doch Hauke drehte sich wieder und wieder weg. Selbst den Apfel aus meiner Hand verweigerte er.

»Hey, was ist los? Erkennst du mich nicht mehr?«, fragte ich. Tränen schossen mir in die Augen. Hauke, mein Hauke, freute sich nicht, mich zu sehen! Viel schlimmer: Er ließ sich von mir nicht anfassen, unruhig lief er in seiner Box auf und ab.

»Schscht, ist ja gut!« Ich war in die Hocke gegangen und hielt den Apfel nach wie vor ausgestreckt in meiner Hand. Leise redete ich auf ihn ein, erzählte von dem Unfall und meiner Verletzung und dass auch ich einen gehörigen Schrecken bekommen hatte.

»Aber zum Glück ist uns nichts weiter passiert!«, sagte ich und richtete mich vorsichtig auf, um einen Schritt näher an ihn heranzutreten. Immerhin war Hauke stehen geblieben und ließ es jetzt zu, dass ich ihm den Hals und die Mähne kraulte, aber mehr auch nicht. »Was fehlt dir denn? Wollen wir ausreiten? Spazieren gehen?« Doch als ich ihm das Halfter umlegen wollte, scheute er, ich hatte keine Chance. Also redete ich weiter auf ihn ein, streichelte ihn und merkte, wie er langsam zur Ruhe kam.

»Hallo, Liv, da steckst du ja!« Mareikes fröhliche Stimme riss mich aus meinen Gedanken, sie fiel mir jubelnd um den Hals und Hauke scheute zurück. »Du hast mir so gefehlt! Bin ich froh, dass du wieder gesund bist! Komm, lass dich anschauen!« Sie trat einen Schritt zurück. »Büschen blass, aber ansonsten ... oh wei, du machst dir Sorgen wegen Hauke, was?«

Ich biss mir auf die Unterlippe und nickte. »Keine Ahnung, was er hat! Angeblich fehlt ihm nichts, sie haben ihn ja gründlich untersucht ... aber er hat mich gerade kaum wiedererkannt! Normalerweise würden wir jetzt ausreiten oder spazieren gehen. Aber er verweigert das Halfter! Das hat er noch nie gemacht.«

»Echt jetzt? Hey, du Gigolo, hast du etwa Liebeskummer wegen Malina? Habe gehört, ihr habt ausgiebig Hochzeit gefeiert!« Sie kicherte.

»Meinst du?« Ich guckte sie fragend an. Hauke war ja ein besonders sensibles Pferd, da war alles denkbar.

»Mach dir keine Sorgen, der kriegt sich schon wieder ein. Er frisst, trinkt und kackt, was willste denn mehr, der Rest findet sich!« Sie zog mich mit sich. »Komm lieber mit, draußen ist die Hölle los! Die Lütten machen mich noch wahnsinnig, da könnte ich heute deine Hilfe gebrauchen. Das bringt dich auch auf andere Gedanken.«

Widerwillig löste ich mich von meinem Liebling und schloss schweren Herzens den Riegel hinter mir. Hauke hatte schon immer seinen eigenen Kopf gehabt und er wusste immer, was gut für ihn war und was nicht. Sollte ihn diese Araberstute dermaßen durcheinandergebracht haben, dass er sich hier auf dem Friesenhof plötzlich nicht mehr zu Hause fühlte?

Mir blieb keine Zeit zum Grübeln, denn die Lütten nahmen mich sofort in Beschlag. Sie brauchten Hilfe beim Putzen, Trensen, Satteln, Steigbügeleinstellen ... Von wegen ein Tag Pause!

Als Mareike endlich mit der bunten Truppe vom Hof ritt, war ich klatschnass geschwitzt und ließ mich erschöpft auf den nächstbesten Strohballen gleiten.

Wie ich da so im Schatten saß, spürte ich eine große Erleichterung darüber, endlich wieder zu Hause zu sein. Der Friesenhof strahlte im neuen Glanz mit der Sonne am Himmel um die Wette, die Pferde standen zufrieden auf der Weide hinten an der Pappelallee oder waren mit ihren Reitern unterwegs. Vom Biergarten und Finns »Kombüse« her drangen fröhliche Stimmen und Lacher zu mir herüber. Vielleicht würde ich dort bald mit Torge auf der Terrasse sitzen und eine hausgemachte Limonade schlürfen. Ich schloss die Augen und döste weg, genoss für einen Moment diese wohlige, behütete Müdigkeit, die einen umgibt, wenn man weiß, dass alles gut ist. Fast alles gut ist. Sofort schreckte ich wieder auf, weil ich an Hauke und sein seltsames Verhalten denken musste. Irgendetwas stimmte nicht mit ihm.

Rasch fischte ich nach meinem Handy, um Doktor Claasens Nummer zu wählen. Ich musste mich dringend mit ihm besprechen. Und vielleicht brachte er ja auch Torge mit ... Trotz meiner Sorge musste ich kurz lächeln. Als ich auf den Anschluss wartete, fiel mein Blick unter die geparkten Wattwagen in der Scheune.

»Was machst du denn da?« Ich ließ Handy Handy sein und bückte mich, um Merlin aus seinem Versteck herauszufischen. Das arme Tier war völlig abgemagert. Bitte nicht auch noch Merlin, dachte ich und streichelte dem Kater mit Tränen in den Augen über sein struppiges Fell. »Wieso willst du denn nicht mehr fressen? Gibt es hier denn keine Mäuse mehr?« Tief in mir wusste ich die Antwort längst. Torge hatte leider recht behalten mit seinen Zweifeln und die Spritzen hatten Merlin nichts geholfen.

»Sieht nicht gut aus, was? Das tut mir leid ...« Finn war unbemerkt neben mich getreten und hatte mir tröstend den Arm um die Schulter gelegt. »Hauptsache, dir geht es wieder gut. Hast mir einen ganz schönen Schrecken eingejagt!«

Ich nickte und lehnte für einen Moment meinen Kopf an seine Schulter. Es tat gut, ihn so vertraut und nahe zu spüren.

»Den Friesenhof ohne Merlin kann ich mir überhaupt nicht vorstellen, aber wir werden ihn wohl erlösen müssen«, sagte ich tapfer. Das hatte Torge vorgeschlagen – er meinte, das Tierchen würde sich nur noch quälen. Aber das war ja längst nicht meine einzige Sorge. »Viel schlimmer ist« – ich spürte, wie die Tränen kamen – »dass Hauke irgendwas abbekommen zu haben scheint!«

»Hauke fehlt nichts«, versuchte mich Finn zu beruhigen. »Den haben sie gründlich untersucht, Schritt, Trab, Galopp,

Augen, Ohren, Nüstern ... nicht eine Schramme hatte der. Ich hab ihn doch nach Hause geführt. Kannst dich auf mich verlassen, da kenne ich ihn gut genug.«

»Wenn du meinst ...« Ich setzte Merlin auf den Strohballen. Gleich würde ich es noch mal bei Doktor Claasen probieren und ihn bitten, sich um ihn zu kümmern. Und noch mal Hauke zu untersuchen.

»Willst du gar nicht wissen, was es heute bei mir zu essen gibt?«, fragte Finn und guckte mich verschmitzt an. »Ich habe etwas Neues ausprobiert ... komm, das musst du unbedingt verkosten!« Lachend griff er nach meiner Hand und zog mich mit sich. Zu seiner Freude probierte ich dann nicht nur den Grießbrei mit Kokosknusper, sondern gleich auch das Blaubeerkompott, den Holundergelee und das Estragoneis.

»Schön, dass du wieder hier bist«, begrüßte mich auch Anna und drückte mich fest an sich, als sie mir die Minzlimo mit einem Schokostrohhalm servierte. »Wir haben uns große Sorgen um dich gemacht!«

»Danke! Ich bin auch froh. Sehr lecker ist das alles«, lobte ich Finn.

»Finde ich auch!« Anna strahlte und strich sich über ihr blaues Shirt mit dem »Anker«-Emblem. Für jemand wie sie, die bisher nur Schwarz getragen hatte, war das ziemlich viel Farbe.

Später am Abend kam endlich Doktor Claasen – mit Torge!

»Tut mir leid, heute war der Deibel los«, kommentierte er mit Blick auf die Uhr. »Als ob sämtliche Meerschweinchen und Kaninchen der Töwerhavener Kinder sich verabredet und auf Kommando Schnupfen bekommen hätten! Mal abgesehen von all den Pudeln und Dackeln der Omis. Ohne Torge hätte ich das heute gar nicht geschafft.« Er nickte seinem jungen Kollegen, der in die Hocke gegangen war, um Merlin zu streicheln, dankbar zu.

»Armer weißer Kater …«, murmelte Torge und schaute mich dabei an.

Ich atmete tief aus. Sein Blick ging mir durch und durch. Und sagte alles.

»Erlösen wir ihn«, sagte ich und nickte ihm zu. »Am besten sofort.«

Prompt schossen mir die Tränen in die Augen. Gleich würde es den alten Hofkater nicht mehr geben! Torge reichte mir ein Taschentuch und strich mir sanft über die Schulter. Sein Mitgefühl machte dann doch ein warmes Gefühl in all dem Schmerz.

»Willst du wirklich dabei sein?«, fragte er jetzt leise, während er in seiner Tasche nach zwei Ampullen kramte. »Ich gebe ihm erst eine Schlafspritze … und dann die, die für immer wirkt.«

»Klar. Ich bleibe hier.« Ich schluckte und berührte ein ums andere Mal Merlins Köpfchen. Als wüsste er, was als Nächstes geschehen würde, und wäre einverstanden damit, lag er da, seinen mageren Körper eingerollt. Keine fünf Minuten später gab der einst so stolze Hofkater seinen letzten Schnaufer von sich.

»Gute Reise«, murmelte ich. Torge streichelte sanft meine Schulter.

»Wir nehmen ihn später mit …«, meinte er.

Ich schüttelte vehement den Kopf. »Später wird Onkel Piet ihm ein angemessenes Grab hinten an der Aue schaufeln, wie allen Merlins zuvor. Aber sag nichts weiter.«

»Auch gut …« Er nickte. »Na komm, schauen wir nach Hauke.«

Doktor Claasen stand natürlich längst in der Box und horchte den Hengst ab, was dieser nur widerwillig über sich ergehen ließ. Immer wieder hob er drohend die Hinterhand. Erst als ich mich vorsichtig zu ihm an den Kopf stellte, wurde er ruhiger, aber er wirkte auf besondere Weise abwesend. Und krank.

»Dem fehlt nichts«, kam es eindeutig nach einer gefühlten Ewigkeit, in der ich atemlos jeden Handgriff, jede Zuckung von Hauke genau beobachtet hatte.

»Darf ich mal?«, fragte Torge, der die ganze Zeit über danebengestanden und Doktor Claasens Untersuchung aufmerksam verfolgt hatte. Er griff an Haukes Schweifrübe und hielt mit geschlossenen Augen für einen Moment inne.

»Ich bin wie Liv der Meinung, dass Hauke nicht in Ordnung ist. Der Puls hämmert und ist unregelmäßig.« Er ließ die Schweifrübe los und fasste an Haukes Ganasche. »Und wenn ich mir seine Augen anschaue, sind die für meinen Geschmack auch unnatürlich weit geöffnet, so, als würde er ständig in sich hineinhorchen.« Torge schüttelte sorgenvoll den Kopf.

»Schnack nich, Junge! Das ist ein Hengst, kein Orakel! Morgen reitet Liv mit ihm aus, gibt ihm ein paar Rübenschnitze extra und dann wirst du sehen, in ein paar Tagen ist er wieder der Alte!« Doktor Claasen schüttelte den Kopf und packte seine Sachen in die Tasche.

»Es ist deine Entscheidung, Liv«, Torge sah mich an, »aber ich an deiner Stelle würde Hauke in die Pferdeklinik Schönau zu Doktor Haus bringen. Und zwar sofort. Bevor es zu spät ist.« Abermals guckte er mir durchdringend in die Augen, abermals ging mir sein Blick durch und durch. Ich nickte.

7

Atemlos verfolgte ich keine halbe Stunde später, wie Torge Hauke auf den Hänger führte. Insgeheim rechnete ich mit einem riesigen Theater, schließlich war es keine fünf Tage her, dass wir diesen schrecklichen Unfall gehabt hatten und Hauke aus dem umgekippten Hänger retten mussten. Doch als wüsste er, dass es nur zu seinem Besten geschah, marschierte Hauke an diesem Abend, ohne auch nur mit einem Huf zu tänzeln, die Rampe hoch.

Manchmal war er mir unheimlich.

Piet hatte nur widerwillig in die Fahrt eingewilligt, er hatte große Sorge, dass die Behandlung sehr kostenintensiv sein würde. Ich hatte all meine Überredungskünste einsetzen müssen und sogar eine Bettel-SMS an Camilla geschrieben. Schließlich hatten wir für Hauke keine Versicherung – und steckten von vorne bis hinten in Geldnöten, da half Zygmunts Umschlag nur ein bisschen. Ich verkniff mir, Piet zu erinnern, dass schließlich *er* den Hänger an die Leitplanke gefahren hatte, statt am Seitenstreifen anzuhalten, wie es bei solch einem Unwetter üblich gewesen wäre. Schwieg aber, weil ich wusste, dass mein Onkel diesbezüglich sowieso ein megamäßig schlechtes Gewissen hatte.

»Danke«, sagte ich, bevor ich ins Auto stieg, und drückte ihm einen Kuss auf die kratzige Wange. »Du weißt, was Hauke mir bedeutet. Und irgendetwas stimmt nicht mit ihm, das spüre ich ganz deutlich.«

»In die Klinik – das ist doch völlig überzogen«, hörte ich Doktor Claasen zu Piet sagen, als Torge wie selbstverständlich neben mich auf die Rückbank kletterte. Aus irgendwelchen Gründen wollte er nicht vorne neben Henry sitzen.

Zaghaft lächelte ich ihn an. Vielleicht war es überzogen, aber vielleicht hatte Torge auch einfach nur ein gutes Gespür für Tiere, insbesondere für Pferde. Sein einfühlsamer Umgang mit ihnen war mir bei seinem letzten Besuch schon angenehm aufgefallen. Mit Hauke sowieso, dessen Pferdeherz er von der ersten Minute an erobert hatte. Und ich war ihm unendlich dankbar dafür, dass er mich und meine Sorgen und Ängste ernst nahm.

»Erzähl mir von Hauke«, bat er, nachdem wir uns angeschnallt und Henry vom Hof geruckelt war, dem deutlich anzumerken war, wie absurd auch er unsere Unternehmung fand.

»Das ist eine lange Geschichte ...«, antwortete ich und lehnte den Kopf an die Fensterscheibe. Draußen rauschten die Felder vorbei, wie oft waren wir hier entlanggeritten, nur Hauke und ich oder gemeinsam mit Finn und Morango. Oder mit Mareike und Kusmi. Oder mit den Lütten. Ich mochte mir nicht ausmalen, wie so ein Ausritt ohne Hauke wäre. Ich seufzte.

»In ein paar Stunden haben wir Gewissheit«, sagte Torge mit seiner sanften Stimme, als hätte er meine Gedanken gelesen. Er klang zuversichtlich. »Schönau hat einen sehr guten Ruf ... und ich bin mir sicher, Doktor Haus kann Hauke helfen.«

Ich nickte. Als Henry den Blinker für die Autobahnauffahrt setzte und beschleunigte, begann ich zu erzählen. Von Haukes Geburt in einer stürmischen Vollmondnacht, bei der seine Mutter Bijke gestorben war. Wie ich die Stute bei ihren letzten Atemzügen begleitet und ihr versprochen hatte, für den kleinen Hengst zu sorgen. Dass Hauke und ich seitdem unzertrennlich waren und wir nicht ohne einander sein konnten. Ich erzählte Torge von Hamburg und meinen Ferien auf dem Friesenhof, von der schrecklichen Flutkatastrophe im letzten Jahr und wie ich mit Hauke einfach abgehauen war – und Finn und Morango gleich mit.

»Ist Finn dein Freund?«, unterbrach er mich.

Ich schüttelte den Kopf. »Finn ist der beste Kumpel unter der Sonne, den man sich denken kann«, sagte ich und fühlte eine warme Welle im Bauch, weil Finn mich vorhin zum Abschied ganz liebevoll an sich gedrückt und mir alles Gute gewünscht hatte. Auch er machte sich große Sorgen, aber mehr um mich als um Hauke, weil es für ihn schrecklich war anzusehen, wie sehr ich darunter litt, nicht zu wissen, was meinem Pferd fehlte.

»Verstehe.« Torge nickte.

Die restliche Fahrt verbrachten wir schweigend nebeneinander, auch Henry vor uns am Steuer sprach kein Wort. Er hatte es eilig, wieder zurück auf den Friesenhof zu kommen, das war ihm deutlich anzumerken.

Es dämmerte bereits, als wir vor einem imposanten Anwesen in die Hofeinfahrt einbogen. Die moderne Pferdeklinik mit ihren umliegenden Koppeln wirkte eher wie ein Gestüt und war um diese Uhrzeit gähnend leer – kein Eimer, kein Halfter, noch nicht einmal ein Hofhund waren zu sehen. Die Wege waren blank gefegt bis auf den letzten Strohfitzel. Torge hatte von unterwegs aus angerufen und unsere Ankunft angemeldet, sodass wir von einem Tierarzthelfer mit einem freundlichen Hallo empfangen wurden. Ohne lange zu fragen, half er uns beim Ausladen.

»Guten Tag, ich bin Doktor Haus«, begrüßte uns ein hochgewachsener, kräftiger älterer Mann mit Glatze, der hinzukam. »Ich hoffe, Sie hatten eine angenehme Fahrt ...« Weiter kam er nicht, denn Hauke wieherte aufgeregt, als er rückwärts auf das Pflaster tänzelte. Seine Augen rollten nervös, sodass ich immer wieder das Weiße darin aufblitzen sah.

»Wenigstens ein Lebenszeichen!«, seufzte Torge.

Doktor Haus nickte, mit einem Blick hatte er die Situation erfasst. »Es ist gut, dass Sie gekommen sind. Bei solch wertvollen Tieren sollte man besser einmal zu viel als zu wenig nachschauen.« Er griff nach seinem Smartphone, das unaufhörlich in seinem Kittel brummte. »Führen Sie den Hengst schon mal in die Untersuchungsbox, ich komme gleich nach.«

»Ich bin Jesse«, stellte sich der junge Tierarzthelfer vor, der höchstens ein paar Jahre älter war als wir. »Das ist aber ein prachtvoller Kerl! Kommt, bringen wir ihn rein, damit er sich umsehen und beruhigen kann.«

Hatte sich Hauke bisher ruhig und beinahe apathisch verhalten, schien er plötzlich wie ausgetauscht und zum Leben erwacht. Wie zu seinen besten Zeiten scheute und tänzelte er hin und her, als wolle er am liebsten abhauen. Panisch hielt ich ihn am Halfter fest. Wenn der Strick sich jetzt löste, würde er auf Nimmerwiedersehen verschwinden.

»Hoho«, versuchte ich, ihn mit tiefer Stimme zu beruhigen, wie ich es immer machte.

Ich wollte ihm ein Leckerli zwischen die Lippen schieben, doch Hauke schüttelte nur unwillig seinen Kopf.

Ich versuchte, ihm den Schopf zu kraulen, doch Hauke stieß mich dabei unsanft an die Stirn.

Ich versuchte, seinen Hals zu tätscheln, doch Hauke scheute vor meinen Händen zurück, als hätte ich ihn noch nie berührt.

»Du musst ihm den Hals frei lassen!«, mahnte mich Torge mit sanfter Stimme, er schien meine Verzweiflung zu spüren. Er hatte die ganze Zeit über hinter mir gestanden und dem Spektakel zugeschaut.

Henry hatte unterdessen längst die Rampe wieder hochgeklappt und mit einem knappen »Man sieht sich« den Heimweg angetreten.

Doch als ich ihm jetzt den Führstrick lang ließ, drehte Hauke völlig durch und stieg mit den Vorderbeinen in die Luft. Unmöglich, das aufgeregte Tier zu beruhigen.

»Okay, lass mich mal.« Torge nahm mir einfach den Strick aus der Hand. Wie neulich ging er in die Hocke – und wartete ab. Aus den Augenwinkeln beobachtete ich, wie Jesse ungeduldig tippelte. Er hatte eine Spritze in der Hand, offensichtlich ein Beruhigungsmittel, das man in solchen Fällen den Tieren verabreichte. So ein Hengst war schließlich kein Hamster, den man mit einfachen Maßnahmen still halten konnte, und seine Huftritte konnten gefährlich werden.

Wie auch immer Torge es angestellt hatte, Hauke zu beruhigen, nach einer gefühlten Ewigkeit, in der der Hengst um ihn herumgetobt hatte, stand dieser plötzlich still und ließ sich von ihm willig in die Untersuchungsbox führen – um dort gleich darauf wieder ein Tänzchen aufzuführen und in die Luft zu steigen.

Diesmal fackelte Doktor Haus nicht lange und setzte ihm mit einem geübten Handgriff die Beruhigungsspritze. Jesse konnte gerade noch die Gurte um Haukes Bauch legen und an dem Gestänge befestigen, da sackte mein Liebling auch schon in sich zusammen. Ich mochte gar nicht richtig hinschauen, wie Jesse ihn jetzt versorgte und von irgendwoher einen Schlauch herfummelte, um ihn zu intubieren.

»Wir werden ihn für die weitere Untersuchung sedieren müssen. Ist nicht schön, aber wir können nichts machen, wenn er sich so aufführt, ich kann mir einen gebrochenen Arm nicht leisten. Da haben Sie aber auch ein temperamentvolles Kerlchen, was?« Doktor Haus wedelte grinsend mit ein paar Unterlagen vor meiner Nase herum und schaute mich prüfend an. »Hier, das müssen Sie noch unterschreiben. Sie sind sicher die Besitzerin, aber nicht volljährig, oder?«

»Ich regele das!« Torge griff nach den Papieren und las sie aufmerksam durch. Dann zückte er seinen Kugelschreiber.

»Gut. Wir werden zunächst den Bauchraum röntgen, danach wissen wir mehr. Nach ihrer Schilderung deutet viel auf eine innere Blutung hin ...«

Mir sackte das Herz in die Hose. Der Unfall war knappe fünf Tage her! Wenn Hauke seitdem ...

»Alles klar, Liv?« Torge schaute mich besorgt an. »Hier, setz dich.«

»Geht schon.« Ich atmete tief durch und beobachtete angespannt, wie Jesse Hauke vorsichtig auf die weiche Unterlage bugsierte und den Röntgenapparat in Stellung brachte.

»Wir gehen jetzt Schritt für Schritt vor, um die Kosten so knapp wie möglich zu halten, aber auch, um das beste Ergebnis zu erzielen«, erklärte Doktor Haus. »Das heißt, wir röntgen erst, machen dann eine Sonografie, und wenn wir dann immer noch nichts entdeckt haben, machen wir ein MRT.«

»Warten Sie bitte so lange draußen?« Jesse schob mich jetzt sanft vor die Tür. »Und Sie auch!«, fügte er energisch hinzu, weil Torge keine Anstalten machte, den Untersuchungsraum zu verlassen.

»Aber ich bin bald Tierarzt!«, sagte der entschieden. »Ich würde gerne dabei sein. Außerdem handelt es sich um einen wertvollen Zuchthengst.«

Doch Jesse schüttelte den Kopf und deutete auf ein Schild. »Tut mir leid! Auch wenn Sie Professor Doktor Supertiermediziner wären, müssten Sie leider draußen bleiben. Der Doktor wünscht, ungestört zu arbeiten. Außerdem steht es hier ...«

»Schon klar, ich habe verstanden.« Torge nickte grimmig, doch aufgeben war nicht sein Ding. Er straffte seine Schultern, trat einen Schritt in den Raum hinein und wechselte ein paar ruhige Worte mit Doktor Haus, der gerade dabei war, sich die Hände zu waschen. Ich sah nur, wie dieser nickte und ihm bedeutete, sich ebenfalls einen Kittel überzustreifen. Torge winkte mir beruhigend zu, dann schloss Jesse die Tür hinter mir und ich war alleine mit mir und meinen Gedanken.

Eine gefühlte Ewigkeit später ließ sich ein ziemlich blasser Torge neben mir auf den Stuhl gleiten.

»Was ist?«, fragte ich besorgt. »Jetzt erzähl schon. Können sie ihm helfen? Wird er wieder gesund? Was fehlt ihm denn?«

Torge neben mir atmete tief ein und aus. Ich befürchtete das Schlimmste.

»Bitte, sag es mir!« Meine Hände waren ineinandergekrallt, kalter Schweiß stand auf meiner Stirn, mir war fürchterlich schlecht. Ich fühlte mich wie in einem falschen Film.

»Ja, er wird wieder gesund«, sagte Torge mit matter Stimme. »Du brauchst dir keine Sorgen zu machen. Aber ich ... entschuldige bitte, ich brauche mal schnell frische Luft.« Er stand auf, schleppte sich den Klinikflur entlang und verschwand nach draußen. Ich wunderte mich. War ihm etwa bei der Untersuchung schlecht geworden? Die wollten doch nur röntgen oder ein MRT machen. Irgendwas Schlimmes musste passiert sein. Ich sprang auf. Unsicher, ob ich nach Torge sehen oder besser doch hier warten sollte. Hauke brauchte mich! Und zwar dringend, ganz bestimmt.

Ich rannte zu dem schmalen Fenster und wollte in den Untersuchungsraum schauen, doch irgendjemand hatte die schmale Jalousie heruntergelassen. Das verhieß nichts Gutes.

Unruhig lief ich im Flur auf und ab - verdammt noch mal, warum dauerte es so lange? Und wo blieb Torge? Wann würde ich endlich Gewissheit haben, was mit Hauke los war? Wenn nicht alles längst schon zu spät war ...

Da endlich tauchte Torge wieder auf. Immer noch etwas blass um die Nase, doch er lächelte mich an.

»Mach dir keine Sorgen, Liv«, beruhigte er mich und seine tiefe Stimme klang dabei sicher und zuversichtlich. »Sie operieren ihn jetzt und in ein paar Tagen ist er wieder der Alte!«

»Was ... was fehlt ihm?«

»Er hat zwei gebrochene Brustwirbel, sie drücken auf die Nervenbahnen ... Noch ein paar Stunden, dann wäre er für immer gelähmt gewesen, deswegen hat er die ganze Zeit so still gestanden und sich kaum vom Fleck gerührt …« Er schüttelte den Kopf. »Nicht auszudenken! Wie gut, dass du darauf bestanden hast, ihn hierherzubringen. Ich bewundere dich dafür, wie tough du dich gegen deinen Onkel durchgesetzt hast! Ich weiß, wie starrsinnig die hier an der Küste alle sein können. Doktor Claasen ist ja auch so …«

»Gebrochen? Gelähmt?« Fassungslos ließ ich mich auf den Stuhl fallen und schlug die Hände vors Gesicht. »Wie … wie konnte man das die ganze Zeit übersehen? Warum hat niemand vorher etwas bemerkt? Hauke schien es nach dem Unfall doch gut zu gehen! Er ist sogar galoppiert, hat Finn gesagt. Warum so plötzlich?«

»Das weiß niemand«, antwortete Torge. »Wahrscheinlich waren die Wirbel durch den Unfall leicht angerissen und er hat kaum etwas bemerkt. Wie eine Prellung, das ist ja auch nicht so schlimm. Mit dem Unterschied, dass die Verletzung doch schlimmer war oder sich durch einen Stoß, eine Bewegung verschlimmert hat. Sei froh, dass es keine innere Blutung oder gar ein Aorta-Abriss ist, da hätte er überhaupt keine Chance mehr, sondern wäre früher oder später einfach tot umgefallen.«

Ich schluckte. Armer Hauke! Hätte ich nicht so lange im Krankenhaus bleiben müssen, hätte ich bestimmt bemerkt, dass etwas mit ihm nicht in Ordnung war, und hätte früher eingreifen können.

»Mach dir keine Vorwürfe«, sagte Torge, als könnte er meine Gedanken lesen. »Doktor Haus operiert ihn jetzt und in ein paar Stunden wissen wir mehr. Das wird schon!«

Dann erklärte er mir, was genau bei dieser Operation gemacht wurde. Es wäre nur ein leichter chirurgischer Eingriff, bei dem die Wirbel gerichtet und eventuell auch mit einer kleinen Schraube fixiert würden, was aber kein weiteres Problem darstellen würde, denn Hauke war gut in Form und die Narkose für sein Herz keine große Belastung. Torge meinte, dass Hauke dann in die gut ausgepolsterte Aufwachbox gebracht würde, wo er über Monitore genauestens überwacht würde und sich nicht verletzen konnte, falls er sich aufrichtete oder durchdrehte, weil ihm das Narkosemittel zusetzte.

»Er muss dann noch einige Tage hier zur Beobachtung bleiben«, erklärte mir Torge, »aber nur, um ganz sicherzugehen, dass alles gut gelaufen ist, und damit sie notfalls sofort eingreifen können, sollte sich sein Zustand verschlechtern.«

Ich nickte erleichtert und schaute ihn bewundernd an. Es klang alles so medizinisch richtig und vernünftig und konsequent, was er mir erklärte.

»Danke!«, sagte ich schlicht und wollte seine Hand greifen, um sie fest zu drücken, doch er drehte sich rasch weg.

»Ist schon okay.«

Schweigend setzten wir uns nebeneinander auf die Stühle im Wartebereich, der Minutenzeiger an der Uhr bewegte sich quälend langsam.

»Hoffentlich wird alles gut! Ein Leben ohne Hauke wäre ... wäre sinnlos für mich.« Ich konnte nichts dafür, plötzlich überwältigten mich meine Gefühle und ich schluchzte hemmungslos drauflos. Torge machte keine Anstalten, mich zu trösten. Als wäre er mit seinen eigenen Gedanken beschäftigt, saß er regungslos auf dem Stuhl neben mir und wartete einfach ab, bis ich mich wieder beruhigte. Irgendwann stand ich auf, um durch die schmale Tür hinaus in den Innenhof zu treten. Längst war es tiefdunkle Nacht geworden, die Sterne über mir am Himmel funkelten. Wie sonst immer auf unseren heimlichen Ausritten ins Watt, ging es mir durch den Sinn. Nur langsam konnte ich mich wieder beruhigen, nur langsam konnte ich mir Torges Worte wieder ins Gedächtnis rufen, die so vernünftig und beruhigend geklungen hatten. *Kein Grund zur Sorge.*

Plötzlich spürte ich seine Hand auf meiner Schulter. Torge war leise zu mir getreten.

»Es ist, wie es ist. Du schaffst das. Hauke schafft es. Sei froh, dass Doktor Haus ein so erfahrener Tierarzt ist! Vertraue ihm, er weiß, was er tut, glaube mir.«

»Und woher nimmst du deine Zuversicht?«

»Das ist eine lange Geschichte ...«

»Wir haben Zeit.«

8

Die Nachtluft wehte frisch durch den schmalen Türspalt. Torge und ich saßen nebeneinander auf den Stühlen, jeder für sich in seinen Gedanken versunken. Immer wieder musste ich an Hauke denken und wie vital und kräftig er gewirkt hatte, als wir ihn auf den Brinkumer Hof gebracht hatten. Ich hatte Zygmunt eine Nachricht geschickt, damit er sich keine Sorgen mehr um Hauke machen musste, der ihm ja längst ans Herz gewachsen war – nicht nur, weil er sein vielversprechender Zuchthengst war. Alle nahmen Anteil an Haukes Schicksal und wünschten ihm nur das Beste, alle wussten, was er mir bedeutete, selbst Camilla verfolgte von Vietnam aus nonstop sein Schicksal. Mareike hatte mir einen dicken Erleichterungssmiley geschickt und Finn ein *Ich bin ja soooo froh!*. Von Anna dagegen kam eine lange Sprachnachricht, in der sie ausführlich ihre Anteilnahme und Freude bekundete und wie sie sich freue, wenn wir dann gemeinsam wieder ausreiten könnten, sie hoffte doch sehr, dass Hauke bis zum Ende der Sommerferien wieder fit sein würde …

Torge neben mir wirkte immer noch sehr still und in sich gekehrt, dabei hatte er allen Grund, auf sich stolz zu sein. Ich wagte es nicht, ihn anzusprechen, spürte aber genau, dass ihn die Sache mit Hauke sehr beschäftigte. Mehr als es bei einem angehenden Tierarzt sein sollte. Möglichst unauffällig musterte ich ihn von der Seite. Er hatte das

Gesicht in seine Hände vergraben, ab und zu zuckten seine Schultern, als würde er weinen.

»Hey, alles okay mit dir?« Vorsichtig berührte ich ihn am Arm. »Willst du mir nicht erzählen, was dich so beschäftigt?«

Torge richtete sich auf und wischte sich die Tränen aus den Augen. »Es ist jetzt schon so lange her und trotzdem bin ich immer noch nicht darüber hinweg«, sagte er leise. »Es ist unglaublich! Als wäre es gestern passiert.« Er versuchte ein zaghaftes Lächeln und schluckte mehrmals. Das Sprechen schien ihm unglaublich schwerzufallen. Dann schüttelte er den Kopf und atmete tief durch. »Ich weiß gar nicht, wo ich anfangen soll.«

»Leg einfach los!«, ermunterte ich ihn lächelnd und hatte das Gefühl, ihn schon immer zu kennen, so nah war er mir in diesem Moment.

Wie von selbst hatten sich unsere Hände gefunden und so saßen wir jetzt dicht nebeneinander, Schulter an Schulter und Kopf an Kopf gelehnt, während Torge immer noch um Fassung rang und nach den passenden Worten suchte. Ich selbst war einfach nur erleichtert, dass Hauke geholfen werden konnte.

Irgendwann dann fing Torge an zu sprechen. Erst leise, dann mit immer fester werdender Stimme erzählte er, was ihn so sehr beschäftigte.

»Ich bin mit Tieren aufgewachsen, musst du wissen. Meine Eltern leben mit meinen drei Geschwistern auf einem großen Hof in Mecklenburg-Vorpommern, den sie gemeinsam mit fünf weiteren Familien biodynamisch bewirtschaften, gefördert mit EU-Geldern, versteht sich. Da hilft jeder jedem, es gibt Hoffeste und eine Gemeinschaftsküche, man teilt sich die schweren Geräte ebenso wie die Erträge aus den Verkäufen vom Wochenmarkt. Der Schwerpunkt lag lange Zeit auf Milchvieh, seit ein paar Jahren gibt es auch Obst und Gemüse, die Nachfrage ist riesig und allen geht es gut damit. Meine Eltern haben zudem eine Tierarztpraxis, genauer gesagt ...« Torge stockte und ich konnte mir schon denken, was er sagen wollte.

»Sie stehen auf alternative Heilmethoden, richtig?«, half ich ihm auf die Sprünge und musste an Isodora denken, die ja für ihre Kräuterhexenkünste in Töwerhaven gleichsam beliebt wie geächtet war.

»Ja, darauf schwören sie. Svea und Hindrik denken sofort an den Teufel, sobald sie nur einen weißen Kittel sehen«, setzte Torge seine Erzählung fort. »In der Hofgemeinschaft gibt es niemanden, der zum Arzt geht, das kurieren die alles selbst. Wir Kinder sind alle nicht geimpft ... und als meine Schwester Keuchhusten hatte, lag sie wochenlang mit hohem Fieber im Bett, bekam Wadenwickel und Globuli. Selbst als sich Hindrik mit der Axt den kleinen Finger abgehackt hatte, waren sie nicht in der Klinik, sondern haben die Wunde selbst versorgt. Mit Kräuterpaste – und Pilzen gegen die Schmerzen. Ich fand das eine Zeit lang ziemlich normal und habe mich über die anderen Kinder in meiner Klasse lustig gemacht, die ständig zum Arzt mussten. Hey, wegen Fieber! Oder Hautausschlägen ... oder Ohrenweh. Wir bekamen Zwiebelpäckchen aufs Ohr und übel riechenden Tee zum Trinken, hatten streng verordnete Bettruhe, aber es hat geholfen. Während meine Mitschüler wochenlang krank waren, waren wir innerhalb von einem Tag wieder fit und spielten wieder im Wald. Das Tollste aber an meiner Kindheit waren die Pferde und Ponys, die wir hatten! Wir waren echte Cowboys ... und ich hatte Jaro, einen Schimmelhengst.«

Torge stockte und eine unangenehme Vorahnung beschlich mich.

»Jaro und ich waren unzertrennlich! Wir ritten stundenlang durchs Revier, halfen bei der Ernte, kontrollierten Zäune oder waren einfach so unterwegs. In der Nähe gab es einen kleinen Weiher mit kristallklarem Wasser, dort badeten wir am liebsten, schwammen um die Wette. Echt, das glaubst du nicht, aber Jaro liebte es! Ich habe ihm sogar das Tauchen beigebracht ... na ja, so ein bisschen.«

»Echt jetzt? Das dürfen Pferde doch nicht, sie verlieren dann ihren Gleichgewichtssinn ...« Ich musste an Hauke denken und wie oft wir im Waldsee gemeinsam schwimmen waren. Im Gegensatz zu Morango, der absolut wasserscheu war und bei Regen kaum einen Huf vor den anderen setzen wollte, liebte mein Pferd das Wasser und konnte auch nicht genug davon haben, am Strand durch die auslaufenden Wellen zu galoppieren.

»Jaro liebte es, mit den Nüstern ins Wasser zu blubbern und zu schwimmen! Er war der schönste Schimmel weit und breit, mein bester Freund, mein ...« Torges Stimme stockte.

»... Ein und Alles«, vollendete ich seinen Satz und drückte seine Hand, das Schlimmste ahnend, doch was Torge mir dann erzählte, übertraf meine traurigsten Erwartungen.

»Irgendwann fing es an, dass Jaro ständig mit Koliken zu tun hatte. Also massierte ich ihm regelmäßig den Bauch, er bekam spezielles Bio-Futter, ich führte ihn nächtelang durch die Gegend, damit er sich nicht festlegte und sich der Darm nicht verschlingen konnte. Ich achtete auf ständige

Nahrungszufuhr, Jaro knabberte Zweige wie Salzstangen, außerdem bekam er bestimmte Kräuter zu fressen, das half. Svea setzte ihm Nadeln und durch die Akupunktur wurde es deutlich besser. Aber eines Tages kam ich auf die Weide und merkte sofort, da stimmt was nicht. Jaros Blick war teilnahmslos, sein Atem hechelte, der Kopf wirkte eingefallen und immer wieder versuchte er, sich hinzulegen. Ich mühte mich ab, ihn in Bewegung zu halten, aber er stöhnte, würgte und rülpste in einer Tour, er stank schrecklich nach Erbrochenem.«

»Da hast du sofort den Tierarzt gerufen?!«, mutmaßte ich. »In so einem Fall muss man sofort in die Klinik! Klingt nach Darmverschlingung oder Magendurchbruch.«

»Wo denkst du hin?« Torge lachte bitter auf. »Svea schwört auf Akupunktur! Sie setzte Jaro abermals Nadeln zum Entkrampfen des Bauchraums. Hendrik untersuchte ihn rektal und räumte ihm den Darm aus, das brachte ihm etwas Erleichterung. Und dann kam Flüssigkeit durch die Nüstern, was überhaupt kein gutes Zeichen war. Jaro zitterte am ganzen Körper, Schweiß lief ihm in Sturzbächen über das Fell und immer trat er sich gegen den Bauch, immer wieder wollte er sich hinlegen ... seine Augen waren das Schlimmste, Liv. Er verdrehte sie, man sah das Weiße und irgendwann waren sie rot, er stöhnte, ich glaube, er muss unendliche Schmerzen gehabt haben. Ich zwang ihn mit aller Gewalt zum Gehen, trieb ihn mit der Gerte an und wagte gar nicht, seinen Bauch zu berühren, so prall wirkte er, ich hatte Angst, dass er platzt.«

Ich schluckte. Eine Kolik war so ziemlich das Schlimmste, was man mit seinem Pferd durchmachen konnte. Zum Glück waren unsere Tiere auf dem Friesenhof allesamt sehr robust und wir hatten selten solch dramatische Fälle, meistens reichte eine Entkrampfungsspritze von Doktor Claasen. Nur einmal, vor ein oder zwei Jahren, hatte eines der Gastpferde solche Krämpfe, dass wir in die Klinik fahren mussten, wo es sofort operiert wurde. Ein Teil des Dünndarms war bereits abgestorben und musste entfernt werden, die restlichen Meter Darm wurden wieder sortiert und nach dem Aufwachen ging es dem Pferd zum Glück deutlich besser. Den Gestank der Eingeweide werde ich jedoch nie vergessen, erst recht nicht die Flüssigkeit, die die ganze Zeit über während der OP aus dem Bauchraum tropfte. Aus Neugier und Interesse war ich damals dabei gewesen, nicht zuletzt, um der Besitzerin beizustehen, ein Mädchen in meinem Alter, das ohne ihre Eltern bei uns gewesen war.

»Und ihr seid damals immer noch nicht in die Klinik gefahren?« Es war mehr eine Feststellung als eine Frage. Ich spürte, wie mir vor lauter Mitgefühl Tränen den Hals hochkrochen.

»Ich habe meine Eltern dringend gebeten, angefleht, dass wir den Hänger ankoppeln und Jaro hinbringen, obwohl er mir in diesem Moment schon gar nicht mehr transportfähig erschien. Aber beide hielten eine Operation für überflüssig, beruhigten mich und sagten mir, ich solle ihm und seinen Selbstheilungskräften vertrauen ... Die folgenden Stunden waren schrecklich, fast nicht zum Aushalten. Irgendwann hatte sich Jaro festgelegen und konnte überhaupt nicht mehr aufstehen. Ich sollte ihm immer wieder den Bauch mit einem Kräuterstrauch massieren, Hendrik versuchte weiterhin, rektal alles leer zu räumen, aber was ist eine Armeslänge bei dreißig Meter Darm? Tiefer kam er ja nicht rein! Jaros Atmung wurde immer flacher, zum Glück hatten die Krämpfe aufgehört, ein Zittern lief über sein Fell, da schöpfte ich etwas Hoffnung. Svea hatte ihm zur Beruhigung die Hand aufgelegt und ein paar murmelnde Worte gesprochen, sein Energiefeld geschlossen. Pah! Von wegen! Irgendwann ist auch mal gut mit alternativen Heilmethoden!« Torge lachte bitter auf, bevor er fortfuhr. »Dann ging sie mit Hendrik zurück ins Haus und sie ließen mich mit meinem todkranken Pferd einfach alleine auf der Weide. Jaro hatte seinen Kopf in meinen Schoß gebettet und gab nur noch matte Schnaufer von sich, ich hatte längst aufgehört, seinen Bauch zu massieren, sondern hielt ihn fest umschlungen, erinnerte ihn an unsere gemeinsamen Ausflüge und die schöne Zeit, die wir zusammen hatten, erzählte ihm von früher und wie ich ihm das Tauchen beigebracht hatte. Ich habe in jener Nacht kein Auge zugemacht ... lehnte meine Stirn an seine, spürte die warmen Atemzüge seiner Nüstern in meinem Gesicht, die mit der Morgendämmerung kalt wurden ... er starb, ohne noch mal die Augen geöffnet zu haben. Mein bester Freund, mein Kamerad war mit der aufgehenden Sonne über den Regenbogen gegangen.«

Torge weinte, ich hörte es, weil es im Klinikflur gespenstisch leise war, nicht einmal eine Uhr tickte. Ich nickte stumm, wusste nicht, was ich sagen sollte, und brauchte auch überhaupt nichts zu sagen, mein Herz quoll über vor lauter Mitgefühl und steckte gleichzeitig voller Wut und Fassungslosigkeit über diese verbohrten Eltern, die dafür verantwortlich waren, dass ihrem Sohn das Liebste auf der Welt genommen wurde. In ihrem festgesetzten Denken, ihrem Vorurteil gegen schulmedizinische Maßnahmen hatten sie jegliches Feingefühl und Augenmaß für die Situation verloren, hatten unverantwortlich gehandelt.

»In jener Nacht aber habe ich einen Entschluss gefasst: Ich will Tieren helfen. Ich will Tierarzt werden! Ein klassischer Schulmediziner, der von Entkrampfungsspritzen bis hin zu einer Operation alles tut, damit ein Pferd nicht wie Jaro qualvoll an einer Kolik verenden muss. Aber auch ein umsichtiger Heilpraktiker, der mit seinem Wissen verantwortungsvoll umgeht und seine Grenzen kennt, wenn es darum geht, chronische Erkrankungen gegen Notfälle abzuwägen. Ein Arzt, der *alles* tut, um ein Tier zu retten ...« Torge versagte die Stimme. Nach all der Zeit übermannte ihn der Schmerz immer noch. Wie musste er dieses Pferd geliebt haben!

»Es tut mir so leid.« Ich legte ihm sanft meine Hand auf die Schulter. Wie hilflos musste er sich damals gefühlt haben! Ein Teenager, den Ansichten seiner Eltern einfach ausgeliefert.

»Ich wollte nie wieder etwas mit Pferden zu tun haben. Glaub mir, seitdem bin ich kein einziges Mal wieder geritten.« Torge atmete hörbar aus. »Doch dann bot mir mein Onkel an, bei ihm Praktikum zu machen, um herauszufinden, ob ich das mit dem Tierarztstudium nach all dem, was ich durchgemacht habe, wirklich will. Er sagte, er hätte nur mit Meerschweinchen und Kaninchen zu tun, ab und zu die Kühe vom Nachbarhof ... Dass er regelmäßig den Pferdehöfen in der Umgebung einen Besuch abstattet, hat er mir wohl bewusst verschwiegen, denn sonst wäre ich gar nicht erst hierhergekommen.«

»Ach, Doktor Claasen ist dein Onkel?«, wunderte ich mich. Noch mehr wunderte mich allerdings, dass Torge allen Ernstes geglaubt hatte, er käme als Tierarzt um Pferde herum ... Ich sah ihn mit großen Augen an. »Aber es ist dir doch klar, dass man sich als Tierarzt auch um Huftiere kümmern muss, oder nicht?«

»Natürlich!« Er lächelte. »Ich habe es nur bislang erfolgreich verdrängt. Vor dem Besuch auf eurem Friesenhof hatte ich wahnsinnige Angst. Ich war damals nach Jaros Tod zu einer Tante nach Berlin gezogen und habe dort mein Abi gemacht, ich habe mit Tieren kaum etwas zu tun gehabt, mit Pferden erst recht nicht. Meine Eltern und Geschwister habe ich seitdem nicht mehr gesehen, ich habe ihnen bis heute nicht verzeihen können, dass sie nicht mehr für Jaro getan haben.«

»Ihr Verhalten war unverantwortlich.« Immer noch fassungslos, schüttelte ich den Kopf. Aber einfach mit den Eltern brechen? Auf Nimmerwiedersehen verschwinden? Das fand ich auch krass.

»Kannst du jetzt verstehen, warum ich so sehr darauf gedrängt habe, Hauke in die Klinik zu bringen? Die können von außen ja nichts sehen! Und der Hengst hatte Stress, das hat ja wohl jeder bemerkt. Wozu gibt es all die neuen Errungenschaften und technischen Geräte? Heutzutage muss kein Pferd mehr an einer Kolik sterben. Oder an seinen inneren Verletzungen. Oder eingeschläfert werden, weil seine Wirbel gebrochen sind ...«, empörte sich Torge. »Wenn ich nicht selbst auch andere Fälle erlebt hätte, bei denen Homöopathie oder Ähnliches geholfen hat, würde ich sagen, das ist glatter Hokuspokus. Placebo bestenfalls, aber Tiere wissen ja nicht, was sie schlucken.«

»Meine Tante Isodora behandelt uns auch alle lieber mit Globuli als mit Tabletten«, sagte ich und streckte meine Beine. War es eigentlich ein gutes oder schlechtes Zeichen, dass die Operation immer noch andauerte? Nervös schielte ich zur Tür. Hoffentlich trat Doktor Haus bald heraus und verkündete, dass alles bestens gelaufen war.

»Ich habe davon gehört«, antwortete Torge. »Die Leute zerreißen sich den Mund über ihre Mondscheintänze. Das war das Erste, was mir mein Onkel über Töwerhaven erzählt hat. Sie muss über ein umfangreiches Wissen verfügen ... und sehr achtsam handeln, bei Mensch und Tier.«

»Isodora ist eine Marke für sich.« Ich lächelte dankbar bei der Erinnerung an all die Kräuterwickel, Tinkturen und Meditationen, mit denen sie mich beackert – aber auch stets gesund bekommen hat. Bei den Pferden hielt sie sich Piet zuliebe zurück. Aber mir hatte sie bisher keinen Grund gegeben, an ihren Heilkünsten zu zweifeln.

»Das kann ich mir denken.« Torge grinste in sich hinein. Dann schaute er mich wieder ernst an. »Als ich Hauke zum ersten Mal gesehen habe, dachte ich, mich trifft der Schlag. Er sieht Jaro zum Verwechseln ähnlich!«

»Deswegen.« Ich erinnerte mich an seine seltsame Reaktion damals. Jetzt wurde mir einiges klar.

»In seinem ganzen Wesen, seiner Art, sich zu bewegen oder mit dem Kopf zu schnicken, gleicht Hauke Jaro bis auf die Fellfärbung. Es ist unglaublich! Und ich dachte immer, Jaro wäre einzigartig.«

»War er bestimmt auch, nach all dem, was du über ihn erzählt hast«, antwortete ich und lächelte. Mein Herz floss über für diesen unbegreiflich sensiblen und klugen Pferdemenschen. »Wenn Hauke wieder gesund ist, darfst du ihn gerne reiten«, hörte ich mich sagen. »Wundersamerweise scheint er dich zu akzeptieren. Er lässt sich sonst nicht von jedem reiten, nicht mal von Finn, dabei kennt er den schon so lange.«

Torge strahlte. »Das wäre großartig, du glaubst gar nicht, wie sehr ich Pferde vermisst habe.« Er griff nach meinen beiden Händen und drückte sie dankbar an seine Brust. Seine Augen suchten meine, ganz nahe waren wir uns, und für einen Moment stand die Welt still. Ich weiß nicht, was sonst noch zwischen uns passiert wäre, hätte sich nicht die Tür des OP-Raums geöffnet.

»Alles bestens!« Doktor Haus trat in den Gang und nickte uns zufrieden zu. »In ein paar Stunden ist der Gute wieder auf den Beinen.«

9

Wie Torge gesagt hatte, musste Hauke noch zwei Tage zur Beobachtung in der Klinik verbringen. Am liebsten wäre ich bei ihm geblieben, doch sowohl Torge als auch Doktor Haus trösteten mich und meinten, ich könne sowieso nicht viel für ihn tun. Er musste sich einfach nur ausruhen und brauchte eine spezielle Massage sowie manuelle Therapie für seinen Rücken. Was sich nach Pferde-Wellness und Reha anhörte, war tatsächlich genau das – man tat alles, was man auch für Menschen nach einer solchen OP tun würde. Und wenn es Hauke gesund machte, warum nicht.

»Kiek einer, guck, sieht man dich auch mal wieder«, begrüßte mich Piet knapp und verstaute hastig sein Handy in der Jackentasche, als wir am späten Vormittag nach einer durchwachten Nacht auf dem Friesenhof auftauchten.

Aber bevor ich neugierig fragen konnte, mit wem mein Onkel da telefoniert hatte, wo er doch sonst sein Mobilteil ignorierte, hielt mir Piet ohne ein weiteres Wort die Gurte hin, damit ich ihm beim Anspannen von Alma und Luigi helfen konnte. Dass mit Hauke alles gut gelaufen war, hatte er längst von Isodora erfahren, die ich letzte Nacht stündlich per SMS über den neuesten Stand der Dinge informiert hatte.

Piet hatte offenbar vor, die Kutsche startklar für eine Picknickfahrt ins Grüne zu machen, er murmelte irgendetwas von »Romantik-Ausflug für zwei«. Frauke hatte bereits einen großen Korb in den Wagen gestellt und die bunten Kissen drapiert, in einem Flaschenkühler stand Champagner bereit. Bei dem herrlichen Sonnenschein würde es eine traumhafte Ausfahrt durch die Dünen und Felder werden, vor allem, wenn Piet die Romantiker später an einem lauschigen Plätzchen hinten am Waldsee für ein Stündchen alleine lassen würde.

Die Sache mit den Picknickfahrten hatten Finn und ich uns ausgedacht – letztes Jahr, als wir neue Pläne für den Friesenhof und seine »Kombüse« schmiedeten. Piet hatte natürlich gemosert, weil er mit diesen Sonderfahrten um sein Nachmittagsschläfchen gebracht wurde. Aber erstens hätten ja auch Wilm oder ich das übernehmen können (was *er* jedoch ausdrücklich nicht wollte!), zweitens brauchten wir das Geld (woran *er* mich bei jeder Gelegenheit erinnerte) und drittens hatte er seinen Spaß an diesen Exklusivfahrten mit den feinen Pinkeln (was er *nie* im Leben zugegeben hätte).

»Tut mir leid!« Ich ließ meine Tasche auf den Boden gleiten und packte mit an. Weil niemand Zeit gehabt hatte, uns abzuholen, hatten Torge und ich den Bus nehmen müssen, was eine ziemliche Gurkerei über Hunderte von Käffern bedeutet hatte. In Töwerhaven-Zentrum war Torge dann ausgestiegen – er hatte sich nur flüchtig von mir verabschiedet. Nach all dem, was er mir von sich erzählt hatte, fand ich seine plötzliche Distanz seltsam. Wie gerne hätte ich mich bei ihm bedankt! Und ihn zum Abschied richtig umarmt! Aber es schien, als bereute Torge es, mir so viel von sich preisgegeben zu haben. Irgendwie komisch.

Routiniert befestigte ich jetzt die Gurte an der Deichsel, bevor ich noch mal in den Stall flitzte, um einen weichen

Lappen für die Kutsche zu holen. Wir hatten das gute Stück den Winter über restauriert und neu gestrichen, jetzt wollte ich es auf Hochglanz polieren und den letzten Staub entfernen, bevor es losging.

Ich begutachtete gerade den glänzenden Lack, da hörte ich Gekicher hinter mir. Großmaul-Cowboy Daniel kam mit der schönen Lena Hand in Hand über den Hof geschlendert und die beiden schienen sich über irgendein Posting glänzend zu amüsieren, zumindest hielt Lena ihren Kopf tief über ihr Smartphone gebeugt und tippte die ganze Zeit über darauf herum.

»Hey, sind das für heute meine 2 PS? Da habt ihr aber an der Ausstattung gespart, was?« Daniel blieb lachend vor Alma und Luigi stehen und klopfte den braven Friesenpferden den Hals.

»Was dagegen?«, konterte ich fix. »Die beiden sind erstklassige Kutschpferde ...«

»Für die Wattwagen vielleicht!«, kicherte Lena.

»Schon klar, war nicht so gemeint«, kam es beschwichtigend von Daniel. »Die beiden sind super, das erkennt man sofort. Kutschierst du uns?«

»Ich?« Erstaunt guckte ich ihn an.

»Warum nicht?«

»Das ist eine gute Idee, min Deern, da kommst du endlich auf andere Gedanken.« Ehe ich mich versah, hatte mir Piet die Gerte in die Hand gedrückt. »Middagsslaap ...«

»Och nö, ne!« Das kam jetzt von Lena, und wo sie recht hatte, hatte sie recht. Ich konnte mir auch etwas Besseres vorstellen, als sie mit ihrem Urlaubsflirt durch die Gegend zu kutschieren, die sie genauso gut mit ihm hätte beradeln können – schließlich war sie hier wie wir alle aufgewachsen. Dann hätte ich mich um meine liegen gebliebene Arbeit kümmern können. Mal abgesehen davon, dass ich eine große Sehnsucht nach einer Dusche verspürte. Oder gar nach einem Bad in der Nordseebrandung.

»Na, aber bitte schön, die Damen, jetzt bin ich aber beleidigt!« Daniel rollte mit gespieltem Ernst die Augen. »Komm, Prinzessin, ich zeig dir mein Schloss!« Er reichte Lena galant die Hand, die sich daraufhin kichernd in die Kutsche bugsieren ließ. Mit einem sportlichen Satz sprang Daniel hinterher. Irgendwie schaffte er es, sich neben Lena auf den schmalen Sitz zu quetschen und seinen Arm um ihre Schulter zu legen, woraufhin sie abermals kicherte. Jetzt rollte ich die Augen.

Seufzend kletterte ich auf den Kutschbock. Es war noch gar nicht so lange her, da hatte mir mein Onkel verboten, die Wagen zu lenken. Und obwohl ich öfters bei den Wattwagenfahrten einsprang, wenn einer seiner Leute ausgefallen war, und meine Sache mehr als gut machte, sah er es immer noch ungern. Aber heute war ihm sein Mittagsschlaf offensichtlich lieber.

»Ich überlasse es Lena, dir zu erklären, was die besonderen Sehenswürdigkeiten von Töwerhaven sind«, sagte ich, löste die Bremse und trieb Alma und Luigi an. »Dann kann ich die Ausfahrt wenigstens auch ein bisschen genießen ...«, fügte ich, leise in mich hineingrinsend, hinzu.

Wie üblich führte uns der Weg zuerst hinunter zum Meer, wo wir jedoch bald wieder umdrehten. Am Strand herrschte Hochbetrieb. Kein Wunder, bei dem herrlichen Wetter waren alle unterwegs. Immer wieder segelte den Pferden ein Ball zwischen die Beine. Ich dankte Piet im Stillen für seine gute Kutschpferdausbildung, denn die beiden Schimmel ließen sich durch nichts aus der Ruhe bringen, auch nicht von den vielen Menschen, die um sie herumrannten. Dafür zuckten sie nervös mit den Ohren, als Daniel mit einem lauten Plopp! und unter Lenas albernem Gekicher den Sektkorken knallen ließ.

Ich entschied mich, den ruhigen Feldweg Richtung Wäldchen zu nehmen. Hier war es schattig und wir begegneten nur wenigen Radfahrern. Ich trieb Alma und Luigi in einen leichten Trab, endlich schnaubten sie zufrieden und wir zockelten in einem angenehmen Tempo den Weg entlang. Im Wagen hinter mir kicherten und lachten die beiden jetzt um die Wette, Gläser klirrten. Ich wagte es nicht, mich umzudrehen. Eine knutschende Lena ertrug ich ebenso wenig wie einen besserwisserischen Daniel, aber was immer er ihr pausenlos ins Ohr flüsterte, schien wahnsinnig lustig zu sein. Insgeheim verfluchte ich meinen Onkel und seinen Mittagsschlaf. Und unsere Idee mit dem romantischen Kutschausflug.

»Ich lasse euch hier am Waldsee raus«, sagte ich und hielt den Wagen an. »Wenn ihr ein paar Meter um die Kurve geht, kommt ihr an eine kleine Lichtung. Da gibt es unter der Eiche einen idealen Picknickplatz, Lena kennt ihn doch bestimmt, oder?« Ich hatte den Korb aus seiner Verankerung gelöst. Himmel, war der schwer, was hatte Frauke nur alles eingepackt?!

»Danke, hört sich gut an!« Daniel sprang aus der Kutsche und half Lena galant hinaus, schnappte sich den Korb und dann spazierten sie ins Wäldchen hinein.

»Na, dann haben wir jetzt Pause, was?«, sagte ich zu den beiden Schimmeln und lockerte ihnen die Gurte, bevor ich mich auf die Bank in die Sonne setzte. Vielleicht war das mit der Ausflugsfahrt und dem Schäferstündchen doch nicht so eine schlechte Idee, dachte ich noch, bevor ich wegdöste.

In dieser Nacht wanderten meine Gedanken ständig zu Hauke. Er fehlte mir schrecklich! Draußen stand der Mond hell und voll am Himmel, ich wälzte mich in meinem Bett von der einen auf die andere Seite, konnte meine Beine nicht still halten. Ganz bestimmt stand Hauke jetzt dort in der Box und lief ebenfalls unruhig hin und her. Ich hatte vorhin in der Klinik angerufen und mich zum hundertsten Mal vergewissert, dass es ihm gut ging und er die allerbeste Aussicht auf Heilung hatte. In Sorge war ich trotzdem, vor allem, wenn ich an die hohe Rechnung dachte, die die Klinik schicken würde. Camilla hatte zwar versprochen, sie zu bezahlen, aber bei ihr wusste man ja nie. Und so viel konnte ich hier gar nicht arbeiten, um die Summe zu erwirtschaften, die die OP gekostet hatte, Decktaxe hin oder her. Wenn die Kosten an Piet und Isodora hängen blieben, wäre das dramatisch. Sie waren finanziell noch längst nicht saniert. Die nächsten fünf Jahre erst würden zeigen, ob die Modernisierungsmaßnahmen auf dem Friesenhof greifen würden oder nicht, das hatte uns Thorsten in einem ausführlichen Gespräch erklärt. Wir würden von früh bis spät ackern müssen, Durststrecken hinnehmen und dann immer noch nicht wissen, ob zwei Familien davon leben konnten.

Um mich abzulenken, griff ich nach meinem Smartphone und guckte mir meine Fotos von Hauke an: Hauke im Sonnenuntergang, Hauke vor dem alten Leuchtturm, Hauke beim Wälzen, im Galopp mit fliegendem Schweif auf der

Weide ... da ploppte eine Nachricht rein. Wer schrieb mir mitten in der Nacht? Schnell sah ich nach und war auf eine Message von Mareike gefasst. Mein Herz setzte einen Moment aus, als ich den Absender las: Es war Torge.

Hallo, Liv, wie wunderbar, dass es Hauke so gut geht. Hast du Lust, ihn morgen zu besuchen? Ich habe am Vormittag frei und könnte dir eine Fahrt auf meinem Motorrad anbieten, falls du nicht wieder diese idyllische Tour mit dem Linienbus machen willst ;-)

Mein Herz klopfte jetzt doppelt so schnell. Dann hatte sein nüchternes Abschiednehmen also nicht wirklich etwas Schlimmes zu bedeuten gehabt und ich hatte mir umsonst Sorgen gemacht. Torge wollte mit mir seinen freien Vormittag verbringen ... Am liebsten wäre ich auf meinem Bett Trampolin gesprungen und hätte laut *Juchhu!* gebrüllt. *Au ja,* tippte ich zurück. Und ich konnte mir nicht verkneifen, meinem *Ja, gern* ein *Freu mich!* hinzuzufügen.

Weil an Schlaf jetzt überhaupt nicht mehr zu denken war, zog ich mir meine Jogginghose über und lief hinunter in den Stall, wo ich mich aus lauter Gewohnheit zunächst in Haukes Box ins Stroh legte, um ihm irgendwie nahe zu sein. Das vertraute Schnauben der anderen Pferde im Stall beruhigte mich, ich schloss die Augen und spürte, wie die Anspannung der letzten Tage von mir abfiel. Hauke ging es gut, er war auf dem Weg der Besserung und in ein paar Tagen würden wir wieder wie früher am Strand entlanggaloppieren. Morgen würde ich ihn besuchen, gemeinsam mit Torge. Bei dem Gedanken an den jungen Tierarzt hüpfte mein Herz abermals vor Freude los. Sofort hatte ich sein Gesicht vor Augen, seine weichen Züge, den sensiblen Mund ... und wie umsichtig und eindringlich er auf die Untersuchung durch Doktor Haus bestanden hatte. Ganz anders als Finn, der oft so unentschlossen und unreif wirkte. Aber kein Wunder, Torge war fast zwanzig und damit vier Jahre älter als wir. Zu alt für mich, schoss es mir durch den Kopf. Ich wischte den Gedanken schnell beiseite und doch musste ich immer wieder an ihn denken. Seine Geschichte berührte mich sehr. Was er mit Jaro erlebt hatte, grenzte an das Maß des Erträglichen und ich war froh, dass man hier auf dem Friesenhof so vernünftig mit Pferden umging.

»Hey, was machst denn du hier?«, wisperte plötzlich eine vertraute Stimme an meinem Ohr. Jemand legte sich neben mich ins Stroh und zog eine Decke über uns, sofort wurde mir wohlig warm.

»Selber!«, gab ich zurück. Es war nicht das erste Mal, dass Anna und ich uns des Nachts im Stall bei unseren Pferden trafen.

»Moonlight fühlt sich vernachlässigt«, kicherte sie. »Hat sie mir heute Nachmittag beim Ausritt gezeigt. Da war sie total buckelig und störrisch und wollte nicht wie sonst am Strand entlang. Das war schrecklich! Ständig hat sie gescheut und einmal wäre sie mir beinahe durchgegangen, als so ein Knirps mit seinem Lenkdrachen direkt auf uns zugesteuert ist.«

»Das gehört längst verboten ...«, murmelte ich. »Warst du etwa allein unterwegs? Ich dachte, dich gibt's nicht mehr ohne Finn«, neckte ich sie.

»Pah, der!« Anna rückte ein Stück näher an mich heran. »Hat mir vorhin eine riesige Szene gemacht, weil ich mit Simon surfen war. Der hat mir nämlich gezeigt, wie man richtig auf dem Brett stehen muss, und endlich habe ich es kapiert ...« Anna seufzte. »Finn ist nur noch schlecht drauf!

Dabei macht ihm das Kochen so viel Spaß! Und tolle Ideen hat er auch. Seine Blaubeerpfannkuchen sind einfach spitze! Die »Kombüse« ist ständig rappelvoll, um die Mittagszeit findest du dort kein einziges freies Plätzchen mehr, drinnen wie draußen ... wenn du mich fragst, ist er absolut urlaubsreif. Aber er will partout keine Pause machen.«

»Das geht auch nicht in der Hochsaison!«, sagte ich. Armer Finn! Es ist doch der Horror, wenn man schon in so jungen Jahren kurz vor dem Burn-out steht. »Na, dann werde ich ihn morgen mal aufmuntern gehen ... vielleicht kann ich ihm ja helfen.« Ich knuffte sie liebevoll in die Seite.

»Du?«, Anna lachte. »Du hast ja selbst genug um die Ohren! Erst dein Unfall. Und dann noch die Sorge um Hauke. Echt, ich frage mich manchmal, wie du das alles aushältst! Wenn ich nur daran denke, dass Moonlight auch mal etwas passieren könnte ... Psst! Hörst du das?« Anna hielt den Atem an.

Ich lauschte in die Dunkelheit hinein. Irgendwo raschelte eine Maus, Morango in der Box nebenan machte einen tiefen Schnaufer.

»Quatsch, ist doch alles ruhig!« Ich schüttelte den Kopf.

»Doch, da draußen ist jemand.«

Abermals horchte ich angestrengt. Jetzt hörte ich es auch. Ganz leise nur, aber es waren Schritte, die sich langsam entfernten. Dann hörten wir einen Eimer scheppern und jemanden fluchen.

»Vielleicht noch ein Pferdeverrückter, der ohne seinen Liebling nicht schlafen kann«, meinte ich leichthin, dabei klopfte mein Herz bis zum Hals. Dass hier jemand nachts herumschlich, war neu und machte mir, ehrlich gesagt, Angst, denn ansonsten war Töwerhaven Idylle pur. Schafe grasten auf dem Deich, Möwen segelten am blauen Himmel und niemand musste sein Fahrrad abschließen, selbst nicht in der Hochsaison, wenn so viele Touristen hier waren. Isodora und Piet verriegelten noch nicht einmal ihre Haustür, weil sie sich hier so sicher fühlten. Einzig im Sommer vor zwei Jahren war Morango von der Weide hinten an der Pappelallee verschwunden und nach einer nervenaufreibenden Sucherei hatten Finn und ich ihn schließlich auf dem Fußballplatz gefunden. Bis heute habe ich Lena in Verdacht, dass sie mir eins auswischen wollte, aber ich konnte ihr nichts beweisen.

»Und läuft da was zwischen Simon und dir?«, fragte ich Anna. Jetzt war ich doch ein bisschen neugierig geworden.

»Der ist total süß!«, schwärmte sie. »Aber ich glaube, er interessiert sich eigentlich für dich. Zumindest hat er mich die ganze Zeit über dich ausgefragt und wollte wissen, ob Torge dein Freund ist, wie alt du bist und ob du auch surfen kannst und solche Dinge.«

»Ich finde ihn ganz okay. Im Gegensatz zu seinem Bruder!« Mit Grauen dachte ich an den Ausflug. Lenas Gekicher klang mir jetzt noch in den Ohren, sie hatte in einer Tour von den coolen Videos der Orlowski-Brüder geschwärmt und irgendwann war es selbst Daniel peinlich gewesen.

Ich wollte gerade davon erzählen, da wurde die Stalltür aufgerissen.

»Wenn man vom Teufel spricht«, murmelte Anna, die blitzschnell aufgestanden war und durch die Gitterstäbe gelunst hatte. »Da kommen die Stars! – Schnell, versteck dich.«

»Zu spät, wir haben euch längst bemerkt! Euer Gequatsche hört man in ganz Töwerhaven.« Daniel und Simon kamen einfach zu uns in die Box und setzten sich. In der Hand trugen sie jeweils ein Sixpack Flensburger. Ehe ich mich versah, war Simon neben mich gerückt.

»Hier, lass ploppen«, sagte er mit einem umwerfenden Grinsen und prostete mir zu.

»Das Leben ist zu kurz, um schlechtes Bier zu trinken«, meinte Daniel und tat einen tiefen Rülpser, woraufhin Anna albern kichern musste. Was aber auch daran liegen mochte, dass sie ihre Flasche auf ex leer gepumpt und bereits die zweite am Wickel hatte.

»Stimmt!«, sagte ich und ließ es übermütig *Plopp!* machen und prostete in die Runde. Wie gut fühlte es sich an, mal alle schweren Gedanken abzustreifen.

»So habe ich mir meine Ferien vorgestellt«, meinte Simon und lehnte sich zufrieden zurück.

»Surfen am Strand, Privatparty im Stall mit den hübschesten Mädchen vom Ort – was will man mehr?« Daniel zwinkerte mir zu. Ich musste verlegen grinsen, obwohl ich natürlich genau wusste, dass Daniel das garantiert zu jeder sagte. Aber Komplimente dieser Art hatte ich lange nicht mehr gehört.

»Hast du ein Glück«, sagte ich und prostete ihm ausgelassen zu, während ich ihn provozierend anfunkelte, »dass du auf dem Friesenhof gelandet bist, da ist nämlich alles inklusive.«

»Alles?« Simon guckte mich überrascht an und ich merkte, was ich da von mir gelassen hatte. Anna prustete los und ich lief knallrot an.

»Äh ... nein, ich meine ... nicht so, wie du denkst!«, beeilte ich mich hinzuzufügen.

»Was denke ich denn?« Simon angelte amüsiert nach der

nächsten Flasche und tat mir nicht den Gefallen, meine unbedachte Bemerkung zu ignorieren.

»Och, bestimmt denkst du, dass nichts über Melitta-Filterkaffee und Rosinenstuten satt am Morgen geht ...«, konterte ich fix und Daniel brach in schallendes Gelächter aus.

»Yes! Genau davon träumt er! Und gib's zu: Die großartigen Wellen zum Surfen gehen auch auf dein Konto! Vom Wind ganz zu schweigen.«

»Du hast den Dauerregen vergessen ...«, ergänzte ich kicherig.

»Der ist das Beste überhaupt!«, meinte Simon und legte jetzt wie nebenbei seinen Arm um meine Schulter. Er roch gut, nach Salz und Meer und irgendwie auch nach Sonne. Ich tat einen tiefen Atemzug und lehnte mich entspannt zurück.

»Findest du?«, fragte ich und schaute ihm prüfend in die Augen. Seine Gesichtszüge waren ganz weich, ich spürte seinen warmen Atem in meinem Gesicht und genoss das wohlige Gefühl, das sich in mir ausbreitete.

»Finde ich.«

»Ich nicht!«, trötete Anna dazwischen. »Ich will endlich wieder ausreiten, ohne nass zu werden! Moonlight hat schon Dauerschnupfen!«

»Dann lass doch den smarten Doc mal die Hand auflegen«, ulkte Daniel mit einem Seitenblick auf mich. »Liv hat da so ihre Erfahrung.«

Bei der Erwähnung von Torge zuckte ich zusammen und für einen kurzen Moment fragte ich mich, was ich hier eigentlich machte ... Aber es fühlte sich alles so kuschelig, so leicht, so schwerelos an, dass ich mich doch wieder entspannt an Simons Schulter sinken ließ.

»Vergiss es!«, winkte ich ab. »Wer glaubt denn an so was? Und von dem bisschen Regen ist noch kein Pferd auf dem Friesenhof krank geworden ... Nimm es als Rosskur für Pferd und Reiter, haha ...«, fügte ich hinzu und kicherte los.

»Alles inklusive!« Daniel brach in schallendes Gelächter aus, dass ich befürchtete, Isodora und Piet würden gleich hier auftauchen.

»Alles inklusive«, meinte auch Simon und drückte mir einen Kuss auf die Wange, der leicht Richtung Mund verrutschte. Ich hatte nichts dagegen.

10

Am nächsten Morgen hingen die Regenwolken dicht und grau über Töwerhaven, und weil kein Lüftchen wehte, würde sich das im Laufe des Tages auch nicht ändern, das waren keine guten Aussichten. Ob Torge sein Versprechen wahr machte und mich abholen würde? Bisher hatte er auf meine Nachricht nicht reagiert ... Müde und verkatert, verrichtete ich meine morgendliche Stallarbeit, mistete die Boxen aus und richtete die Einstreu für die Gastpferde, während sich meine Gedanken wie ein Karussell um gestern Abend drehten. Wie easy und locker alles mit Simon war! Arm in Arm, einfach so, wir hatten riesig Spaß gehabt, vor allem, als Daniel seine Sprüche abgelassen und Anna eine Beauty-Bloggerin imitiert hatte. Wir hatten uns weggeschmissen vor Lachen! Ob Torge auch mitgefeiert hätte?, ging es mir durch den Sinn. Er wirkte immer so ernst und zurückhaltend. Er würde mir nie einfach so den Arm um die Schulter legen, geschweige denn, mich einfach just for fun küssen. Wahrscheinlich war ich für Torge sowieso nur das Pferdemädchen mit dem kostbaren Schimmel, der ein Doppelgänger seines geliebten Jaros war. Oder womöglich in seinen Augen noch ein Kind? Torge war so erwachsen, so reif, so nachdenklich. Moonlight, der ich gerade eingeweichte Rübenschnitze in den Trog füllte, stupste mich an und riss mich aus meinen Gedanken.

»Du bist die einzig Fitte hier, was?«, sagte ich mit Blick

auf den trägen Morango neben ihr in der Box und kraulte zärtlich ihren Schopf. »Und die Hübscheste sowieso!«

Anna hatte sich gestern Abend ganz schön an Daniel rangeschmissen, wenn das Finn gesehen hätte! Aber ich konnte mir nicht vorstellen, dass Anna wirklich etwas an ihm fand, dafür war der Typ wirklich zu arrogant und großkotzig, auch wenn er eine Menge von Pferden verstand. Sehr charmant sein und tolle Komplimente machen konnte er auch ... Irgendwie waren Anna und ich wohl beide gestern in einen Strudel geraten, der unsere Gefühle kurz mal durcheinandergewirbelt hatte. Oder war es mehr als eine strudelige Episode? Schnell sammelte ich noch eine leere Chipstüte aus Haukes Box, die wir dort vergessen hatten. Spätestens in drei Tagen würde mein Liebling wieder hier sein – zum Glück ging es ihm mit jedem Tag besser. Gleich nach dem Aufstehen hatte ich in der Klinik angerufen und mir das bestätigen lassen.

»Hier steckst du!«, riss mich Finns vertraute Stimme aus meinen Gedanken.

»Huch, was ist mir dir?«, sagte ich erstaunt. »Bist du etwa aus dem Bett gefallen? Normalerweise sieht man dich in den Ferien doch nicht vor neun Uhr.« Überrascht trat ich auf die Stallgasse und begrüßte meinen müden und blassen Kumpelfreund.

»Spar dir deine Witze«, murmelte er und entriegelte Morangos Box. Der Dunkelfuchs schnaubte ihm freudig entgegen. Kein Wunder, Finn hatte ihn in den letzten Wochen sträflich vernachlässigt, und damit der Gute nicht endgültig seine Form verlor, hatte ich ihn ab und zu bewegt.

»Komm schon, ich weiß doch, dass viel los ist!«, seufzte ich und deutete nach draußen. »Ich weiß nicht, was ich anstrengender finde: fünf Wattwagen voller Urlaubsgäste bei strahlendem Sonnenschein zu organisieren oder fünfzehn maulende Reiter, die nicht wissen, ob sie bei Schietwetter und Windstärke 6 aufs Pferd steigen sollen ...«

»Ich hätte nichts gegen ein paar Tage Pause. Von mir aus kann es die ganzen nächsten Wochen regnen«, meinte Finn und wischte sich über sein Gesicht.

»Sag das nicht! Wenn keiner kommt, verdienen wir kein Geld, so einfach ist das! Und das brauchen wir hier ja wohl alle!«, antwortete ich kopfschüttelnd.

»Wenn keiner kommt, hab ich endlich mal frei!« Finn hatte sich an Morango gelehnt und wie zu früheren Zeiten sein Gesicht in seine Mähne vergraben.

»Hey, was ist los mit dir?«, fragte ich und berührte sanft seine Schulter. »Geht's dir nicht gut?«

»Stell dir vor: Ja!«, fauchte er und drehte sich zu mir um.

»Ist ja schon gut, war ja nur 'ne Frage! Jetzt rück schon raus.« Abwartend schaute ich ihn an. Hatte Finn etwas von Annas Flirt mit Daniel mitbekommen? Seine Augen sahen müde aus und die blonden Haare waren noch verstrubbelter als sonst. Da lag aber noch etwas in seinem Blick.

»Ich weiß nicht, was ich tun soll ...«, begann er nach einer Weile. Er hatte sich wieder Morango zugewandt, dem er unablässig über die weichen Nüstern strich. »Ich habe ein Angebot, bei Johann Steiner in der Schweiz meine Ausbildung zu machen –«

»Was? Das ist ja großartig!«, unterbrach ich ihn. Seit ich Finn kannte, genauer gesagt, seit Finn angefangen hatte, sich für die gehobene Küche zu interessieren, und mit Kreationen experimentierte, schwärmte er von dem Schweizer Sternekoch, der in vielerlei Hinsicht ein großes Vorbild für ihn war. Steiner hatte als kleiner Junge auf der Hütte seiner Eltern mit einem kleinen Imbiss angefangen und die Wanderer mit Köstlichkeiten verwöhnt. Bis er eines Tages hinunter ins Tal gegangen und dort sein eigenes Restaurant eröffnet hatte. Mittlerweile gehörte er zu den bekanntesten Köchen im deutschsprachigen Raum, schrieb unzählige Bücher und war in Kochshows ein gern gesehener Gast.

»Ja, ist es!« Finn nickte und es war, als spräche er zu sich selbst, als er jetzt fortfuhr. »Einer seiner Mitarbeiter war hier letzte Woche zufällig zu Gast. Stell dir vor, er hat, ohne dass es jemand von uns bemerkt hätte, die gesamte Speisekarte getestet und war so begeistert, dass er später zu mir in die Küche kam und mir tausend Komplimente machte. Mein Vater hat nicht schlecht gestaunt und war stolz, womöglich auch ein bisschen eifersüchtig, schließlich kocht er schon sein Leben lang ... Aber auch er musste zugeben, dass meine Nachspeisen und Desserts unübertroffen köstlich sind.«

»Und da hat dieser Typ dir dieses Angebot gemacht?«

»Nein, nicht an dem Tag. Aber er hat mir erzählt, woher er kommt, und mir sozusagen dringend nahegelegt, mich bei Johann Steiner zu bewerben. Also habe ich Vanille-Macarons mit Sanddorn-Ganache und Erdbeergrütze im Glas bereitet und ihm mit einem Overnight-Express in die Schweiz geschickt. Jetzt habe ich ein Jobangebot – und weiß nicht, was ich machen soll.« Finn hatte sich wieder zu mir umgedreht.

»Du weißt nicht, was du machen sollst? Nicht dein Ernst?« Ich guckte Finn verständnislos an. »Ist ja wohl klar! Du packst deine Sachen und ziehst in die Welt! So eine Chance bekommst du nie wieder!«

»Das ist es ja, was mich so beschäftigt. Ich habe nie davon geträumt, hier wegzugehen. Komm, ich zeig dir was.« Er nahm mich bei der Hand und zog mich mit sich aus dem Stall, hinaus auf den schmalen Weg mit den Heckenrosen hinter den Dünen. Fröstelnd zog ich den Kragen meiner Fleecejacke hoch, weil es nieselte.

»Siehst du das?!« Wir waren auf der Anhöhe stehen geblieben. Vor uns lag das rauschende Meer. Ein paar einzelne Spaziergänger hatten sich trotz des schlechten Wetters an den Strand verirrt und Möwen segelten kreischend über unsere Köpfe hinweg.

Finn hatte sich hinter mich gestellt und drehte mich einmal um die eigene Achse. »Hier bin ich aufgewachsen, am Strand von Töwerhaven. Weißt du noch, wie oft wir in der Brandung gebadet haben? Unsere vielen Ausritte? Und Erdbeerwettessen im Strandkorb? Nachdem der »Anker« zerstört wurde, habe ich mit dem Friesenhof ein neues Zuhause gefunden. Ich will hier gar nicht weg. Ich ... ich wollte hier alt werden!«

»Du spinnst!« Mit einer abrupten Bewegung machte ich mich von ihm los. »Du hörst dich an wie ein alter Mann kurz vor der Rente! Hallo, du bist ja noch nicht mal volljährig, du hast das ganze Leben noch vor dir, was willst du denn? Für immer, immer hier sein? Und hast du nicht gerade selbst über den Stress während der Hochsaison gejammert?«

»Gastronomie bedeutet immer Stress«, murmelte Finn und zuckte mit den Schultern. Seine Stiefel zeichneten Muster in den feuchten Sand.

»Aber das ist doch das, was dir Spaß macht! Dieses stundenlange Herumtüfteln über die richtige Konsistenz der

Soße oder die raffinierte Beigabe irgendeines Gewürzes, so lange, bis es dir wirklich schmeckt und deine Zunge zufrieden ist. Jetzt hast du die Gelegenheit, dein Können zu beweisen. Mehr noch: Da ist jemand, der dich ausbilden will, weil er in dir ein riesiges Potenzial sieht. Und du stehst hier und jammerst, weil du deine ›Kombüse‹ nicht verlassen willst. Ich verstehe dich nicht.«

Finn drehte sich weg von mir. »Ich dachte, gerade *du* würdest mich verstehen, Liv! Weil du dieses Fleckchen Land doch auch so liebst. Du hast deine Mutter verlassen, um hier zu leben. Du hasst deinen Vater dafür, dass er in die Welt hinausgezogen ist.« Finns Stimme war jetzt ganz leise. »Irgendwie dachte ich, bei dir wäre ich mit meinen Sorgen an der richtigen Adresse ...«

Ich schluckte ob seiner klaren Worte. Mein bester Freund und Kumpel hatte recht. Und irgendwie auch nicht. Ich schüttelte den Kopf. Mittlerweile regnete es stärker und Wind war aufgekommen, sodass die Tropfen jetzt gegen meine Hose klatschten. Ich fröstelte immer mehr.

»Nein, Finn. Es ist anders. Ich habe es in Hamburg nicht mehr ausgehalten, weil ich gemerkt habe, dass ich meiner Leidenschaft, dem Reiten, dort nicht nachgehen kann. Ich möchte mit Pferden zu tun haben, mit Natur! Ich brauche die Nordsee, die Dünen ... das freie Gefühl, auf Haukes Rücken am Strand entlangzugaloppieren. Die Stadt hat mir das alles nicht geboten. Deshalb musste ich weg.«

Finn hatte sich inzwischen wieder zu mir gedreht und hörte mir aufmerksam zu.

»Du hast die Chance, in die Schweiz zu gehen und dort deine Leidenschaft, die Patisserie, auszuleben. Dich weiterzuentwickeln, Neues zu entdecken ...«

Finn nickte langsam.

»Und das heißt ja nicht, dass du für immer dort bleiben musst«, sagte ich. »Denn irgendwie gehörst du ja doch hierhin.« Ich legte einen Arm um seine Schulter. »Aber ich kann mir vorstellen, dass ein paar Kilometer zwischen dir und deiner Mutter dir jetzt erst mal ganz guttun könnten!«

Wir mussten beide grinsen.

»Hast du denn überhaupt schon mit deinen Eltern gesprochen?«, fragte ich.

»Nein, habe ich noch nicht, denn ihre Meinung ist klar: Sie brauchen mich hier. So eine gute und günstige Kraft wie mich kriegen sie nie wieder. Und die ›Kombüse‹ haben sie ja auch extra auf mich zugeschnitten ...« Finn seufzte. Er hatte seine Hände in den Hosentaschen vergraben und starrte vor sich hin. »Liv, das ist die schwierigste Entscheidung, die ich in meinem Leben bisher treffen musste.«

Ich schwieg. »Ich glaube nicht, dass deine Eltern dir deine Zukunft verbauen würden«, sagte ich nach einer Weile und fühlte mich jetzt komplett nass geregnet. »So schätze ich Frauke und Henry nicht ein. Wenn du es willst – und du musst es wirklich wollen! –, dann werden sie auch nichts dagegen haben.«

»Ich weiß nicht ...« Finn zuckte mit den Schultern. Mit einem Mal wirkte er klein und unsicher. Wie ein kleiner Junge, der Angst vor dem ersten Schultag hat.

»Wovor hast du solche Angst?«

»Wir sind niemals verreist, weißt du, Liv? Wir haben hier immer nur gearbeitet und unsere freie Zeit am Strand verbracht. Ich war noch nie woanders, nicht in Italien oder Kroatien, nicht auf Mallorca oder Hawaii, ich kenne keine andere Großstadt außer Hamburg. Und auch da war ich nur einmal, als ich dich in den Herbstferien besucht habe, weißt du noch?«

»Klar.« Ich nickte. Plötzlich schlangen sich wie von selbst meine Arme um Finn. Ich drückte ihn fest an mich, roch seinen vertrauten Küchengeruch und spürte seine Wärme, obwohl wir beide regennass waren. Wie früher. Wie immer. In diesem Moment verstand ich sehr gut, was er meinte.

»Töwerhaven bedeutet mir alles«, flüsterte er und vergrub sein Gesicht in meinem Hals. »Ich will hier nicht weg, ich ...«

Weiter kam er nicht, denn in diesem Augenblick piepste mein Handy und ich schaute sofort nach, wer mir da geschrieben hatte. Hauke, war mein erster Gedanke. Aber es war Torge. Er wüsste da ein Pferd, das schreckliche Sehnsucht nach mir hätte, ob ich wie abgemacht startklar sei, er würde mich gleich abholen ...

In mir gab es einen Kurzschluss der gemischten Gefühle. Simon, Finn, Torge ... Mir schwirrte der Kopf. Aber für mich gab es nur einen: Hauke. Zu ihm wollte ich so schnell wie möglich!

Logo, beamte ich zurück, meine Finger schrieben es von selbst.

»Ich muss los«, sagte ich und knuffte Finn liebevoll in die Seite. »Und du auch! Tu's! Ich an deiner Stelle würde mir die Chance nicht entgehen lassen.« Und mit diesen Worten ließ ich ihn einfach stehen.

Kurz darauf saß ich hinter Torge auf dem Motorrad, trug einen dicken Helm auf dem Kopf und hielt mich möglichst lässig an seiner Hüfte fest. Genauer gesagt war mir ziemlich mulmig zumute, obwohl er ruhig und sicher fuhr, sich weder stark in die Kurve legte noch waghalsige Überholmanöver startete. Erst als ich die Augen schloss und mich an seinen Rücken lehnte, gelang es mir, die Fahrt zu genießen, weil ich mir vorstellte, ich säße auf Haukes Rücken. Alles in mir kribbelte vor lauter Vorfreude.

Als wir in der Klinik vorfuhren, konnte ich es kaum erwarten, bis Torge endlich das Motorrad abgestellt hatte, und rutschte im erstbesten Moment herunter, um die breite Auffahrt hinaufzulaufen und den langen Flur entlang zu dem Trakt mit den Pflegeboxen, auch wenn mich lauter Hinweisschilder daran hindern wollten, weil Unbefugten hier der Zutritt verboten war. Jesse hatte uns erzählt, dass es nicht so gerne gesehen wurde, wenn die Besitzer der Pferde sich hier aufhielten, weil das zu viel Trubel mit sich brachte. Deshalb verzichteten wir sicherheitshalber darauf, uns anzumelden.

Eilig öffnete ich die schwere Tür und trat in die Stallgasse, die so sauber gefegt war, dass ich staunte – kein Vergleich mit dem Chaos vom Friesenhof. Es herrschte eine fast gespenstische Ruhe, obwohl hier mindestens fünf Pferde standen, wie ich mit einem Blick feststellte. Hauke wieherte mir sofort freudig entgegen und hob den Kopf, als er meine Schritte hörte.

»Hey, wie geht es dir?«, begrüßte ich meinen Liebling und trat zu ihm. »Hast du noch Schmerzen? Frisst du ordentlich? Höchste Zeit, dass du wieder nach Hause kommst, du riechst ganz anders. Irgendwie ... nach Klinik und Desinfektionszeugs.« Ich schlang meinen Arm um seinen Hals und lehnte mich an ihn, spürte sein Herz klopfen, dass sich wie meins über unser Wiedersehen freute. Zärtlich strich ich ihm über das schmutzig weiße Fell, offensichtlich hatte er sich nicht putzen lassen. Warte nur, das bedeutet ein Vollbad im Waldsee, dachte ich bei mir, während ich mit den Fingern ein bisschen Dreck herauspulte und mich an ihn lehnte. Ein vertrautes, inniges Gefühl ... ich hätte ewig so stehen können, wäre nicht irgendwann Torge zu uns in die Box getreten.

»Er scheint dich ganz schön vermisst zu haben, da kann man ja glatt neidisch werden«, hörte ich Torge sagen. Lachend deutete er auf Hauke, der mir immer wieder seine Nüstern ins Gesicht stieß, als wolle er mich küssen.

»Und wie, was?« Ich strahlte über mein ganzes Gesicht und kraulte dem Hengst liebevoll den Schopf. »Hoffentlich kann er bald nach Hause!«

»Liegt ganz an ihm«, meinte Torge. »Doktor Haus war sehr zufrieden mit seinen Fortschritten, als ich mit ihm telefoniert habe. Er will ihn aber gerne noch eine Nacht zur Beobachtung hierlassen. Er hat wohl die Aufwachbox gehörig auseinandergenommen, könnte sein, dass er sich da wieder verletzt hat, wobei es nicht danach aussieht. Aber sicher ist sicher. Hoffentlich habt ihr eine gute Haftpflichtversicherung ...«

»Typisch Hauke! Ich bin ja ganz froh, dass er sich nicht alles gefallen lässt. Aber manchmal wäre es natürlich praktischer, er wäre so duldsam wie Morango oder Alma ...« Glücklich drückte ich Hauke einen dicken Kuss auf die Nüstern. Versichert waren zum Glück alle Pferde des Friesenhofs, das sollte nicht unser Problem sein. Am liebsten hätte ich Hauke am Halfter gepackt und wäre mit ihm nach Hause auf den Friesenhof spaziert. Prompt erntete ich einen spöttischen Blick von Torge.

»Ich weiß genau, was du jetzt denkst.« Er grinste. »Vergiss

es, Liv. Du kannst ihn nicht mitnehmen. Komm, verabschiede dich und gönne ihm die wohlverdiente Ruhe, damit er seine müden Knochen auskurieren kann. Wir dürfen hier sowieso nicht bleiben. Wenn Jesse spitzkriegt, dass du dich hier eingeschlichen hast, gibt es nämlich fetten Ärger.«

Ich küsste Hauke auf die Nüstern und schmiegte mich zum Abschied an seinen Hals. Ich bemerkte Torges sehnsüchtigen Blick und fragte mich, was er zu bedeuten hatte. Noch nie hatte er mich so angeschaut, warm, offen, liebevoll. Oder war es wegen Hauke, der ihn zu sehr an Jaro erinnerte? Irritiert hielt ich seinem Blick stand und wusste nicht, was ich fühlen sollte. Ich fand Torge toll. Und gleichzeitig wirkte er so distanziert, dass ich mich besser nicht in ihn verliebte. Wenn es dazu nicht schon längst zu spät war ...

Schweren Herzens trennte ich mich also von Hauke und verzichtete auf das letzte Abschiedsküsschen, dafür bekam er noch eine schöne Goldparmäne, die ich Isodora geklaut hatte. Ich versprach ihm, dass ich ihn bald holen und wir dann einen langen Ausritt am Strand machen würden. Und an den Waldsee. Und zum alten Leuchtturm und ...

»Komm schon!« Torge zog mich mit sich in die Boxengasse und heimlich, wie wir gekommen waren, wollten wir uns auch wieder aus der Klinik rausschleichen. Aber in diesem Augenblick bog Doktor Haus um die Ecke, wir konnten uns gerade noch hinter einem Strohballen verstecken.

»Psst!«, machte Torge und legte überflüssigerweise den Finger an den Mund. Das sah so ulkig aus, dass ich beinahe losgeprustet hätte vor lauter Lachen. Ich musste mir fast auf die Lippen beißen.

»Und wie kommen wir jetzt wieder hier raus?«, flüsterte ich nach einer Weile. Doktor Haus war unterdessen bei einem seiner anderen vierbeinigen Patienten in der Box verschwunden.

»Gar nicht!«, kam es von Torge lapidar. »Oder hast du es etwa eilig?« Er hatte sich gemütlich zwischen zwei Strohballen zurechtgesetzt und zog mich am Ärmel zu sich heran.

»Schon«, musste ich kleinlaut zugeben und machte ein zerknirschtes Gesicht, ich musste nämlich dringend aufs Klo. Wie blöd war das denn? Romantischer konnte es ja fast nicht sein, ich mit Torge, alleine im Strohversteck! Und ausgerechnet jetzt musste ich pinkeln, und zwar dringend ...

»Verstehe«, schaltete Torge sofort und funkelte mich mit blitzenden Augen unternehmungslustig an. »Mal sehen, was sich machen lässt.«

»Ich halte es noch eine Weile aus ...«, versuchte ich abzuwiegeln, auch wenn es glatt gelogen war.

»Am besten lenke ich ihn ab und du flitzt nach draußen.«

»Und wenn er dich erwischt?« Kopfschüttelnd stand ich da und lugte vorsichtig durch die Gitterstäbe. Vier Boxen weiter hörten wir Doktor Haus mit jemandem sprechen.

»Dann musst du eben wiederkommen und mich befreien!« Torge stupste mich grinsend in die Seite.

Schweigend saßen wir eine Weile da. Mittlerweile hatte Jesse ein neues Pferd in die Boxengasse geführt, es trug einen dicken Verband ums Sprunggelenk und zwei weitere Pfleger liefen aufgeregt herum. Unmöglich, hier unbemerkt zu entkommen. Aber einfach so hinter dem Strohballen auftauchen konnten wir ja jetzt auch nicht.

»Denkst du, was ich denke?«, wisperte Torge.

Statt einer Antwort nickte ich nur.

»Auf drei!«

Und ehe Jesse, Doktor Haus und die anderen auch nur *Hey!* rufen konnten, waren wir schneller als jeder Galopper auf der anderen Seite durch die Tür entwischt.

Kichernd rannten wir die breite Auffahrt hinunter, sprangen aufs Motorrad und rasten davon. Genauer gesagt, fuhr Torge nach einem kurzen Pinkelpausen-Stopp am Feldweg in das nahe gelegene Städtchen, wo er früher bei seiner Oma häufiger die Ferien verbracht hatte.

»Ich will dir was zeigen«, sagte er, nachdem er uns ein Eis spendiert hatte und wir trotz des Nieselregens durch die schmalen Straßen spazierten. Bei dem Schmuddelwetter war natürlich kaum jemand unterwegs und wir fühlten uns, als ob uns die kleine Stadt gehörte. Wir blieben stehen, um gegenseitig an unserem Eis zu schlecken, und stritten uns, ob Erdbeersahne oder Erdbeerjoghurt die leckerere Sorte war. Erst als ein Postauto hupte, merkten wir, dass wir mitten auf der Straße standen. Torge entschuldigte sich bei dem Fahrer mit einer Verbeugung und kichernd ließen wir den gelben Wagen vorbei und winkten hinterher. Als wir am Fuße einer riesigen Burganlage ankamen, erzählte mir Torge, wie er früher als kleiner Junge hier herumgestreift war. Wie er im Wassergraben Kaulquappen gefangen, mit seinen Geschwistern Ritter und Knappe gespielt hatte und wie sehr er sich immer gewünscht hatte, mit einem echten Drachen zu kämpfen, aber seine Schwestern nie Prinzessin spielen wollten. Gebannt hörte ich ihm zu. Seit jener Nacht, in der er mir seine Geschichte von Jaro anvertraut hatte, war er mir mit jedem Tag ein Stück nähergekommen und ich bemerkte, wie schön es war, ihm einfach zuzuhören. Heute wirkte Torge locker und froh, frei von jeglicher Schwere und Verantwortung, die er als junger Tiermedizinstudent auf seinen Schultern trug, und frei von der Traurigkeit, die ihn durch den Verlust Jaros und infolge von seiner Familie dann und wann einholte. Lachend und scherzend, liefen wir durch den Park, entdeckten ein Verlies mit einem dicken Absperrgitter und einen mit Efeu berankten Brunnen.

»Jetzt fehlt nur noch der Frosch, den ich küssen muss«, rutschte es mir heraus und ich schaute Torge grinsend an, während ich mir aus lauter Gewohnheit eine Strähne hinters Ohr strich. »Eine Prinzessin ist ja da!«

Offensichtlich war das kein guter Scherz. Denn das war der Moment, in dem Torges Gesichtszüge zu Eis erstarrten.

»Besser, wir fahren jetzt nach Hause«, sagte er. »Wir sind sowieso schon spät dran.«

11

Torge hatte mich ohne viele Worte am Friesenhof abgesetzt und ich schlich mit wehem Herzen ins Haus. Was hatte ich falsch gemacht? Warum war Torge plötzlich so abweisend gewesen? Wir hatten doch gemeinsam einen so witzigen, innigen Tag verlebt. War es vermessen gewesen zu glauben, er könne sich in mich verliebt haben? Offenbar sah er in mir nicht seine Prinzessin – und ich sollte aufhören zu denken, er wäre mein Märchenprinz. Vielleicht war er einfach doch nur ein Frosch. Ein sehr netter Frosch, zugegebenermaßen.

»Sieht man dich auch mal wieder«, begrüßte mich eine schlecht gelaunte Isodora, als ich in die Küche kam. »Jetzt mal ran! Während du hier eine Vergnügungsfahrt nach der nächsten startest, wird die Arbeit nicht weniger. Den Ausflug heute Abend haben wir bereits wegen Schietwetteralarm abgesagt ...«

»Ich mach ja schon!« Rasch umarmte ich meine Tante und musste schlucken. Aus irgendwelchen Gründen war ich gerade sehr nah am Wasser gebaut. Außerdem empfand ich ihr permanentes Drängeln und Bemängeln unangebracht. Ausgerechnet sie, die ein so großes Einfühlungsvermögen besaß und einem immer helfen wollte, setzte mich unter Druck. Dabei wusste sie doch nur allzu gut, wie sehr mir Hauke fehlte. Und welche großen Sorgen ich mir um die Gesundheit meines Lieblings machte. Was sollte das also?

Ich warf ihr einen forschenden Blick zu, aber sie hatte sich schon wieder grummelnd ihrem Sanddorngelee gewidmet.

Also machte ich mich ans Werk und sammelte die schmutzigen Handtücher ein, sortierte die Bettlaken in die Schränke und machte die Liste für die Wäscherei startklar. Torge und sein Verhalten ging mir nicht aus dem Kopf, dementsprechend düster musste mein Gesicht gewesen sein.

»Knips mal die Sonne an, Hexenfee. Mit der Miene kannst du Werbung für Beerdigungen machen, aber nicht für Ferien an der Nordsee«, begrüßte mich Simon, der die Treppe heruntergepoltert kam. Er trug wie immer seinen Neoprenanzug und schien sich gleich am Strand in die Fluten stürzen zu wollen. Dabei hatten sie die rote Flagge wegen der hohen Brandung gehisst. Aber jemand wie Simon hielt sich nicht daran, und wenn es sein musste, legte er sich dann auch gerne mit den Rettungsschwimmern der Badeaufsicht an, die ihm seiner Meinung nach nichts zu verbieten hatten.

»Spar dir die Hexenfee«, knurrte ich. Inzwischen kam mir dieses Ansprechen meiner roten Haare absolut nervig und überflüssig vor. Und außerdem provozierte mich seine gute Laune.

»Hey, was ist los, Schöne? Du warst so unendlich süß neulich.« Simon kam mir ganz nah, nahm mein Gesicht in seine Hände und schaute mir in die Augen. Zu nah und zu intensiv für meinen Geschmack. Ich wandte mich schnell ab.

»Ich hab zu tun, das siehst du doch!« Ich schnappte mir den Wäschekorb, der am Fuße der Treppe bereitstand. »Heute ist übrigens Badeverbot«, fügte ich besserwisserisch hinzu und wollte mir gleich dafür auf die Zunge beißen.

Was sollte das? Warum war ich so ätzend? Simon konnte doch gar nichts dafür, dass bei mir gerade alle Gefühle durcheinandergingen.

»Hast du heute Abend Zeit?« Der Sunnyboy vom Dienst ließ sich offenbar nicht so schnell abwimmeln.

»Wohl eher nicht«, sagte ich knapp.

»Ach komm, sei kein Frosch!«

Bei dem Wort *Frosch* brannten meine Sicherungen durch. Ich setzte mit einem Knall den Wäschekorb wieder ab, stieß Simon zur Seite und rannte tränenblind die Treppe hinauf in mein Zimmer, wo ich mich auf mein Bett schmiss und erst mal gründlich ausheulte.

Zwei Tage später klingelte das Telefon. Jesse war dran und teilte mir mit, dass ich Hauke abholen konnte, er wäre topfit und bräuchte jetzt leichte Bewegung, damit er seine alte Kondition wiederbekäme.

Zum ersten Mal seit der Froschgeschichte rutschte mir ein Strahlen ins Gesicht. Doch als ich mit der frohen Botschaft zu Henry rannte, damit er den Hänger sofort startklar machen konnte, wimmelte er mich kurzerhand ab.

»Du siehst doch, wir sind beschäftigt«, schnauzte er mich an. Dicke Sorgenfalten hatten sich in seine Stirn gegraben. Er saß gemeinsam mit Frauke und Finn am Laptop, neben ihnen ein Stapel Rechnungen, offensichtlich kalkulierten sie die Einnahmen und Ausgaben. Durch das schlechte Wetter der letzten Tage war gut die Hälfte des Umsatzes ausgeblieben – eine Katastrophe angesichts ihres ehrgeizigen wie ambitionierten Speiseplans. Natürlich hatten auch die anderen Angebote des Friesenhofs darunter gelitten, wobei das für uns nichts Neues war. Dass bei Schietwetter weniger Ausflugsfahrten gebucht wurden, waren wir ebenso gewohnt wie das Gemecker, wenn die Gäste mit ihren Pferden in der Halle bleiben mussten.

»Und wie komme ich dann in die Pferdeklinik?« Ich merkte, wie meine Stimme zitterte. Doch niemand beachtete mich.

Piet weigerte sich ebenfalls, den Hänger zu fahren, ihm steckte der Unfall noch in den Knochen. Wilm hatte noch nie einen Führerschein besessen und von unseren Gästen konnte ich natürlich auch niemanden fragen.

Sollte ich Torge anrufen? Mein Stolz sagte Nein, meine Sehnsucht nach Hauke sagte Ja. Unbedingt! Immerhin wäre es eine gute Gelegenheit, sich bei ihm zu melden und zu schauen, ob er wirklich nichts mehr von mir wollte.

Ich rief Torge an. Genauer gesagt, hinterließ ich mein Anliegen auf seiner Mailbox und quälende dreißig Minuten später meldete er sich endlich via WhatsApp zurück. Er habe leider keine Zeit heute, weil drei Kleintier-Operationen anstünden, bei denen er Doktor Claasen assistieren müsse. Enttäuscht drückte ich seine Nachricht weg. Doktor Claasen hatte sonst auch immer ohne Assistenten operiert. Einen Moment lang saß ich einfach so da. Verzweifelt, traurig, ratlos und wusste nicht, was ich tun sollte.

Dann rappelte ich mich auf, suchte nach einer Busverbindung, packte Haukes Trense in meinen Rucksack und machte mich kurzerhand auf den Weg, um mein Pferd alleine abzuholen. Zur Bushaltestelle nahm ich wie immer die Abkürzung über die Pferdewiese, und als ich am anderen Ende der Koppel durch den Zaun kletterte, bemerkte ich einen Mann, der ein Stück weiter am Zaun lehnte, die Pferde beobachtete und sich jetzt, als er mich bemerkte, schnell entfernte. Mich beschlich ein mulmiges Gefühl. Dass hier jemand heimlich herumschlich, gefiel mir gar nicht.

Als ich eine Dreiviertelstunde später in der Pferdeklinik ankam, staunte Jesse nicht schlecht, als ich vor ihm stand, hielt meinen Plan dann aber für keine schlechte Idee.

»Überanstrenge ihn nicht und führe ihn nur«, ermahnte er mich und drückte mir einen Umschlag in die Hand. »Und reite ihn nicht im tiefen Sand, da kann er sich leicht die Wirbel wieder verdrehen, solange die Muskulatur nicht ausreichend gefestigt ist. Am besten fragst du deinen Freund, welche alternativen Maßnahmen für Hauke infrage kommen, der scheint sich ja bestens auszukennen.«

»Torge ist nicht mein Freund«, antwortete ich bissig und musste schlucken. Da war es wieder, dieses Torge-Gefühl. Dann bedankte ich mich bei Jesse, trug schöne Grüße an Doktor Haus auf, der gerade bei einem Notfall war, und vergrub die Rechnung weit unten in meinem Rucksack. Camilla würde sie gleich nach ihrer Rückkehr begleichen, das hatte sie mir versprochen.

Eilig lief ich in den Stall, schon von Weitem sah ich Haukes Fell durch die Boxenstäbe schimmern. Wie immer hob er den Kopf und wieherte mir leise entgegen, als er meine Schritte hörte.

»Na du!«, rief ich, überwältigt vor lauter Wiedersehensfreude, und lehnte zur Begrüßung meine Stirn an seine, nachdem ich die Box betreten hatte. Doch Hauke schien kaum Sinn für unsere kleine Zeremonie zu haben, er stupste mich aufmunternd in den Bauch nach dem Motto *Worauf wartest du noch? Ich will hier endlich raus!*.

»Schon gut, ich habe verstanden!« Ich legte ihm grinsend die Trense um und konnte es selbst kaum erwarten, ihn endlich nach Hause zu führen. Vorsichtig marschierte ich los, froh, endlich die Pferdeklinik hinter mir lassen zu können.

Unterwegs hupten uns die Autofahrer an, die meisten aus Spaß und zum Gruß, einige auch, weil sie genervt waren, immerhin mussten sie uns auf der Landstraße in einem weiten Bogen ausweichen. Und als ob Hauke wüsste, dass wir diesen Weg so schnell wie möglich hinter uns bringen mussten, machte er ausnahmsweise keine Mucken, sondern trottete brav wie ein Hündchen neben mir her.

Auf dem Feldweg kurz vor Töwerhaven hielt ich es nicht mehr aus und schwang mich auf Haukes Rücken. Ich lehnte mich vorsichtig vorneüber und gab ihm den Hals frei – in der Hoffnung, er würde von sich aus den Weg nach Hause finden. Ich spürte, wie sich mein Pferd sofort unter mir entspannte, Haukes Gang wurde geschmeidiger und er schnaubte zufrieden tief ein und aus. Von wegen nur Führen! Hauke hatte mich auf seinem Rücken ebenso vermisst wie ich ihn!

»Du brauchst Freiheit, was?«, flüsterte ich zärtlich und kraulte glücklich seine Mähne. »Warte nur, bis wir wieder auf dem Friesenhof sind und täglich am Strand ausreiten können. Dann vergisst du alles, was du erlebt hast, das verspreche ich dir. Ab jetzt wird alles gut.«

Doch zu meiner großen Enttäuschung wurden die nächsten Tage mit meinem Liebling richtig schwierig. Leider nichts mit *in Freiheit am Strand entlangreiten!*

Zurück auf dem Friesenhof, wo wir mit einem lauten

Hallo begrüßt wurden, war er kaum wiederzuerkennen. Hauke scheute bei jeder Kleinigkeit, lief unruhig in seiner Box auf und ab und ließ sich selbst von mir nicht beruhigen. Vielleicht hatte er doch noch Schmerzen und ich hätte ihn lieber nicht gleich reiten sollen. Oder er konnte nicht so schnell vergessen, was er alles erlebt hatte. Wie auch. Für eine sensible Pferdeseele wie seine waren die Erlebnisse der letzten Wochen viel zu viel gewesen. Sein Liebeskummer wegen Malina, dann der schwere Unfall ... die Schmerzen, die Operation und der Aufenthalt in der Klinik, all das musste für ihn die Hölle gewesen sein.

Jesse hatte mir nahegelegt, ihn zunächst nicht auf die Koppel zu lassen, damit er sich nicht wieder am Rücken verletzte. Doch der Hengst steckte so voller Kraft und Energie, dass er mir sprichwörtlich durch die Decke zu gehen schien. Als ich ihn spazieren führen wollte, tänzelte er nur umher und stieg auf den Hinterhufen in die Luft – beinahe hätte er sich losgerissen. Ratlos setzte ich mich in jeder freien Minute zu ihm, so, wie ich es von Torge gelernt hatte. In der Hoffnung, ihn zu beruhigen, redete ich ständig auf ihn ein, erzählte ihm alles Mögliche, von Sandburgen, Ausflugsfahrten und dem alten Leuchtturm, aber nichts half.

Ich wurde immer trauriger und wusste nicht, was ich tun sollte. Wenn ich mich doch nur getraut hätte, Torge zu fragen! Aber diesmal siegte mein Stolz und ich rief ihn nicht an. Er hatte sich zwar per WhatsApp mehrfach nach Hauke erkundigt und war auch einmal hier gewesen, um sich Hauke anzusehen. Aber da war ich gerade mit Piet zur Wäscherei unterwegs gewesen und Torge hatte mich nicht angetroffen. Isodora hatte mir nur seine Grüße ausgerichtet.

Das Schlimme war, auch von den anderen konnte mir keiner helfen, oder genauer: Niemand wollte mir helfen, weil jeder in diesem Sommer mit seinen eigenen Problemen beschäftigt war. Wilm hatte für das Getüddel keinen Sinn, *Horseman* Daniel wollte ich nicht fragen, Finn stand vor der Entscheidung seines Lebens, Mareike hatte erneut mit dem depressiven Brian zu tun. Und Anna war wahlweise mit dem Cowboy und den Pferden unterwegs, dann half sie wieder Marlene beim Bedienen und versuchte, an Finn ranzukommen. Ich wurde aus ihr nicht schlau. Bei einem gemeinsamen Frühstück hatte ich ihr von meinen Sorgen um Hauke erzählen wollen, aber ihr einziger Tipp war gewesen, Torge zu fragen. Danke schön – darauf wär ich auch selbst gekommen!

Die Erwachsenen stritten sich in einer Tour über die richtige Strategie, dem Friesenhof neuen Schwung einzuhauchen. Während Isodora und Piet an ihren alten, bewährten Abläufen, Ausflugsfahrten und Angeboten festhalten wollten, plädierten Frauke und Henry für ein modernes Frühstücksbuffet mit Müsli, Latte macchiato und Sanddorn-Macarons statt Rundstücken, Butter, Eiern und Marmelade. Kein Tag verlief ohne Streit und Diskussionen. Müßig zu erzählen, dass der Himmel immer noch grau verhangen war und der Regen in einer Tour über Töwerhaven pladderte ...

Am dritten Tag nach Haukes Heimkehr war ich gerade in der Sattelkammer und hing nasse Satteldecken auf, als ich ein Motorrad vorbeiknattern hörte. Mareike war mit den Lütten ausgeritten, und weil Wasser in diesen Tagen sowieso als unvermeidbar galt, waren sie um die Wette durch die

Wellen galoppiert und hatten einen Heidenspaß dabei gehabt. Die Ponys standen mittlerweile trocken gerubbelt und zufrieden im Stall, Mareike war zu Brian geradelt, um ihn zu trösten – und ich hatte versprochen aufzuräumen. Mein Herz machte einen Satz, als das Motorrad in unseren Hof einbog, und ich flitzte zum Stallfenster, um rauszulinsen. Es war Torge!

Ich sah, wie er abstieg, den Helm abnahm und Anna begrüßte, die gerade zwei Säcke Zucker und Mehl aus dem Vorratsschuppen schleppte, und wie er ihr einen der Säcke abnahm und ihn in die »Kombüse« trug. Enttäuscht beobachtete ich, wie er kurz darauf trotz des Nieselregens auf der Terrasse unter einem Sonnenschirm Platz nahm und Anna ihm eine Tasse Tee hinstellte. Torge bedankte sich lächelnd. Dann begannen die beiden ein Gespräch. Anna setzte sich sogar zu ihm. Ich wunderte mich – hatte sie nichts zu tun? Baggerte sie jetzt etwa den dritten Typen an, nachdem sie sich zwischen Finn und Daniel abwechselte?!

Entmutigt ließ ich mich auf einen Strohballen sinken und umklammerte meine Knie, mir war plötzlich eiskalt. Etwas Warmes im Bauch würde mir jetzt auch guttun, aber eher würde ich mir die Zunge abbeißen, als jetzt bei Torge angekrochen zu kommen und seinen Flirt mit Anna zu stören.

»Ich höre, euch geht's nicht so gut.« Plötzlich riss mich eine tiefe Stimme aus meinen Gedanken. Überrascht drehte ich mich um. Es war Torge, der mir eine Tasse dampfenden Sanddorntee entgegenhielt und sich einfach neben mich setzte. Dankbar lächelte ich ihn an, brachte aber keinen Ton über die Lippen, während ich am Tee nippte.

»Hauke ist nicht mehr er selbst, seit er in der Klinik war«, sagte ich nach einer Weile wie zu mir selbst. Ich spürte, wie mir schon wieder die Tränen im Hals hochkrochen. »Er ist total verändert, reagiert supersensibel auf alles, scheut wegen jeder Kleinigkeit und lässt mich kaum an sich heran.« Letzteres war das Allerschlimmste für mich. Ich hatte immer, immer ein so inniges Verhältnis zu ihm gehabt. Und jetzt hob er sogar warnend die Hinterhand, wenn ich seine Box betrat, und duldete es nur mit viel Kopfgeschnicke, wenn ich meine Stirn so vertrauensvoll wie früher an seine lehnen wollte.

»Das wundert mich nicht«, antwortete Torge mit sanfter Stimme. Er stellte seine Tasse ab, ging zu Hauke an die Box und öffnete die Tür.

»Spinnst du? Du kannst ihn doch nicht einfach so rauslassen!«, rutschte es mir heraus.

»Das werden wir ja sehen«, murmelte Torge. Wie nebenbei nahm er Hauke das Halfter ab. Mir stockte der Atem. »Wenn du ihn einsperrst und unter Druck setzt, machst du alles nur noch viel schlimmer. Hauke muss frei sein, hast du das denn immer noch nicht verstanden?«

Vorsichtig setzte der Hengst einen Huf nach dem nächsten in die Stallgasse. Seine Stallkumpane guckten erstaunt auf. Moonlight nebenan schnaubte durch die Gitterstäbe.

»Und nun geh langsam voran in die Reithalle. Wenn noch jemand drin ist, bitte sie um Ruhe, wir müssen jetzt alleine sein.« Und obwohl mir abermals ein »Spinnst du?« auf der Zunge lag – weil ich ja unmöglich unsere Gäste einfach so rausschmeißen konnte, wo wir doch sowieso schon allerhand Ärger wegen des Wetters hatten –, tat ich, was er mir sagte.

Glücklicherweise war die Halle leer und ich brauchte mit niemandem zu diskutieren. Gebannt schaute ich zu, wie Torge jetzt einfach vor Hauke in die Halle lief und dieser ihm folgte wie ein hypnotisiertes Hündchen. Mitten in der Halle blieb er einfach stehen und winkte mich zu sich.

»So, und jetzt du! Probier es ... Spiel mit ihm, so, wie du es früher auch immer gemacht hast, als er noch ein Fohlen war! Erinnerst du dich?«

Ich nickte und machte einen Schritt auf Hauke zu, der prompt zurückschreckte.

»Nicht so! Gib ihm Zeit.« Torge war in die Hocke gegangen und der Schimmel senkte nach einer Weile neugierig den Kopf, stupste ihn in die Seite.

»Du auch«, befahl er mir. Also tat ich wie geheißen und wartete gebannt darauf, dass Hauke mich endlich beachtete. Doch er interessierte sich einfach nicht für mich, sondern schien völlig auf Torge fixiert zu sein.

»Du musst Geduld mit ihm haben«, meinte er sanft. »Er hat das Vertrauen verloren ...«

»Aber was soll ich denn tun, wenn er mich ignoriert? Ich habe doch schon alles versucht! Selbst nachts habe ich mich heimlich zu ihm geschlichen, um mit ihm auszureiten, wie wir es sonst immer gemacht haben.«

»Du kannst es nicht erzwingen! Verstehe seine Angst. Gib ihm die Freiheit, wieder Vertrauen ins Leben und in seine Kraft zu haben. Er muss spüren, dass *du* keine Angst hast ...« Er lächelte.

Ich versuchte, Torges Worten Glauben zu schenken, das Trommeln des Regens auf dem Hallendach beruhigte mich ein bisschen. Bilderfetzen tauchten vor meinen geschlossenen Augen auf: Hauke bei Malina, Hauke, wie wir ihn mit vereinten Kräften aus dem Hänger gezogen haben. Ich, wie ich blutüberströmt ins Krankenhaus gebracht wurde und dort lag, alleine und doch nicht, weil irgendjemand bei mir war. Hauke, wie er scheu und buckelig nichts von mir wissen wollte, kaum noch fraß. Torges weiches Gesicht, das meinem in jener Nacht so nahe gekommen war, als wir uns gemeinsam um Haukes Gesundheit sorgten, und das Schicksal Jaros, von dem er mir erzählt hatte. Piets skeptisches Gesicht, als wir Hauke in die Pferdeklinik bringen wollten, und Henrys Gestöhne während der Fahrt. Nicht zuletzt Isodora, die mir ein schlechtes Gewissen machte, weil ich nicht genug arbeitete. Ich spürte, wie mir pausenlos Tränen über die Wangen strömten, ich weinte lautlos.

»Gut so, Liv, lass das alles raus. Es ist nie gut, wenn man seine Gefühle und Traurigkeit unterdrückt«, redete Torge beruhigend auf mich ein. Er streichelte über meine Haare.

Ich nickte wie in Trance. Wie von selbst und ohne weiter darüber nachzudenken, legte ich mich rücklings in den Sand. Einfach so, die Hände hinter dem Kopf verschränkt. Torge saß zu meinen Füßen und murmelte irgendetwas, von dem ich kein Wort verstand. Der Boden vibrierte, das musste Hauke sein, der wild um uns herumgaloppierte, von links nach rechts und von rechts nach links. Immer wieder blieb er stehen, wieherte aufgeregt, trabte ein Stück, um dann wieder loszufetzen. Keine Ahnung, wie lange dieses Spielchen ging. Es dämmerte bereits, da spürte ich Haukes Atem in meinem Gesicht, wie er ganz sanft und behutsam meine Tränen wegblies, er stand direkt über mir. Glücklich drückte ich ihm einen Kuss auf die weichen Nüstern.

Es hatte aufgehört zu regnen.

12

Moin, moin«, begrüßte uns Mareike mit einem wissenden Lächeln, als wir eine Stunde später aus der Reithalle kamen. Die dicken Wolken hatten sich verzogen und der Abendsonne Platz gemacht, die die Landschaft in ein sanftes Licht tauchte, vom Meer wehte eine sanfte Brise über das Land. Hauke trottete wie ein Hündchen hinter mir her. Keine Spur mehr vom wild gewordenen Hengst, kein Anzeichen von Müdigkeit oder Nervosität, Hauke schien die Ruhe selbst zu sein. Torge lächelte.

»Es ist auflaufende Flut, wir wollen alle an den Strand, endlich mal wieder den Sommer genießen. Kommt ihr mit?«, rief uns Anna fröhlich zu.

Sie trug bereits ihre Badetasche über den schmalen Schultern, unter den anderen Arm hatte sie Kissen geklemmt. Mareike war dabei, den alten Bollerwagen mit einer Bierkiste und trockenen Holzscheiten zu bestücken.

»Allerhöchste Zeit für Stockbrot, oder?«, meinte Marlene und packte eine Schüssel und einen Picknickkorb dazu. »Finn kommt auch noch, er hat noch was mit Henry zu klären.«

»Hauptsache, die Wellen taugen noch zum Surfen ...«, ulkte Simon, der auch von irgendwoher auftauchte, und deutete lachend auf sein Board, das er sich zusammen mit einer Chipstüte unter die Arme geklemmt hatte. Mit einem skeptischen Blick musterte er Torge von oben bis unten, nach dem Motto *Was will der denn hier?*.

»Und die Mädels haben ihre Bikinis nicht vergessen?!« Diese Bemerkung kam natürlich von Daniel, der Marlene lachend eine dicke Badematte zuwarf, die sie errötend auffing. Offensichtlich hatte er sein Interesse an Lena verloren, denn seit jenem »romantischen« Ausflug hatte ich sie nicht mehr auf dem Friesenhof gesehen (nicht, dass ich sie vermisst hätte!). Jetzt war wohl wieder Marlene an der Reihe.

»Na, da bleibt uns ja nichts anderes übrig, als mitzufeiern, was?« Das kam von Torge, und als ich ihn jetzt ansah, grinste er mir aufmunternd zu.

Ich beeilte mich, Hauke in seine Box zu führen, wo er sich sofort über sein Futter hermachte. Gut so, gutes Zeichen, dachte ich zufrieden, jetzt haben wir es geschafft, und kraulte ihm zärtlich den Schopf. Gerne wäre ich noch bei meinem Liebling geblieben und hätte unsere Versöhnung ausgekostet. Außerdem war ich nicht ganz so begeistert, dass Simon und Torge aufeinandertrafen. Aber was blieb mir schon übrig, die anderen drängelten zum Aufbruch.

Schnell gab ich noch Isodora Bescheid, die missmutig über ihren Büchern brütete und mir vorwurfsvoll die roten Zahlen der letzten Wochen unter die Nase hielt, Fraukes Laptop stand zugeklappt daneben. Meine Tante roch nach Schnaps. Offensichtlich hatte sie sich entgegen ihrer Gewohnheit mitten in der Woche und auch noch vor Sonnenuntergang einen geschnasselt und den Pingellöffel bemüht. Ich bekam einen Schreck. Stand es wirklich so schlimm um die Finanzen des Friesenhofs? Und was taten Frauke und Henry dagegen, außer ständig Stress zu machen oder sich mit Isodora zu streiten? Ich musste morgen dringend einmal in Ruhe mit meiner Tante sprechen. Wäre doch gelacht, wenn wir den Laden nicht wieder zum Laufen bringen würden, schließlich träumten und lebten wir alle davon. Jetzt, da es Hauke endlich wieder besser ging, konnte doch gar nichts mehr schiefgehen.

Die Sonne schien mir warm ins Gesicht, als ich, der bunt gemischten Truppe hinterher, an den Strand lief und sie alsbald eingeholt hatte. Daniel sonderte einen lässigen Spruch nach dem nächsten ab. Marlene hing kichernd an seinen Lippen, auch wenn die Bemerkungen noch so blöd waren, während sein Bruder Simon ständig mit den Augen rollte und sich zu mir umdrehte.

Mareike stapfte in ihren schwarzen Boots vorneweg und tat so, als hörte sie nichts, neben ihr Torge, dann Daniel, Marlene, Simon und ich. Finn war in letzter Minute aufgetaucht und schien beste Laune zu haben. Offensichtlich war das Gespräch mit seinem Vater gut verlaufen – ich konnte mir schon denken, worum es gegangen war. Gemeinsam mit Anna zog er die Karre und bildete den Schluss. Schweigend lauschte ich dem Sprüche-Pingpong der anderen, während wir durch die Dünen marschierten, vorbei an Mareikes und meiner Lieblingsstelle, wo man auch mitten im Hochsommer ungestört von den Blicken anderer war. Jeden Sommer hatten Mareike und ich uns heimlich dorthin geschlichen, um uns splitterfasernackt zu sonnen.

»Hier können wir ein Feuer machen, ohne dass es jemanden stört«, meinte Mareike, als wir am Strand angekommen waren. Es war immer noch auflaufende Flut und sie hatte nach einer geeigneten Stelle Ausschau gehalten. »Der Sand ist zwar noch ganz schön feucht, aber ...«

»... wir haben ja Decken dabei!«, vollendete Anna ihren Satz und war schon dabei, ihre Matte auszubreiten. »Kommt, helft alle mit! Und dann gehen wir schwimmen.«

Während ich mich gemeinsam mit Finn um die Feuerstelle kümmerte und das mitgebrachte Holz aufschichtete, bauten die anderen ein gemütliches Lager mit all den Kissen. Mareike hatte mit sicherem Händchen eine windgeschützte Stelle für uns ausgesucht und hätte es nicht für einen kurzen Moment diesen wunderschönen Regenbogen am Himmel gegeben, hätte kein Mensch geglaubt, dass es in den letzten Tagen so geschüttet hatte, so warm und sonnig und wunderschön war es plötzlich.

»Wir hätten die Pferde mitnehmen sollen«, meinte Daniel. »Dancer hätte seinen Spaß am Lagerfeuer gehabt, ist schließlich ein echtes Westernpferd!«

»Spaß haben wir auch so!«, rief Mareike und rollte genervt die Augen. »Los, worauf wartet ihr noch, gehen wir.« Schon war sie aufgesprungen und rannte los, wir anderen hinterher. Ausgelassen liefen wir Hand in Hand in einer Kette in die Brandung – ich kam mir vor wie in einem Werbespot für Bademoden. Aber der Moment war echt.

»Kneifen gilt nicht!«, rief Torge und meinte Anna damit, die jetzt schon eine Gänsehaut an den Armen hatte, obwohl ihr Körper noch gar nicht mit dem kalten Nordseewasser in Berührung gekommen war.

»Eins, zwei ... drei!«

Übermütig tauchten wir in die Wellen, die sanft angerollt kamen. Simon hatte sein unvermeidliches Surfboard am Strand gelassen und wollte mich nötigen, mich auf seine Schultern zu stellen, um von dort ins Wasser zu springen. Als ich abwinkte und abtauchte, suchte er sich ein anderes Opfer und kurz darauf sah ich Anna auf seinen Schultern stehen.

Daniel schäkerte unterdessen mit Marlene, genauer gesagt, nutzte sie die Gunst der Stunde, um sich ihm Huckepack auf den Rücken zu schmeißen. Er wiederum quittierte das mit lautem Gegröle und ließ sich immer wieder selbst rücklings in die Wellen fallen. Prustend und kichernd, tauchten die beiden auf, Marlene zupfte immer wieder ihren Bikini zurecht und irgendwann war es ihr auch egal, dass er ständig verrutschte.

»Hey, mach auch mit!«, rief ich Finn zu, der skeptisch Annas Sprungkünste von Simons Schultern beobachtete. Fröstelnd stand er in den Wellen, dabei hatte er sonst immer den meisten Spaß von uns allen. Übermütig versuchte ich, ihn mitzureißen, doch er wehrte nur genervt meine Hand ab.

»Spielverderber!« Ich schmiss mich schwungvoll in die nächste Welle und machte ein paar befreiende Züge Richtung Horizont. Wie leicht ich mich plötzlich im Wasser fühlte, ich paddelte und schwamm einfach drauflos. Wie lange war es her, dass ich in der Nordsee schwimmen war? Ich nahm mir vor, mir ab morgen die Badezeiten genauer zu merken und, wann immer möglich, wenigstens für eine halbe Stunde in die Fluten zu tauchen und mich einfach treiben zu lassen. Egal zu welcher Uhrzeit!

»Denkst du dasselbe wie ich?« Mareike tauchte plötzlich neben mir auf und blinzelte mich glücklich an. Sie hatte sich umgedreht und ließ sich rücklings mit geschlossenen Augen auf dem Wasser treiben. So konnte sie nicht sehen, dass ich nickte.

»Schade, dass Brian nicht dabei ist. Hatte er keine Lust?«

»Mit Brian ist es vorbei. Schluss. Aus. Ende. Für immer.« Mareike sagte es ganz leise, sodass ich es im Meeresrauschen fast nicht verstand.

»Das tut mir leid.« Unter dem Wasser suchte ich ihre Hand und drückte sie. Ich wusste, wie sehr meine Freundin an diesem eigenbrötlerischen Typen hing. Wegen ihm hatte sie sich die Haare blau gefärbt und Heavy Metal gehört. Wegen ihm hatte sie mehr Bier getrunken, als es in unserem Alter gesund ist. Und wegen ihm war sie in der letzten Zeit ganz traurig und beinahe auch depressiv geworden, weil sie sich so in sein Schicksal reingekniet und mit ihm mitgelitten hatte. Aber er hatte sich von nichts und niemandem helfen lassen wollen. Schon gar nicht von ihr.

»Ich hatte keine andere Wahl«, sagte sie. »Immer nur traurig herumhängen und dunkle Gedanken haben ... das hält doch auf Dauer kein Mensch aus, oder?«

»Dann ist ja gut, dass wir heute Abend feiern«, meinte ich leichthin. »Wird auch allerhöchste Zeit!« Prustend tauchte ich unter und schwamm einige Züge unter Wasser.

»Und was läuft mit dir und Torge?«, fragte Mareike, als ich nach einiger Zeit wieder neben ihr auftauchte. Die anderen tobten immer noch wild durch die Wellen und spritzten sich ausgelassen gegenseitig nass.

»Weiß nicht. Er ist ein sehr besonderer Mensch und weiß eine Menge über Pferde. Aber manchmal ist er so ... abweisend«, antwortete ich ehrlicherweise. Jetzt ließ ich mich rücklings im Wasser treiben und beobachtete aus sicherer Entfernung, wie Torge einen Kopfsprung über die Welle machte. Er besaß einen trainierten, muskulösen Körper, wie ich anerkennend feststellen musste, kein Vergleich zu Finn, der nach wie vor zögernd in der Brandung stand. Seine Badeshorts waren ihm zu eng geworden und neben ihm wirkte Anna noch mal so dünn, obwohl diese mindestens fünf Kilo zugelegt haben musste.

»Und du? Dachte, du hast ein Auge auf Daniel geworfen ... aber offensichtlich hast du gegen Marlenchen schlechte Karten«, stichelte ich zurück.

»Ist halt so. Besser, ich verschenke mein gutes Herz nicht so schnell wieder an einen, der es nicht wert ist. Oder? Mal ehrlich, Liv, diese Orlowski-Zwillinge sind doch schrecklich, findest du nicht?«

Ich kam nicht dazu, ihr zu antworten, denn in diesem Moment zog mich etwas an den Füßen unter Wasser. Ich konnte gerade noch nach Luft schnappen.

»Spinnst du?« Prustend tauchte ich wieder auf.

Es war Simon, der mich jetzt lachend um die Hüfte fassen und abermals ins Wasser werfen wollte.

»Lass das!« Ich wehrte seine Hände ab. »Nein, habe ich gesagt!«

»Oh, Madame Sauerkraut! Komm schon, ist doch nur Spaß!« Simon ließ seine Hände nicht von mir.

»Nein heißt nein, mein Lieber.« Torge tauchte aus dem Nichts auf, legte seine Hand auf Simons Kopf und nutzte den Überraschungsmoment, um Simon unter Wasser zu drücken. Als Simon japsend wieder hochkam, fragte Torge: »Hast du das jetzt verstanden?«

Simon grinste – er war ein Wassersportler durch und durch und offenbar hart gesotten. »Holla, Doktor Horse«, sagte er, »so viel Temperament hätte ich Ihnen gar nicht zugetraut!«

Und dann spürte ich nur noch, wie Torge meine Hand nahm und mich wegzog, und obwohl wir schon eine Weile im kalten Nordseewasser schwammen, fühlte sie sich warm und vertraut an.

Überrascht lächelte ich ihn an und er lächelte zurück.

Hatte er mich doch glatt gegen Simon verteidigt. Ob ich mir etwas darauf einbilden durfte? Hoffentlich! An seinen Wimpern hingen Wassertropfen – er sah so süß aus und ich wünschte, wir wären jetzt alleine und würden uns am Strand gegenseitig wärmen. Ich bemerkte, dass er – tougher Typ hin oder her – eine ordentliche Gänsehaut hatte.

»Komm, gehen wir raus, ehe wir uns hier noch 'ne fette Erkältung holen! Höchste Zeit, das Feuer anzuzünden und Stockbrot zu grillen«, sagte ich und zog ihn mit mir.

»Ist dir immer noch kalt?«, fragte ich, nachdem wir längst umgezogen und trocken gerubbelt um das Feuer herumsaßen. Weit hinten über dem Meer am Horizont ging die Sonne unter und tauchte den Himmel in ein sanftes rotgelbes Licht. So schön, dass es fast nicht zum Aushalten war.

»Geht so«, murmelte er und lächelte mich an. Im Schein des Feuers sah man seine Grübchen, die nassen Haare hatte er sich lässig aus der Stirn gestrichen.

»Alles eine Frage der Abhärtung«, antwortete ich grinsend und rückte vorsichtig ein Stückchen näher an ihn heran. So nah, dass sich unsere Schultern sanft berührten. »Wenn du ab heute jeden Tag schwimmen gehst, macht dir die Kälte am Ende der Saison nichts mehr aus.«

Da lächelte er zurück und legte seinen Arm um mich, um mich ein Stück an sich zu ziehen. Ganz dicht saßen wir nebeneinander am Lagerfeuer und spürten die Wärme unserer Körper. Nah und vertraut war mir Torge in diesem Moment, sodass ich wie von selbst meinen Kopf an seine Schulter lehnte und gedankenversunken in die Flammen schaute. Ich lächelte Finn zu, der Anna in seine Arme zog, und wechselte mit Mareike einen augenrollenden Blick wegen Daniel, der mit Marlene knutschend auf der Decke lag, während Simon ein Flens nach dem nächsten ploppen und sich nicht anmerken ließ, ob er beleidigt oder wütend darüber war, dass ich an Torges Schulter lehnte.

Mit einem sonnigen Gefühl im Bauch und einem Lächeln im Gesicht wachte ich am nächsten Morgen auf. Das Aufstehen fiel mir nach diesem wundervollen Abend nicht schwer, obwohl ich kaum geschlafen hatte. Ich spürte immer noch Torges Wärme um mich und wollte am liebsten dieses Gefühl für immer in mir einsperren. Er hatte mich gestern Abend noch bis zum Friesenhof begleitet und mir zum Abschied einen Kuss gegeben. Einen ganz vorsichtigen auf die Wange, aber immerhin ...

Gut gelaunt, sprang ich aus dem Bett, frühstückte in aller Eile und lief in die Stallungen, um wie immer die Pferde zu versorgen. Hauke begrüßte mich wiehernd und schnell schlüpfte ich für ein paar Streicheleinheiten extra zu ihm in die Box, ohne dass Wilm oder Piet etwas bemerkten.

Draußen strahlte die Sonne am blauen Himmel, dafür wehte ein ordentlicher Wind. Typisch Nordsee eben, dachte ich und lief zu unserer Info-Tafel am Eingangsportal, an der die Badezeiten hingen. Ich hatte meinen guten Vorsatz von gestern nicht vergessen. Wie ich aber der Tafel entnahm, müsste ich heute entweder jetzt oder ganz spät am Abend schwimmen gehen. Das passt gar nicht in meinen Tagesablauf, dachte ich genervt. Na gut, dann würde ich eben später mit Hauke einen kleinen Ausritt zum Waldsee machen. Mareike hätte sicher Lust mitzukommen. Schnell tippte ich eine Nachricht in mein Handy. Am liebsten hätte ich Torge auch eine geschrieben und mich für den schönen Abend bedankt, aber dazu kam ich nicht.

»Du bist hier nicht auf Urlaub!«, tönte Piets Stimme in mein Ohr. »Mann, min Deern, komm man in die Puschn und lass das Daddelding. Bei dem Wetter müssen wir heute doppelt ran! Spann Luigi und Alma an. Ich fahre jetzt eine Extratour im Watt.«

»Jetzt? Aber wir haben doch in einer Stunde bereits auflaufende Flut?«, fragte ich zurück mit Blick auf die Uhr.

»Für eine Stunde reicht es noch. Besser als gar nichts!« Piet war schon dabei, die Kutsche aus dem Schuppen zu ziehen. Offensichtlich hatte er heute Morgen beim Frühstück Werbung für eine Aktion gemacht, denn kurz darauf wimmelte der Hof vor lauter Gästen, die unbedingt mitwollten. Wilm und ich hatten alle Hände voll zu tun, die Gespanne startklar zu machen und die Leute zu verteilen.

Mein Onkel bekniete mich so lange, bis ich ebenfalls eine Fuhre übernahm. Ich fand sein Vorhaben ziemlich leichtsinnig. Mit den Gezeiten spielte man nicht, das hatte er mir von Kindesbeinen an eingebläut. Und jetzt war er es selbst, der einfach ins Watt fuhr, ohne sich weiter um den Wasserstand zu kümmern.

»Hey, haste noch einen Platz frei?« Zu meiner Überraschung kletterte Simon auf den Kutschbock neben mich. Wirkte er gestern Abend noch ziemlich angenervt wegen Torge, schien heute Morgen für ihn die Welt in bester Ordnung.

»Was ist denn mit dir los? Hast du plötzlich eine Nordseewasserallergie oder ist dein Board kaputt?«, wunderte ich mich und rückte für ihn ein Stück zur Seite. Irgendwie bewunderte ich ihn für seine beständig gute Laune – ihm schien es nichts auszumachen, dass er gestern bei mir abgeblitzt war. So ein Selbstbewusstsein musste man erst mal haben! Der Kerl war echt unkompliziert und cool. Auf jeden Fall würde er mir die langweilige Kutschfahrt versüßen, von daher hatte ich nichts dagegen, dass er neben mir auf dem Kutschbock Platz nahm.

»Weder – noch!«, antwortete Simon auf meine Frage und strich sich mit einer lockeren Geste die Haare aus der Stirn. »Du weißt doch: Das Glück der Erde liegt auf dem Rücken der Pferde ...«

»Da bist du aber auf dem Wattwagen falsch!«, prustete ich los und schwang die Peitsche, um Alma und Luigi anzufeuern.

»Bestimmt nicht! Frag den Orlowski! Der weiß was guuut ist ...«, sagte er mit Anspielung auf seinen Claim. »Und in deiner Nähe geht es mir immer guuut ...« Er lehnte sich genüsslich zurück und legte einen Arm um mich.

»Dachte, dir geht es um die Pferde?!«, fragte ich kokettierend.

»... und wo die Pferde sind, bist du! Sonst hat man ja keine Chance, dich zu daten.«

Daten, aha, dachte ich und genoss die flirtige Stimmung. »Na, dann los!«

Das Gespann zog an und die Gäste freuten sich über die wunderbare Ausfahrt. Endlich wieder Sonne im Gesicht! Während sie hinten im Wagen fröhlich hin und her scherzten und gegenseitig von sich Fotos machten, um sie sonst wo zu posten, lehnte Simon mit geschlossenen Augen an meinen Schultern. Seine Hand hatte er lässig auf meinem Oberschenkel geparkt, sodass es mir schwerfiel, mich aufs Fahren zu konzentrieren.

Das Wasser im Watt war nicht vollständig zurückgelaufen oder kam schon wieder zurück. Zumindest stand es überall noch mehrere Handbreit hoch, bemerkte ich stirnrunzelnd und es gefiel mir gar nicht. Immer wieder musste ich darauf achten, dass der Wagen nicht an einer Abbruchkante hängen blieb, und schaute besorgt auf die vorausfahrenden Wagen, wie sie immer weiter ins Watt hineinfuhren. Irgendwann machte Piets Wagen einen Bogen und da wusste ich, dass es nun zurückging, zum Glück. Er würde ein Stück parallel zum Strand fahren, dann den großen Priel überqueren und wir wären in Sicherheit.

Doch zu früh gefreut. Das Wasser im Priel stand hoch, offensichtlich drückten es Wind und Strömung hinein. Naudi und Ramu vor uns weigerten sich zunächst, ihre Hufe hineinzusetzen, kein gutes Zeichen. Ich hielt den Atem an. Wenn sie nicht hindurchgingen, würde das bedeuten, dass wir auf der Stelle kehrtmachen und die Strecke im Galopp zurücklegen müssten, die wir gekommen waren, sonniges Wetter hin oder her, die Flut duldete keinen Aufschub. Doch irgendwie schaffte es Piet, sein Gespann zu ermutigen. Unter Beifall und Gejohle der Fahrgäste wateten die Pferde brusttief hindurch, Wilm und sein Wattwagen folgten und dann kam ich. Zum Glück waren die Wagen extrahoch gebaut und Alma und Luigi setzten sorgsam einen Huf vor den nächsten. Gespannt verfolgten die Fahrgäste die Aktion. Simon hatte sich seitlich aus dem Wagen gebeugt und ließ seine Hand im Wasser gleiten, so hoch stand es. Ich feuerte meine Pferde schwungvoll mit der Peitsche an, schnalzte und lobte und betete insgeheim zum Himmel, dass die Räder nirgends hängen blieben und wir heil durch den Priel kommen würden. Ganz geheuer war mir die Durchquerung nicht, auch wenn ich schon hundertmal dabei gewesen war. Es war einfach immer wieder ein Abenteuer! In Schweiß gebadet, dirigierte ich mein Gespann, ließ den beiden Kaltblütern so viel Freiheit wie möglich, ihren Weg über den unsicheren Wattboden zu finden. Langsam, Schritt für Schritt, zogen sie brav den Wagen durch das tiefe Wasser. Plötzlich hielt Alma an, als suchte sie nach einem festen Untergrund unter ihren Hufen, Luigi tat es ihr natürlich nach und mit einem Ruck blieb der Wagen stehen. Da passierte es: Als die beiden auf mein Kommando hin wieder anzogen, ruckelte es fies unter mir – und der Wagen steckte fest.

»Achtung, der Wagen kippt!«, rief Simon und sprang geistesgegenwärtig über Bord. In letzter Sekunde gelang es ihm, den Wagen vor dem Umstürzen zu retten, nicht zuletzt, weil ein mutiger Fahrgast es ihm gleichtat und sich mit ihm gegen den Wagen lehnte. Obwohl beide Männer hochgewachsen waren, stand ihnen das Wasser fast bist zur Brust.

»Und jetzt?« Panisch winkte und rief ich nach Piet. Aber die anderen Fuhrwerke waren schon ein ganzes Stück weitergefahren und durch den Wind war kein Durchdringen. Ich konnte nicht glauben, dass niemand etwas von unserem Unfall mitbekommen hatte. Guckte denn keiner mal hinten raus?

»Piet!«, schrie ich wieder.

»Die Pferde müssen den Wagen aus dem Wasser ziehen!«, rief Simon jetzt.

»Geht nicht, wir stecken fest.« Einen kurzen Moment nur schloss ich die Augen und überlegte, was zu tun war. Die Flut drückte erbarmungslos das Wasser in den Priel, und wenn mich nicht alles täuschte, hatte auch die Strömung zugenommen. Wir hatten nur eine Chance: So schnell wie möglich runter vom Wagen und weg von hier, wenn wir nicht alle ertrinken wollten. Luigi und Alma schnaubten unruhig umher, soweit es das Geschirr und die angezogene Handbremse zuließen.

»Okay, alle mal herhören!« Ich versuchte, selbstsicher zu klingen. »Wir helfen euch jetzt vom Wagen. Hangelt euch an den Pferden entlang hinüber auf den Wattboden, dort seid ihr in Sicherheit. Keine Panik! Wir haben noch etwa zwanzig Minuten Zeit, bis dahin sind wir alle längst am Strand. Also, bitte ruhig ... einer nach dem anderen.«

Zum Glück schien sich der Wagen einigermaßen stabilisiert zu haben und so hatte Simon wenigstens eine Hand frei, den Fahrgästen beim Hinausklettern behilflich zu sein.

»Es könnte ja auch regnen!«, scherzte ein beleibter Herr und schob sich mutig durch das Wasser. Er hatte seine ängstlich dreinblickende Frau an die Hand genommen und die wiederum eine ältere Dame. Gemeinsam schafften sie es, halb schwimmend, halb watend, hinüber auf den sicheren Wattboden.

»Menschen in Not halten zusammen, was?«, rutschte es Simon raus und er schien erleichtert darüber zu sein, dass die Fahrgäste so vernünftig reagierten und sich gegenseitig durch den Priel halfen. Einigen ging das Wasser schon bis zum Hals, aber irgendwie schafften es alle, sich in Sicherheit zu bringen, ob schwimmend oder auf Zehenspitzen.

»Komm, ich trage dich hinüber«, sagte er zu einem kleinen Mädchen, dass sich gerade ins Wasser begeben wollte.

»Ich kann aber schon schwimmen!«, meinte sie mutig. »Habe gestern das Seepferdchen gemacht!«

»Besser, du schwimmst, wenn Badezeiten sind ...«, antwortete Simon, setzte sie kurzerhand mit Schwung auf seine Schultern und trug sie hinüber auf den Wattboden, wo sie erleichtert von den anderen im Empfang genommen wurde. Ihre Mutter hatte sich einfach an Simons Shirt-Zipfel geklemmt und war mit ihm gemeinsam durch den Priel gewatet. Alma und Luigi standen unterdessen still, als wüssten sie, dass sie für die Menschen eine Art Sicherheitsanker waren.

»Okay, und jetzt?« Der junge Mann, der sich als Mike vorgestellt hatte, stand immer noch am Wagen und hielt tapfer dagegen. Ich verstaute das Handy, womit ich Isodora Bescheid gegeben hatte, damit sie jemanden schickte, der uns einsammelte – falls es Piet nicht bald auffallen würde, dass wir fehlten. Piet war natürlich per Handy nicht erreichbar, war ja klar.

»Jetzt befreien wir die Pferde!«, rief ich und kletterte unter Aufbietung all meines akrobatischen Könnens vom Kutschbock auf Almas Rücken. Von dort aus rutschte ich ins Wasser und begann, die Riemen zu öffnen.

»Warte, ich löse dich ab«, rief Simon Mike zu, »dann begleite du die Leute an den Strand, okay? Ihr müsst euch beeilen.«

»Seht ihr da den Fahnenmast?«, rief ich. »Lauft immer darauf zu. Dort seid ihr in Sicherheit!« Ich machte Mike ein Zeichen, dass er sich um die Leute kümmern sollte.

»Geht klar!« Vorsichtig ließ Mike den Wagen los, der sich gefährlich zur Seite neigte, und hangelte sich an Land.

»Los, worauf wartet ihr, lauft los! Ihr müsst hier weg«, rief ich den Fahrgästen zu. Fassungslos beobachtete ich, wie doch tatsächlich einer sein Handy gezückt hielt und unsere Rettungsaktion filmte und keiner bis auf die Mutter mit dem kleinen Mädchen Anstalten machte, sich endgültig in Sicherheit zu bringen. Doch Mike nahm dem Filmer kurzerhand das Handy weg, machte eine klare Ansage in die Runde und verschwand dann zügig mit der Horde in Richtung Strand.

Während Simon jetzt wieder den Wagen stützte, versuchte ich mit klammen Fingern, Luigis und Almas Geschirr zu lösen. Immer abwechselnd, damit beide nach Möglichkeit gleichzeitig freikamen.

»Brrrr, ihr Guten, gleich habt ihr es geschafft«, redete ich mit tiefer Stimme beschwichtigend auf sie ein. Unruhig bewegten sie sich umher, immer wieder entwischten mir die Riemen. Es dauerte ganz schön lange und ich kämpfte immer noch mit den letzten Schnallen. Mittlerweile waren unsere Fahrgäste nur noch als kleine Punkte zu erkennen, wie ich erleichtert feststellte.

»Brauchst du noch lange!«, rief Simon. Täuschte ich mich oder hatte seine Stimme einen Anflug von Panik? »Die Strömung ist affenartig stark ... und das Wasser steigt, viel zu schnell. Warte, ich helfe dir, das dauert sonst zu lange, wir müssen hier weg.«

Schon war er mit einem Satz bei mir und fummelte an den Schnallen herum, der Wagen lag jetzt halb gekippt im Wasser und machte die Pferde noch nervöser.

»Du musst reiten.« Noch drei Schnallen.

»Nur über meine Leiche!«

»Kannst du haben. Hey, los, schnack nicht rum, das ist deine einzige Chance. Klettere auf Almas Rücken und halte dich an ihrer Mähne fest, egal, was passiert. Und mit den Knien schön festklemmen, okay? Sie bringt dich sicher an Land ... Ruhig, mein Junge, gaaanz ruhig.« Nur noch zwei, mittlerweile spürte ich meine Finger kaum noch. Luigi schnickte panisch mit dem Kopf.

»Muss ich?« Simon starrte mich ungläubig an. Er war ganz blass geworden.

»Ja«, befahl ich kurz und knapp und war mit einem Mal die Ruhe in Person. Jetzt oder nie! Ich zog mich mit letzter Kraft auf Luigis Rücken und betete zum Himmel, dass ich die richtigen Riemen gelöst hatte. Wenn alles gut ging, würden wir gleich in Sicherheit sein.

»Weil du es bist«, murmelte Simon und klammerte sich an Almas Mähne fest. Die Strömung war jetzt so stark, nur mit großer Anstrengung und Mühe gelang es ihm aufzusteigen.

»Okay, halt dich fest! Los geht's!«

Das ist völlig irre, was du machst, Liv, sagte ich mir und friemelte von Luigis Rücken aus an der Schnalle herum. Alma neben mir stand ruhig, als wüsste sie, dass sie gleich frei sein würde und Simon schreckliche Angst vor Pferden hatte.

»Ganz ruhig, mein Großer, brrrr ...«, beschwichtigend redete ich auf Luigi ein, der unter mir in seiner Panik umhertänzelte, schlimmer als Hauke in seinen besten Stunden. Ich klammerte mich mit den Beinen fest und beugte mich zwischen die beiden. Nur noch wenige Zentimeter. Völlig verrückt. *Zack!* Und dann waren wir frei! Alma schüttelte kurz ihre Mähne, als könnte sie es nicht fassen, ging dann aber brav Schritt für Schritt die drei Meter durch den Priel.

Nicht so Luigi! Der machte einen überraschten Satz, als er seine plötzliche Freiheit spürte, sodass ich rücklings ins Wasser fiel. Aus den Augenwinkeln sah ich noch, wie Simon, der wie ein nasser Sack auf Almas Rücken hing, davonpreschte. Dann tauchte ich unter. Machtlos gegen die Strömung, die mich mit sich zog. Mit aller Kraft versuchte ich, den Kopf wieder über Wasser zu kriegen, strampelte, um Grund unter den Füßen zu finden, und schaffte es in letzter Sekunde, mich am Wattwagen festzuhalten.

Prustend und nach Luft schnappend, versuchte ich, mich zu orientieren.

»Halte dich fest, Liv, ich hole dich da raus!«, rief mir Simon zu, der – wie auch immer – Alma gewendet hatte und zurückgekommen war.

»Du spinnst, die Strömung ist viel zu stark! Bleib, wo du bist!«, rief ich zurück, doch Simon war schon abgesprungen und in einem großen Bogen zu mir gelaufen – das Wasser auf dem Wattboden stand mittlerweile auch schon knöcheltief. Im Schlepptau hatte er die brave Alma, an der noch die Lederriemen und Seile des Wagens baumelten. Luigi hatte längst im fliegenden Galopp das Weite gesucht.

»Hier, kannst du die Seile fangen?«

»Bin ich Cowboy?«, rief ich und nach drei Versuchen hatte ich es geschafft und mir das Ding unter seiner Anleitung endlich um die Hüfte geknüpft.

»So, und jetzt lass los!« Simon tätschelte Alma den Hals, ging ein Stück voran und die Gute zog mich jetzt Schritt für Schritt aus der Strömung, während ich insgeheim betete, dass der Knoten hielt. Ich bibberte und zitterte am ganzen Körper, meine Lippen mussten längst blau angelaufen sein, das Wasser verschlug mir immer wieder den Atem. Kurz darauf zogen mich zwei starke Arme an Land und hielten mich fest. Und so erfuhr ich, dass Simon auch mal Momente hatte, in denen ihm die Düse ging und er sich alles andere als lässig präsentierte.

Ich habe selten ein Herz so laut klopfen gehört.

13

Obwohl ich hundemüde war, konnte ich in jener Nacht nicht einschlafen, wieder einmal. Zu viele Gedanken schossen durch meinen Kopf. Nach meiner glücklichen Rettung hatten wir noch lange zusammengesessen, um das Erlebte zu verarbeiten. Luigi war zum Glück alleine nach Hause gelaufen und Alma hatte Simon und mich nach Hause getragen, wo uns eine aufgelöste Isodora erwartete, die mich schluchzend an ihr Herz presste. Piet war schon wieder unterwegs, um die Fahrgäste einzusammeln, und ich hatte Alma und Luigi trocken gerieben und ihnen eine Extraportion Futter zukommen lassen.

»Beinahe hättest du die Lütte schon wieder auf dem Gewissen gehabt«, hatte meine Tante später dann in ihrer unnachahmlichen Art gemosert und Piet eine Standpauke gehalten, die sich gewaschen hatte. »Rote Zahlen hin oder her, aber du kannst doch nicht einfach die Sicherheit von Liv und unseren Gästen riskieren!«

Irgendwann hatte ich nicht mehr zuhören wollen und mich neben Simon gesetzt, um mich bei ihm noch mal für sein heldenhaftes Verhalten zu bedanken. In der Not hatte er sogar seine Angst vor Pferden überwunden. Ohne ihn und sein umsichtiges Handeln hätte ich es nie im Leben aus der Strömung geschafft.

»War mir eine Ehre, Hexenfee«, hatte er – schon wieder ganz der lässige Beachboy – gelacht und sich von mir mit einem theatralischen Handkuss verabschiedet. »Schade, dass ich die Story nicht bloggen kann!«

Ich grinste gezwungen. Mir war noch nicht so wirklich nach scherzen zumute und mir schoss durch den Kopf, wie Torge jetzt wohl reagiert hätte. Gleichzeitig fragte ich mich, warum er sich nicht meldete. Mir schrieb, wie sehr er den Abend genossen hatte oder dass er mich vermisste. Oder wenigstens fragte, wie es Hauke ging. Doch mein Handy blieb stumm. Und ich schaffte es nicht, selbst Kontakt aufzunehmen. Wie leicht hätte ich ihm von dem heutigen Abenteuer erzählen können, einfach so! Aber weil Torge sich so abweisend verhielt, traute ich mich schlichtweg nicht.

Der Regen prasselte unaufhörlich gegen das Dachfenster und machte, dass ich mich genervt von einer auf die andere Seite schmiss. Kopfkissen und Decke waren längst verknäult und irgendwann gab ich es auf, zog Jacke und Hose an und schlich zu Hauke in den Stall – da wollte bereits die Sonne aufgehen.

Still und beinahe andächtig, stand der Schimmelhengst in seiner Box, sein weißes Fell leuchtete mir in der Dämmerung entgegen, als ich die Stalltür öffnete. Doch als er meine Schritte hörte, hob er sofort den Kopf und wieherte mir freudig entgegen. Wie immer!

»Na du!«, begrüßte ich meinen Liebling. »Das ist vielleicht ein Sommer, was? Wenn du wüsstest, was ich gestern erlebt habe!«

Hauke stupste mich aufmunternd in die Seite, ein eindeutiges Zeichen für mich, seine Trense zu holen und ihn für einen Spazierritt startklar zu machen. Offenbar hatte Hauke beschlossen, den Sommer jetzt nach seiner Genesung wieder gut zu finden und das schlechte Wetter zu ignorieren. Recht hatte er! Kurz darauf führte ich ihn so leise wie möglich vom Hof, seine Hufe klapperten nur ein bisschen, als wir die Einfahrt verließen. Doktor Haus hatte ja gesagt, ich solle mit weichem Sand vorsichtig sein, deswegen ritt ich ihn nicht zum Strand, sondern führte ihn den schmalen Dünenweg entlang hinunter zum Meer, dahin, wo der Sand fest war. Es war die Stelle, wo wir vor zwei Tagen so ausgelassen gefeiert hatten. Man sah noch die verkohlten Holzstücke im Regen. Mittlerweile nieselte es nur noch, vielleicht würde sich später doch noch die Sonne am Himmel zeigen. Längst hatte ich die Schuhe ausgezogen und lief barfuß durch den Sand, die Wellen umspülten meine nackten Füße. Das gleichmäßige Meeresrauschen an meinem Ohr machte, dass ich müde wurde, und irgendwann schwang ich mich dann doch auf Haukes Rücken.

»Hey, pass auf!«, rief ich ihm lachend zu, als er sich wiehernd aufbäumte. »Spinner!«

Ich versuchte, ihn zu zügeln. »Du darfst noch keinen Galopp, sei doch vernünftig!«, murmelte ich beschwörend auf ihn ein, doch mein eigensinniges Pferd wusste natürlich wieder einmal besser, was für ihn gut war. Also ging es in einem irrwitzigen Tempo am Meer entlang, mit großer Mühe schaffte ich es, mich auf seinem Rücken zu halten. Es war, als hätte sich der Hengst all seine Energie der letzten zwei Wochen aufgespart für diesen einen Moment, in dem er pfeilschnell am Strand von Töwerhaven entlangschoss. Ich lehnte mich über seinen Hals, den Kopf vertrauensvoll in seiner Mähne vergraben, und endlich, endlich gelang es mir auch, mich seinen Bewegungen hinzugeben und mit seinem Körper zu verschmelzen. So merkte ich nicht, dass

Hauke nicht, wie es sonst seine Gewohnheit war, hinaus ins Watt zum alten Leuchtturm galoppierte, sondern den Weg zurück nahm, um hinter dem Dünenaufgang den schmalen Pfad Richtung Wäldchen einzuschlagen. Erst als mir Zweige ins Gesicht schlugen, bemerkte ich, dass wir längst nicht mehr am Meer waren.

Willig ließ sich Hauke nun parieren, er verfiel erst in einen gemächlichen Trab, dann in einen behäbigen Schritt und schließlich blieb er einfach stehen.

»Was ist? Geht's nicht weiter? Wir müssen wieder zurück!« Ich versuchte, ihn zu bewegen, aber Hauke hatte sich entschieden, einfach stehen zu bleiben.

»Das hast du jetzt davon, jetzt kannst du nicht mehr! Am Ende hast du dich wieder verletzt!«, schimpfte ich und untersuchte sofort Haukes Rücken, ob womöglich irgendwo ein Knochen spürbar war, der sonst nicht zu fühlen war. »Kein Wunder, nach der langen Zeit im Stall!«

Plötzlich wieherte Hauke nervös auf. Erschrocken blickte ich mich um. Wen hatte er gehört? Hoffentlich keine Wildschweine! Angestrengt horchte ich in den Wald hinein, aber es blieb alles ruhig.

»Komm, besser wir gehen zurück«, sagte ich angespannt. Die Stelle im Wald, zu der mich Hauke geführt hatte, gefiel mir gar nicht. Es war nichts Neues für mich, dass Hauke über meine Wege bestimmte, ohne dass ich Einfluss darauf hatte. Aber normalerweise kannte ich die Orte, zu denen er mich brachte, sie waren mir längst durch unsere unzähligen Ausritte vertraut. Aber diese Lichtung kannte ich nicht, ich hatte nur eine vage Ahnung davon, dass wir nur wenige Hundert Meter vom Waldsee entfernt waren.

Der Schimmel tänzelte nervös auf der Stelle, ließ sich von

mir jedoch willig ein paar Schritte führen und beruhigte sich glücklicherweise bald wieder, sodass ich es wagte und mich abermals auf seinen Rücken schwang. Die Vorstellung, den ganzen Weg zurück neben ihm barfuß laufen zu müssen, behagte mir gar nicht.

Sofort wollte Hauke mir wieder durchgehen. Es war, als fühlte er sich verfolgt – irgendjemand, irgendetwas machte ihn unglaublich nervös. Auch ich hatte das Gefühl, wir würden ständig beobachtet, aber sosehr ich auch suchte, ich konnte niemanden entdecken. Seltsam, dachte ich, so unruhig hatte ich Hauke lange nicht mehr erlebt. Oft schon waren wir in tiefster Dunkelheit und bei Vollmond unterwegs gewesen, aber bisher hatte ich nie Angst verspürt, so wie heute Nacht. Aufmerksam horchte ich in den Wald hinein, der Mond schimmerte durch die Äste und tauchte das Moor in ein gruseliges Licht. Fehlt nur noch die Nebelhexe, dachte ich, und musste an das Gedicht denken, dass mir Isodora früher immer aufgesagt hatte.

Vor lauter Müdigkeit musste ich auf Haukes Rücken eingeschlafen sein. Ich schreckte auf, als seine Hufe auf den Hof klapperten.

»Moin, moin, min Deern, wieder mal unterwegs gewesen?!«, begrüßte mich Wilm und klopfte Hauke den Hals. »Jetzt man tau.«

»Ich mach ja schon.«

Hauke hatte unser frühmorgendlicher Ausflug gutgetan. Gut gelaunt, begrüßte er mich mit einem Nasenstüber, als ich ihm am späten Nachmittag einen flüchtigen Besuch abstattete, um ihm heimlich einen Apfel ins Maul zu schieben, den er sofort genüsslich zermalmte. Da hatte ich vor lauter Wäsche-Organisieren, Pläne-Schreiben und Bei-Henry-in-der-Küche-Aushelfen, weil sich ein Mitarbeiter fies in den Finger geschnitten hatte und Marlene einfach mit Daniel abgehauen war, keine einzige Pause gehabt. Nur Simon hatte mir zwischendurch einen Besuch abgestattet und einen kleinen Algenstrauß geschenkt, woraufhin ich mich bei ihm verlegen mit einem kleinen Kuss bedankt hatte. Trotzdem musste ich pausenlos an Torge denken, der sich immer noch nicht gemeldet hatte. Wie kann das sein?, fragte ich mich. War ich jetzt etwa in zwei Jungs verliebt?

»Na komm, mein Hübscher, gehen wir ein kleines Stück, ein bisschen Abwechslung tut uns jetzt beiden gut. Aber bloß nicht erwischen lassen! Isodora killt mich, wenn ich ihr nicht beim Sanddornmarmeladekochen helfe, aber ich werde sagen, dass die Lütten mich unbedingt gebraucht haben. Ist noch nicht einmal gelogen, ich habe sie soeben alle einzeln auf die Ponys gehoben und in die Reithalle geschickt«, erzählte ich einfach drauflos, während ich mit ihm den Weg hinüber zur Pappelallee lief. Ich wollte auf der Weide nach dem Rechten sehen, schließlich grenzte sie an die Aue und bei dem vielen Regen war sicherlich der Boden völlig durchweicht.

Als wir an dem Zaun mit den Heckenrosen vorbeikamen, stand da wieder diese Gestalt, die ich in den letzten Tagen schon öfters bemerkt hatte. Möglichst unauffällig wollte ich vorbei, ihn einfach ignorieren. Der Mann trug einen schwarzen Regenmantel und statt Kapuze eine Seemannsmütze auf dem Kopf. Ich rechnete schon damit, dass er wieder das Weite suchen würde, als wir uns näherten. Aber dieses Mal blieb er stehen und grüßte mich freundlich. Er lächelte dabei so warm, dass ich nicht anders konnte, als ebenfalls freundlich zurückzugrüßen.

»Moin«, sagte ich verwirrt und lief dann schnell an ihm vorbei. Ich spürte seinen Blick in meinem Rücken und wollte am liebsten auf Haukes Rücken springen und einfach davongaloppieren. Doch weil mein Pferd keine Anstalten machte zu mucken, beruhigte ich mich und lief einfach unbehelligt weiter.

Die Weide war ein einziger Sumpf! Die Pferde hatten zudem den weichen Boden so sehr zertrampelt, dass die Wiese viel Zeit brauchen würde, um sich davon zu erholen.

»Hoffentlich ist diese Regenzeit bald vorbei, was?«, sagte ich mehr zu mir selbst, während ich gedankenverloren am Holzzaun lehnte. Ein Blick in den Himmel, wo sich über uns die Wolken abermals dunkel zusammenzogen, verhieß nichts Gutes. Ich selbst spürte das Nasse, Klamme kaum noch. Und wie sich warme Sonnenstrahlen im Gesicht anfühlten, hatte ich auch längst vergessen. Mit einem grimmigen Gefühl im Bauch musste ich an die Strandparty neulich denken. Und wie schön es an jenem Abend mit Torge gewesen war und danach wieder so kompliziert. Und wie locker und easy dagegen das Zusammensein mit Simon, der bei unserem Wattabenteuer über sich hinausgewachsen war.

Auf dem Rückweg begegnete uns wieder dieser Mann. Er blieb stehen und sah uns so aufmerksam an, als studiere er dieses Bild: Mädchen mit Pferd. Ich wollte rasch vorbeigehen, aber Hauke stemmte einfach die Hufe in den Boden und blieb stehen.

»Hallo, schon wieder«, sagte er ein bisschen verlegen. »Was für ein außerordentlich schönes Pferd.«

Ich merkte, dass er noch mehr sagen wollte, sich aber offenbar nicht traute. Aufmerksam ließ er seinen Blick über Hauke wandern. Seine Hand zuckte, als wolle er ihm über Flanke und Beine streichen, aber er schien nicht aufdringlich sein zu wollen. Stattdessen rückte er sich seine Mütze gerade.

»Das ist Hauke!«, stellte ich meinen Schimmelhengst vor. »Verstehen Sie etwas von Pferden?«

»Nicht die Bohne, leider«, er zuckte entschuldigend mit den Schultern. »Obwohl ich Pferde wirklich gerne mag. Ich kenne die Leute vom Friesenhof ziemlich gut. Ist ein schönes Fleckchen Erde hier ...« Seine blauen Augen blitzten und ich fasste sofort Vertrauen zu dem Fremden, obwohl natürlich insgeheim in meinem Hinterkopf ein ganzer Film an Ermahnungen ablief.

»Sie kennen Isodora und Piet?«, fragte ich.

»Kann man so sagen.« Er lächelte und ich bemerkte die vielen kleinen Lachfältchen um seine Augen.

»Na, dann kommen Sie doch mit und sagen Hallo. Isodora freut sich bestimmt über netten Besuch«, lud ich ihn einfach ein und dachte mir nichts dabei. »Zurzeit herrscht allerdings dicke Luft auf dem Friesenhof. Alle haben schlechte Laune, weil es seit Wochen regnet und die Gäste ausbleiben ...«

»Ach, lass mal«, winkte er ab. »Kann mir kaum vorstellen, dass sich die gute Isodora über meinen Besuch freuen würde.« Er grinste schief. »Leider!«

»Dann nicht.« Ich zuckte mit den Schultern und musterte ihn möglichst unauffällig. Irgendwie kam er mir bekannt vor. Ich hatte den Eindruck, seine Stimme schon mal gehört zu haben. Seine Gesten wirkten vertraut und sein Lächeln sympathisch.

»Ich muss zurück, die anderen ...«, wollte ich gerade sagen, da öffnete der Himmel mit einem Mal sämtliche Schleusen und ein Wolkenbruch der Extraklasse stürzte über uns ein. Hauke hatte sich aufgebäumt und mir den Führstrick aus der Hand gerissen. Ehe ich mich versah, war er Richtung Stallungen davongaloppiert.

»Hauke!« Ich versuchte, ihn zurückzurufen, aber erstens war er kein Hund, sondern Hauke, und zweitens schluckte nicht nur der Regen, sondern auch ein krachender Donner mein Rufen. Gerade als ich in Panik meinem Pferd hinterhereilen wollte, legte mir der Fremde seine Hand auf die Schulter.

»Nicht bei Gewitter über die Felder – warte!«

Jetzt blitzte es auch noch und ich stand da, nass bis aufs Hemd in Donner und Blitz neben einem Fremden. Er hatte jedoch recht – es wäre absolut riskant, jetzt hier herumzulaufen. »Aber Hauke ...«

»Dein Pferd wird in den Stall finden – Tiere folgen ihren Instinkten, er weiß, wo er in Sicherheit ist. Bestimmt!« Der Mann sah sich um. »Aber wir müssen uns auch einen sicheren Platz suchen! Du kennst dich doch aus hier?!«

»Dort hinten ist ein alter Unterstand, da sind wir wenigstens ein bisschen geschützt«, rief ich und rannte los.

Kurz darauf saßen wir nebeneinander auf der schmalen Bank, während um uns herum die Welt versank.

»Woher kennen Sie Isodora und Piet?«, fragte ich neugierig. Der Mann hob überrascht den Kopf und sah mich eine Weile nachdenklich an. Seine Gesichtszüge wirkten weich und vertraut, es war, als würde ich mich in ihnen spiegeln. Deswegen überraschte mich seine Antwort nicht.

»Woher ich deine Tante kenne?« Er lachte. Und ich wunderte mich, woher er wohl wusste, dass ich Isodoras Nichte bin. Jetzt wurde er mir doch ein bisschen unheimlich. »Isodoras Krallen kenne ich besser, als mir lieb ist …« Er lachte, aber es klang ein bisschen wehmütig.

»Krallen?«, fragte ich verwundert. »Ich kenne keinen Menschen, der ein größeres Herz hätte als Isodora. Da müssen Sie aber ganz schön was verbockt haben!«

»Das habe ich …«, sagte er und räusperte sich, als habe er mit einem Mal einen Kloß im Hals. »Verbockt habe ich so einiges …« Er verstummte und überlegte wohl, wie viel er erzählen sollte.

»Was ist passiert?« Aus irgendwelchen Gründen hatte ich auch eine belegte Stimme.

»Weißt du –«, begann er zögernd. »Sie hat mir damals Hausverbot erteilt, weil ich Camilla nicht heiraten wollte … als sie mit dir schwanger war …«

14

Ich brauchte einen Moment, um die Worte zu verstehen, die in mein Ohr drangen und sich nur langsam in mir ausbreiteten, bis jede Faser in mir sie verstanden hatte. Vielleicht lag es auch am Regen, der unaufhörlich auf das Dach prasselte und ein normales Gespräch zwischen uns unmöglich machte.

Hatte ich richtig gehört? Ich schaute forschend in sein Gesicht. Er starrte auf den Boden, eine Träne lief seine Wange hinunter. Dann drehte er den Kopf und sah mich an. Ich blickte in Augen so blau wie meine, die mich mit einer unglaublichen Wärme umfingen.

Es war Sean. Mein Vater.

Ich schluckte. So laut, dass man es trotz des Regenprasselns hören konnte. »Das glaub ich jetzt nicht«, flüsterte ich.

Er sagte nichts und nickte nur. Als verstünde er es völlig, dass ich das nicht glauben konnte. Glauben, dass dieser Mann, den ich seit meiner Grundschulzeit nicht mehr gesehen hatte, jetzt so einfach neben mir saß. Der Mann, wegen dem Camilla beinahe durchgedreht und so verzweifelt gewesen war. Der Mann, den Isodora verteufelte.

»Du musst sehr wütend auf mich sein, Liv.« Sean berührte sanft meine Schulter. »Das wäre ich jedenfalls an deiner Stelle.«

Ich atmete tief ein und aus. Dann schüttelte ich den Kopf.

»Nicht wütend«, sagte ich und meine Stimme versagte. »Enttäuscht.«

»Ich konnte nicht anders«, antwortete Sean und auch seine Stimme war nur noch ein Hauch. »Es tut mir sehr leid.«

Nach einer Weile räusperte er sich und erklärte dann etwas lauter: »Ich bin einfach ein Seebär, ein ruheloser Reisender ... Versteh doch, Liv, ich habe euch geliebt! Aber meine Sehnsucht nach Freiheit, Ungebundenheit war stärker, ich kam einfach nicht dagegen an. Und Hamburg hat mich wirklich krank gemacht, irgendwann bekam ich keine Luft mehr, konnte nicht mehr schlafen.«

Ich nickte. Ein bisschen entdeckte ich mich in dem wieder, was er erzählte, schließlich war es mir in Hamburg ja auch oft selbst schlecht gegangen, weil ich mich eingeengt und unwohl fühlte.

»Du konntest nicht ohne die See ...« Mir kam das bekannt vor, musste ich zugeben.

»So wie du nicht ohne die Pferde kannst. Das habe ich zumindest gehört. Von Piet.«

Ich nickte wieder.

»Und du hast«, fügte er hinzu, »deine Mutter anscheinend auch verlassen, allerdings wegen der Pferde und nicht wegen der See.«

»Woher weißt du das?«

»Piet hatte mich angerufen, als die Independence III verunglückt ist. Ich war ganz in der Nähe, weil ich den Frachter in Hamburg übernehmen sollte. Piet war so erleichtert, dass mir nichts passiert war. Ich wollte ihn gerne treffen, aber er meinte, ich könne unmöglich auf dem Friesenhof auftauchen. Isodora würde mir den Hals umdrehen und du womöglich auch ...« Er grinste mich entschuldigend an.

»Aber dann meldete er sich plötzlich ein paar Tage später wieder, diesmal sehr aufgelöst. Ihr hattet diesen Unfall mit dem Pferdehänger und du warst bewusstlos. Zu diesem Zeitpunkt konnte er noch nicht sagen, wie schlimm es um dich stand ... Ich bin sofort ins Krankenhaus gekommen.«

Mir dämmerte was. »Du warst das ...«, sagte ich. »Ich habe mitbekommen, dass Piet mit jemandem gesprochen hat!«

»Ich sah dich da liegen. Bleich und schön. Mit deinen roten Locken auf dem Kissen. Ich konnte nicht glauben, dass dieses wunderbare Geschöpf meine Tochter ist ...«

»Aber dann hast du dich gleich wieder davongemacht.« Meine Stimme brach.

»Ich wollte dich nicht in diesem Zustand überfallen«, erklärte Sean, »deshalb bin ich verschwunden, als du zu dir kamst. Aber seit diesem Moment wusste ich, dass du mir fehlst und dass ich dich kennenlernen will.«

»Und deshalb schleichst du die ganze Zeit über schon hier auf dem Friesenhof herum und beobachtest mich ...«

»Nicht die ganze Zeit über«, antwortete Sean. »Zwischendurch war ich auch in Hamburg. Ich wollte Camilla treffen, doch die ist leider verreist.«

»Hätte ich dir sagen können.«

Er nickte.

Draußen regnete es immer noch in Strömen. Ich tastete nach dem Smartphone in meiner Tasche, um Isodora eine Nachricht zu schicken. Sie machte sich bestimmt längst schreckliche Sorgen um mich. Von meinem Vater schrieb ich nichts. Es war immer noch zu unglaublich, als dass ich es hätte in Worte fassen können.

»Sie ist mit ihrem Freund verreist. Und ich glaube nicht, dass sie sich über deinen Besuch sehr gefreut hätte.«

Er sah mich an, als müsse er die Worte erst mal verarbeiten.

Mir fiel plötzlich eine ganze Menge ein, was ich ihm sagen wollte. »Sie würde dir vielleicht verzeihen, dass du *sie* verlassen hast. Aber sie wird dir nie verzeihen, dass du DEINE TOCHTER verlassen hast.« Das Letzte brach laut aus mir hervor.

»Und du?«, fragte er nur. »Wirst du mir eines Tages verzeihen?«

Ich zuckte zusammen. Diese Frage konnte ich ihm unmöglich jetzt beantworten.

»Und wo war Camilla, als du bewusstlos im Krankenhaus lagst?«, fragte er weiter.

Empört blinzelte ich ihn an. Was sollte das? Ich spürte, wie ich plötzlich kurz vorm Explodieren war. Erst galt er so gut wie verschollen, tauchte dann plötzlich aus dem Nichts auf, um sich mir als mein Vater vorzustellen. Und kaum hatte ich begriffen, wer er war, fing er an, auf meiner Mutter herumzuhacken.

Ich sprang auf. »Camilla war in den letzten Jahren immer für mich da. In Hamburg sowieso und im letzten Jahr telefonisch immer, wenn ich sie brauchte. Piet und Isodora auch. Wer nicht da war, DAS WARST DU!« Die letzten Worte schrie ich und dann lief ich einfach in den Regen hinaus. Doch ein ohrenbetäubender Donnerschlag ließ mich schnell wieder unters Dach zurückweichen.

»Es ist nicht alles so heile Welt, wie du denkst, Liv.« Seans Stimme klang jetzt besänftigend. »Wenn du willst, erzähle ich dir alles ...«

»Warum sollte ich mir das anhören?«, antwortete ich. Mein Gesicht glühte immer noch vor Empörung und war sicherlich so rot wie meine Haare. »Wieso tauchst du hier plötzlich auf?«

Über uns zuckten tausend Blitze vom Himmel, ein Donner folgte auf den nächsten, es rumpelte und grollte in einer Tour. Am liebsten wäre ich auf und davon, aber jetzt hinauszurennen, wäre schlichtweg lebensgefährlich gewesen.

»Komm, setz dich, Liv, und entspann dich, es hat sowieso keinen Sinn, sich gegen das Wetter zu stellen. Das müsstest du doch längst wissen, schließlich lebst du hier oben lang genug.« Seans Stimme klang sanft und versöhnlich, wie er das sagte. »Ehrlich, tut mir leid, ich wollte dich nicht wütend machen, obwohl ich es verstehe, dass du so reagierst ... es ist nur so, es gibt immer zwei Seiten einer Medaille. Und es wäre schön, wenn du dir auch meine Version anhörst.«

Widerstrebend nahm ich auf der gegenüberliegenden Seite Platz. So hatte ich ihn besser im Blick. Skeptisch musterte ich ihn von oben bis unten. Eigentlich hätte ich ihn ja sofort als meinen Vater erkennen müssen, dachte ich. Immerhin hatte er während meiner ersten Lebensjahre bei uns gelebt und mir das Fahrradfahren beigebracht, wie Camilla mir immer erzählt hatte. Aber all die anderen Dinge? Ich konnte mich nicht mehr an viel erinnern. Ich hatte ihn ja noch nicht mal sofort wiedererkannt.

Die Augen hatte ich vielleicht von ihm ... aber auf keinen Fall die Haare. Er trug zwar seine Seemannsmütze und man konnte sie nicht sehen, aber unter Garantie waren sie darunter nicht rot.

»Ich habe deine Mutter sehr geliebt«, begann er unvermittelt und draußen legte der Regen noch mal zu. »Wir haben uns hier auf dem Friesenhof kennengelernt und ich war vom ersten Augenblick an von ihr verzaubert. Du ... du bist ihr übrigens sehr ähnlich!« Er schenkte mir ein verlegenes Lächeln. »Nur die Haare ... die hast du nicht von ihr geerbt, die stammen von deiner irischen Großmutter, die hatte genauso feuerrote Locken wie du. Garantiert nennen dich die Leute aus Töwerhaven alle Hexe, was?« Sean grinste in sich hinein. »Ich erinnere mich noch sehr gut an den Tag, an dem du geboren wurdest. Du hattest es eilig und es blieb keine Zeit, um ins Krankenhaus zu fahren. Glücklicherweise hatte deine Mutter ausnahmsweise mal auf ihre Schwester gehört und sich rechtzeitig um eine Hebamme gekümmert. So gab es wenigstens jemanden, der sie bei der Geburt begleitet hat ... Du warst das süßeste Baby der Welt! Die erste Nacht hast du bei mir auf dem Bauch geschlafen, weil sich Camilla noch erholen musste.«

Ja und?, dachte ich. Was sollte diese alte Geschichte, sie interessierte mich jetzt nicht. Als ob deswegen plötzlich Gefühle für ihn in mir aufploppen würden. Halb genervt, halb gebannt, lauschte ich seinen Worten und versuchte, mich an die Episoden zu erinnern, die er mir aufzählte.

»Weißt du noch, wie wir gemeinsam Pfannkuchen gebacken haben? Du wolltest unbedingt ein rohes Ei probieren und warst nicht davon abzubringen! Du hast so lange gebettelt und Theater gemacht, bis ich es dir schließlich erlaubt habe. Aber danach wolltest du nie wieder eins, sooft ich dir auch eins angeboten habe ...« Er grinste in sich hinein und ich schüttelte mich. Bis heute machte ich mir nicht sonderlich viel aus Eierspeisen. Ob meine Abneigung mit jenem Erlebnis etwas zu tun hat?

»Leider war es aber auch so, dass mich das Leben in der

Stadt zunehmend mürbe machte. Hamburg ist unglaublich groß und laut ...«

»Wem sagst du das?«, unterbrach ich ihn. »Genau das ist der Grund, weshalb ich hier in Töwerhaven leben will!«

Sean nickte. »Schon klar. Aber Camilla liebt Hamburg, richtig? Sie hat sich dagegen hier immer eingeengt und beobachtet gefühlt, kein Wunder, nachdem die Leute so über sie hergezogen sind, als sie schwanger mit dir war. Deswegen dachte sie, wir würden alle gemeinsam in Hamburg glücklich werden. Aber ich bin Seefahrer und kein Landei, ich gehöre aufs Meer! Immer wieder habe ich versucht, in der Stadt Fuß zu fassen, bin mit ihr auf irgendwelche Partys gegangen und habe mir langweilige Geschichten von Menschen über deren noch langweiligeres Leben angehört, das nur aus Arbeiten und Geldverdienen besteht.«

»So ist es auch heute noch«, überlegte ich. »Camillas Leben besteht eigentlich nur aus Arbeiten ...«

»Immer öfter kam es dann vor, dass ich auf Reisen gegangen bin, zuerst nur für ein paar Tage, später für ein paar Wochen, daraus wurden es dann ein paar Monate, alleine, einfach so, ich liebe die See und die Freiheit ... du musst verstehen, und eines Tages ...«

»... bist du gar nicht mehr zurückgekommen«, vollendete ich düster seinen Satz. Camilla hatte mir erzählt, dass mein Vater uns von heute auf morgen einfach verlassen hätte, ohne einen Brief, ohne einen Abschiedsgruß, ohne dass sie wusste, warum und wohin.

»Es stimmt nicht, dass ich einfach abgehauen bin. Camilla hat mir ein Ultimatum gestellt: ›Du hast die Wahl‹, hat sie zu mir gesagt. ›Such dir einen anständigen Job und vergiss die Schiffe für immer – oder geh zu deiner geliebten

See und lass dich hier nie wieder blicken. Dieses Hin und Her, diese Unsicherheit mache ich nicht mehr mit! Entweder – oder, entscheide dich …‹ Du weißt ja, wie sie ist.«

»Also hast du dich entschieden!«, stellte ich bitter fest.

»Versteh doch, Liv, ich habe euch geliebt! Aber Hamburg hat mich wirklich krank gemacht, irgendwann wurde ich depressiv und konnte nur noch an das Meer denken!«

Ich nickte betroffen. Ich kannte ja dieses Gefühl.

»Du bist also wieder zur See gefahren …«

»Ja! Und es fühlte sich großartig an, der Wind, die Wellen, Freiheit. Ich habe in den letzten Jahren hart gearbeitet – und die ganze Welt gesehen.«

»Und warum bist du jetzt wieder hier?« Eine schreckliche Vorahnung beschlich mich. Wenn sich alte Menschen zu ihren Fehlern bekannten und reumütig angekrochen kamen, hatten sie entweder etwas Furchtbares erlebt – oder waren todsterbenskrank.

In dem Unterstand zog es erbärmlich, eiskalte Luft zischte an meine glühenden Wangen. Es regnete jetzt weniger, aber dafür immer noch sehr laut auf das Dach, die Welt um uns herum war dunkel geworden, als wolle es Nacht werden. Dabei war es erst früher Abend.

»Wieso bist du gekommen?«, fragte ich.

»Weil ich dich vermisst habe«, antwortete er.

»So plötzlich?«

Sean lachte bitter auf. »Nein, nicht so plötzlich. Glaube mir, ich habe stets an dich gedacht, in Gedanken war ich immer bei dir. Zum Glück hatte ich ja Piet, der mir immer wieder von dir erzählt hat und mir auch dann und wann Fotos geschickt hat. Aber – pssst – verrate den alten Knaben bloß nicht, sonst macht Isodora ihm die Hölle heiß.

Aber der Grund, weshalb ich dich dann so dringend wiedersehen wollte, war ein anderer. Ich bin in einen schrecklichen Sturm geraten. Ich hatte als Kapitän auf einem Krabbenfischer in der Beringsee angeheuert, definitiv einer der härtesten Jobs der Welt. Du bist bei eisigen Temperaturen unterwegs, im Winter peitschen Böen mit einer Geschwindigkeit von zweihundert Kilometer pro Stunde und die gefrorene Gischt legt sich wie ein Eismantel über das Boot. Die Fischer können jeden Moment von Bord gespült oder mit dem Fangkorb in die Tiefe gerissen werden, wenn sie nicht aufpassen. Das Schlimmste aber sind diese Riesenwellen, die dein Schiff zum Spielball des Meeres machen. Du kannst geschickt manövrieren, ihnen ausweichen, das Schiff seitlich lenken. Aber wenn sie haushoch auf dich zurollen, hast du keine Chance, da türmen sich die Wellen Meter um Meter immer höher. Wie gesagt: Dann kam dieser Sturm ...«

Sean machte eine Pause und zündete sich abermals eine Zigarette an, die fünfte, seit wir hier saßen. »Wenn du denkst, Liv, da draußen geht gerade die Welt unter, nur weil es ein bisschen gewittert, dann warst du noch nie stundenlang Windstärke 12 ausgesetzt. Unser Trawler ackerte und kämpfte und schlingerte, es regnete ... alle Mann waren mittlerweile unter Deck, nur ich und mein Steuermann harrten oben auf der Brücke aus, Auge in Auge mit den Wellen, immer wieder tauchte der Bug des Schiffes hindurch und wieder auf, ein ungeheuerliches Auf und Ab. Plötzlich rollte wie aus dem Nichts eine riesige Wasserwand auf uns zu, schlug mit einer unglaublichen Gewalt über dem Schiff zusammen und machte, dass das gepanzerte Fensterglas der Brücke sofort zerbrach. Alle elektronischen Geräte gingen kaputt. Kompletter Kurzschluss – Radar, Echolot, Kompass,

Satellitennavigation –, das volle Programm, Feuerglocke, Maschinenalarm, ein ohrenbetäubender Lärm. Wir waren mit einem Schlag manövrierunfähig! Als ich meinen Steuermann beten sah, dachte ich, das könnte unser Ende sein … Aber plötzlich schob sich ein Bild in meine Erinnerung, mit einem Mal dachte ich nur an dich! Plötzlich hatte ich den Duft deiner Haare als Neugeborenes in meiner Nase, meinte, deine Fingerchen zu spüren, deine weiche Haut, dein Köpfchen, wie es sich vertrauensvoll an meine Schulter schmiegte. Und in jenen bangen Stunden, die mir wie eine quälende Ewigkeit in Erinnerung geblieben sind, schwor ich mir: Wenn ich das hier überlebe, komme ich zurück nach Töwerhaven und suche meine Tochter. Und da bin ich.«

Sean schnickte die Kippe nach draußen in den Regen. Ihm liefen Tränen über die Wangen und ich streckte zaghaft meinen Arm nach ihm aus, um ihn zu trösten.

Sean nickte, er griff nach meiner Hand. »Du glaubst gar nicht, wie wahnsinnig glücklich ich bin, dich getroffen zu haben! Als Piet mich anrief und mir erzählte, dass du einen Unfall hattest und bewusstlos im Krankenhaus liegst, dachte ich für einen kurzen Moment, ich wäre zu spät gekommen. Das war furchtbar. Dann habe ich dich da liegen sehen und mir nichts sehnlicher gewünscht, als mit dir sprechen zu können. Mehr von dir zu erfahren. Deine Sicht aufs Leben zu hören. Dir von mir zu erzählen, damit du mich nicht hasst. Damit du vielleicht ein bisschen verstehst …« Er schnäuzte sich umständlich.

»Und dann bist du mir nachgeschlichen …«

»Nein, so war das nicht. Ich wollte mich nur gerne hier in der Nähe aufhalten. Auch wenn ich ein Seebär bin, so liebe ich dieses Fleckchen Land hier rund um den Friesenhof. Hier war ich mal sehr glücklich. Und dann habe ich dich immer wiedergesehen. Ich habe dich immer schon von Weitem erkannt, mit deinen wunderschönen roten Haaren und deiner grazilen Erscheinung. Anscheinend schleichst du dich ja öfter mal einfach weg – tagsüber und auch nachts.« Er grinste, als ich es abstreiten wollte.

»Keine Sorge, ich verrate dich nicht. Ich kann ja verstehen, dass du hier ab und zu deine Freiheit und Ausflüchte brauchst. Das ist auch nicht immer so einfach mit Isodora und Piet, stimmt's?«

Ich nickte. »Manchmal weiß ich nicht, ob es richtig ist, was ich tue. Sie verlangen schon eine ganze Menge von mir. Außerdem habe ich nicht mit den Anfeindungen der Dorfbewohner gerechnet – die kennen mich doch schon seit vielen Jahren.«

»So ticken die Leute in Töwerhaven, das änderst du nicht! Aber ganz ehrlich, Liv, wenn ich dich so beobachte, wie du mit den Pferden und den Menschen umgehst, finde ich es ganz richtig und von Camilla große Klasse, dir das zu erlauben. Du gehörst hierhin, ohne Frage, und Isodora sollte stolz auf ihre Nichte sein, statt sie zu schikanieren. Ich werde morgen mal ein ernstes Wörtchen mit ihr reden«, fügte er scherzhaft hinzu.

»Traust du dich ja doch nicht!«, sagte ich und grinste ihn jetzt an.

»Stimmt!« Er lachte. Unsere Blicke trafen sich und das allerallererste Mal in meinem Leben ahnte ich, wie es war, einen Vater zu haben.

Irgendwann hörte es auf zu gewittern und nach einer gefühlten Ewigkeit ließ endlich auch der starke Regen nach. Ich wagte gar nicht, darüber nachzudenken, wie wohl jetzt die Weide hinten an der Pappelallee aussehen würde, Land unter total: Es würde Wochen dauern, bis das Wasser abgelaufen war.

»Ich geh dann mal«, sagte ich zu Sean und hielt ihm die Hand hin. Es wäre mir seltsam vorgekommen, ihn zu umarmen oder ihm gar einen Kuss auf die Wange zu drücken.

»Mach das, Liv, wir sehen uns.« Er schlug kurz ein, dann tippte er sich an die Mütze, und bevor ich ihn noch fragen konnte, wo er denn hier in Töwerhaven überhaupt wohnte, war er nach draußen in den Nieselregen verschwunden.

15

Unmöglich, in diesem Zustand Isodora unter die Augen zu treten. Ein Blick von ihr hätte genügt, um die komplette Geschichte aus mir herauszukitzeln und mich dazu zu verleiten, ihr unter Tränen alles zu erzählen. Eine innere Stimme in mir sagte, dass es besser wäre, ihr vorerst die Anwesenheit Seans in Töwerhaven zu verschweigen.

Auf Umwegen schlich ich mich also heimlich zum Stall, um mich an Haukes weichem Hals auszuweinen. Jemand hatte ihn anscheinend in Empfang genommen, er war trocken gerieben und mit Futter versorgt. Doch der Schimmelhengst drehte sich beleidigt weg, als er meine Schritte hörte, und hob sogar drohend die Hinterhand, als ich die Box betrat.

»Hey, was ist los?«, fragte ich, völlig vor den Kopf gestoßen. »Es ist doch alles wieder gut ... das Unwetter ist vorbei. Stell dir vor, wen ich getroffen habe ...«, begann ich, alles hervorzusprudeln. Doch Hauke hörte nicht zu oder tröstete mich wie sonst, wenn ich Sorgen hatte. Mein Liebling ignorierte mich einfach. Also setzte ich mich an die Seite ins Stroh, so, wie es mir Torge seinerzeit vorgemacht hatte, und wartete darauf, dass sich Hauke wieder beruhigte. Doch mein eigensinniges Pferd dachte nicht daran. Nervös tänzelte er hin und her, kam mir mit den Hufen bedrohlich nahe, sodass ich schließlich entnervt aufstand und seine Box verließ.

»Spinner!«, rief ich ihm, den Tränen nahe, durch die Gitterstäbe zu. »Musst du immer bestimmen, was ich zu tun habe?«

Unschlüssig lief ich hinaus auf den Hof. Das Wasser stand überall knöcheltief in den Pfützen, die Regenrinnen sprudelten immer noch unaufhörlich vor sich hin und ich zitterte am ganzen Körper. Langsam und völlig durcheinander stakste ich hinüber zum Neubau. Das Restaurant lag im Dunkeln, offensichtlich hatten Frauke und Henry vorzeitig Feierabend machen müssen, weil wegen des Unwetters nicht mehr mit Gästen zu rechnen war. Was für ein Glück, dachte ich. Da wäre Finn sicherlich auch zu Hause und hätte Zeit für mich – wenigstens einer, der mir zuhören und mich verstehen würde.

Vorsichtig schlich ich im Schutz der Dunkelheit an der Hausmauer entlang, ich wollte nicht plötzlich von Frauke entdeckt werden. Oder womöglich von Marlene, die mir nur blöde Fragen stellen würde. Plötzlich bemerkte ich Licht in der »Kombüse«. Ganz kurz nur blitzte es auf, dann lagen die Räume wieder im Dunkeln. Mein Herz klopfte mir bis zum Hals, als ich jetzt durch die Fensterscheiben blickte – und Finn entdeckte, der gemeinsam mit Anna am festlich gedeckten Tisch bei Kerzenlicht saß und verliebt mit ihr Händchen hielt.

Also hatte ihr Finn das Intermezzo mit Daniel verziehen und die beiden feierten Versöhnung! Oder sie feierten, dass Finn endlich seine Karriereentscheidung gefällt hatte? Unmöglich, die beiden jetzt zu stören und ihnen von meiner völlig unglaublichen Vatergeschichte zu erzählen. Und Simon damit zu belatschern, kam nicht infrage, so schlau war ich trotz meiner rosaroten Gefühle für ihn selbst.

Enttäuscht wich ich zurück und rannte einfach los, hinaus in die Nacht. Blöde Kuh, schimpfte ich mich laut, du gönnst es den beiden doch, also krieg dich wieder ein.

»Du bist nur sauer, weil er keine Zeit für dich hatte, dabei bist du es, die den guten Finn ständig vor den Kopf stößt«, meinte Mareike lapidar, als ich kurz darauf atemlos bei ihr klingelte und sie mir die Tür öffnete. »Und ich bin verabredet und hab auch keine Zeit ... noch wer, auf den du sauer sein kannst! Was ist denn eigentlich los? Du siehst fürchterlich aus!«

»Danke! Nichts, schon okay ...«

Ich erntete prompt einen skeptischen Blick meiner besten Freundin. Sie legte mir ihre Hände auf die Schultern und musterte mich ausgiebig. »Okay, raus mit der Sprache! Ein Wort und ich sage meine Verabredung mit Daniel ab!«

»Daniel? Ich denke, der hat was mit Marlene ...?!«

»Dachte ich auch, doch dann hat er mich gefragt, ob wir heute Abend ins ›Zappel‹ gehen. Warum nicht?«

»Na, dann zisch ab!«, rief ich halb amüsiert, halb verwundert. »Ich komme schon klar, mach dir keine Sorgen.«

»Echt?« Abermals erntete ich einen aufmerksamen Blick. Mareike glaubte mir kein Wort, das war ihr deutlich anzumerken. Gleichzeitig brannte sie darauf, endlich wieder mal Spaß zu haben und sich zu amüsieren. So, wie sie ihn früher immer hatte, bevor sie mit Brian zusammenkam.

»Echt!« Ich drückte meine beste Freundin fest, damit sie spürte, dass ich es ehrlich meinte. Morgen war immer noch Zeit, ihr meine verrückte Elterngeschichte zu beichten, die mich auf wundersame Weise hier nach Töwerhaven gespült hatte. Denn hätte Sean damals auf seiner Weltreise hier nicht durch Zufall Station gemacht und Camilla kennengelernt, gäbe es mich nicht, das war ja wohl klar. Und hätte er nicht diese tiefe Seemannssehnsucht in sich gehabt, dann hätte er uns nie verlassen und wir wären nicht auf den Friesenhof geflüchtet, wo ich Hauke auf die Welt geholfen hatte ...

»Kannst ja mitkommen«, schlug sie vor, »im Club ist bestimmt was los! Nach dem Wolkenbruch wollen es alle garantiert heute noch mal krachen lassen.«

»Ach, lass mal. Ich bin müde, ich geh einfach wieder nach Hause. Wir sehen uns morgen, dann erzähle ich dir alles.« Ich verabschiedete mich mit Blick auf die Uhr. Es war fast zehn.

Als ich dann wieder alleine auf der Straße stand, packte mich die Verzweiflung. Mir war so etwas Ungeheuerliches geschehen – mein Vater, den ich völlig abgeschrieben hatte, war wieder aufgetaucht. Er liebte mich, er wollte mich kennenlernen, er hatte all die Jahre Sehnsucht nach mir gehabt. Das war so wunderbar ... Und gleichzeitig machte es mich wütend, dass er offenbar davon ausging, dass ich ihm verzeihen würde, einfach so.

Ich spürte, wie die Gefühle sich wieder alle vermischten – Freude, Wut, Erleichterung. Vor allem Ärger auf Camilla, die mir das alles nicht richtig erklärt hatte. Auf Piet, der solch ein Geheimnis aus seinem Kontakt zu Sean gemacht hatte. Und auf Isodora, zu der ich jetzt auch nicht mit meinem Gefühlswirrwarr gehen konnte, weil sie bei allem esoterischen Gedöns so verbohrt sein konnte ... Ich schluchzte laut auf, weil ich mich plötzlich so allein fühlte wie nur was.

Und dann blitzte wie aus dem Nichts ein Gedanke auf: Der Einzige, der mich verstehen könnte, war Torge. Er wusste, wie es war, keinen Kontakt zu seinen Eltern zu haben. Enttäuscht von seinem Vater zu sein. Torge wusste, wie sehr mich allein die Erwähnung von Sean aufgewühlt hatte, und konnte sich vorstellen, wie aufgelöst ich jetzt sein musste. Wenn mich jemand heute Nacht verstehen würde, dann wäre es Torge, dem ich voll und ganz vertrauen konnte und der mir ohne jegliche Vorbehalte zuhören würde. So lange, bis die gesamte Geschichte aus mir raus war, Camillas Version und die von Sean, verbunden mit meinen Erinnerungen. Und noch etwas war in mir aufgetaucht, ein neues, unbekanntes Gefühl, das mich mit voller Wucht überrollte, während ich jetzt den schmalen Pfad entlanglief. Torge bedeutete mir etwas, ich hatte mich längst in ihn verliebt mit Haut und Haaren. Und das mit Simon hatte nichts zu bedeuten, das war nur ein harmloser kleiner Urlaubsflirt, Küsschen hin oder her.

Ich rannte los. Durch die verwinkelten Gassen der Innenstadt und vorbei am Fußballplatz. Ich joggte eine Allee entlang und irgendwann stand ich vor Doktor Claasens Anwesen und zögerte nicht eine Minute, durch das offene Tor den Weg hinunter zum Haus zu laufen, das in einer Senke lag, hinter Büschen verborgen. Vielleicht waren seine Haare verwuschelt oder er trug eine Brille, weil er an seinem Bericht geschrieben hatte, und ganz bestimmt würde er mich mit seiner tiefen Stimme hineinbitten und mir einen Tee kochen. Ich würde ihm alles erzählen. Alles.

Doch offensichtlich funktionierte die Klingelanlage nicht, zumindest hörte ich kein vertrautes Dingdong. Auch Bine, Doktor Claasens Hündin schlug nicht an. War womöglich niemand zu Hause? Angestrengt horchte ich in die Dunkelheit hinein – außer dem leichten Regenrauschen war nichts zu hören und doch meinte ich, Stimmen zu vernehmen. Also lief ich einmal um das Haus herum und spähte in jedes Zimmer hinein, die Rollläden waren nicht verschlossen. Was für ein Glück: In der Küche brannte Licht, das Fenster war gekippt. Torge stand mit dem Rücken zur Spüle und sprach mit irgendwem, es schien eine leidenschaftliche Diskussion zu sein, denn er fuchtelte dabei ständig wild mit den Händen herum. Neugierig trat ich einen Schritt näher und spähte hinein. Ein junger Mann stand ihm gegenüber, vielleicht ein bisschen älter als er, und redete beschwichtigend auf ihn ein. Irgendwann beruhigte sich Torge und die beiden schauten sich eine Weile tief in die Augen, bevor sie sich gegenseitig in die Arme fielen und sich festhielten. Richtig fest. Wie ineinander vergraben.

Erschrocken wich ich zurück. Dass sich zwei Männer umarmten und womöglich liebten, war für mich nichts Neues, das gab es in Hamburg überall und war für mich keine Aufregung oder Bemerkung wert. Aber hier ging es um Torge! Torge war ganz offensichtlich verliebt und hatte einen Freund! Deswegen war er immer wieder auf Rückzug bedacht, wenn wir uns trafen. Deswegen hatte er sich nach dem Abend am Lagerfeuer so seltsam verhalten, nach dem wir uns eigentlich näher gekommen waren. Deswegen hatte er den Körperkontakt zwischen uns weitgehend vermieden …

In diesem Moment dachte ich, mein Herz würde aufhören zu schlagen, ich brachte nur einen würgenden Laut hervor. Als sich Torge, durch das Geräusch aufgeschreckt, zum offenen Fenster umdrehte, rannte ich auf und davon, stolperte in die Dunkelheit hinein, bis ich irgendwann atemlos vorm »Zappel« stand. Hannes, der Türsteher, ließ mich ohne einen Kommentar hinein, obwohl ich sicherlich gruselig aussah, völlig durchnässt und verweint.

Ein Blick von Mareike genügte und ich brach erneut in Tränen aus. Vielleicht weil es zu laut war, vielleicht auch weil es eigentlich nicht viel zu reden gab in so einer Situation, hielt sie mir einfach ihre Flasche Flensburger hin, die ich, ohne weiter darüber nachzudenken, leer trank, bevor ich sofort zwei neue bestellte.

Irgendwann zog mich jemand auf die Tanzfläche und die Beats hämmerten in meinem völlig konfusen Gedankenknäuelkopf. Der Rhythmus ging mir in die Beine, der Alkohol ins Blut und mein Kopf wurde frei. Ich drehte mich zur Musik, ließ mich mitnehmen von der Melodie, ich dachte nichts mehr. Dann und wann reichte mir jemand einen Drink. Ich trank und tanzte weiter. Der Alkohol machte, dass ich mich alsbald froh und leicht fühlte. Statt meiner traurigen Gedanken an Torge machte sich eine wohlige, wattige Leere in meinem Kopf breit ... *ain't nobody loves me better ...*

Am nächsten Morgen wollte ich nicht aufstehen. Mein Kopf dröhnte, mein Magen streikte, am liebsten wäre ich für immer in meinem Bett liegen geblieben. Doch Isodora klopfte unbarmherzig laut an meine Tür, und als ich nicht reagierte, kam sie einfach herein.

»So geht das nicht weiter, Liv!«, sagte sie und setzte sich auf meine Bettkante, die Matratze bebte unter ihrem Gewicht. »Du kannst hier nicht einfach mir nichts, dir nichts verschwinden, kommen und gehen, wie es dir passt! Mal abgesehen davon, dass du noch nicht volljährig bist, hast du hier Verantwortung übernommen. Das wolltest du doch, oder? Wenn ich mich recht erinnere, wolltest du hier leben und arbeiten, du wusstest genau, worauf du dich einlässt! Also, raus aus den Federn jetzt mit dir! Und ab heute keine Sperenzchen mehr! Wo warst du überhaupt so lange gestern? Hauke ist am Durchdrehen, wir haben Doktor Claasen geholt, damit er ihm eine Beruhigungsspritze setzt, weil wir dachten, er nimmt uns den gesamten Stall auseinander!«

»Was?« Bei dem Wort Hauke war ich sofort hellwach, mit einem Ruck setzte ich mich auf. »Autsch! Ich glaube, mir ist schlecht ...« Ein greller Schmerz schoss durch meinen Kopf und Übelkeit in meinen Magen.

»Da hab ich jetzt kein Mitleid!« Isodora stand geräuschvoll auf und grinste mich spöttisch an. »Himmel, Liv, wer so viel trinkt, dass er mir draußen in die Blumenkübel kotzt, kann von mir keine Schonzeit erwarten. Zumal sich unten die Gäste drängeln, die wollen heute alle früh zum Strand. Schau mal raus, die Sonne scheint! Endlich! Und du dödelst hier herum ...«.

»Du bist gemein! Mir geht es wirklich mies ...« Ich schmiss mich wieder in die Kissen, ein Fehler. Jede Bewegung machte, dass sich alles in mir drehte. Hatte ich wirklich in Isodoras Geranien gekotzt? Ich konnte mich an nichts mehr erinnern. Wie war ich überhaupt nach Hause gekommen?

»Jetzt schlaf mal noch 'ne Runde, du bist ja wirklich zu nichts zu gebrauchen. Und dann bedanke dich bei Mareike! Sie hat dich gemeinsam mit Torge zurück auf den Friesenhof gebracht.«

»Torge?« Sofort wurde mir wieder schlecht. »Wieso ausgerechnet Torge, der war doch überhaupt nicht mit uns im ›Zappel‹?« Immerhin, daran konnte ich mich noch erinnern. Und an den anderen Mann in Doktor Claasens Küche. Mein Magen drehte sich.

»Keine Ahnung, ihr wart doch alle gemeinsam feiern, frag ihn doch selbst, ich muss wieder an die Arbeit.« Schon war meine Tante wieder die Treppe runter nach unten verschwunden, ein Hauch Maiglöckchenduft wehte hinter ihr her. Oha, dachte ich, wenn Isodora mir noch nicht einmal Globuli und einen Tee hinstellte, musste sie wirklich sauer auf mich sein. Aber mir war so schlecht, dass mir wirklich alles egal war, und deswegen dämmerte ich einfach wieder weg und blieb so lange im Bett liegen, bis die Kopfschmerzen verschwunden waren – da war es schon später Nachmittag. Nach einer ausgiebigen Dusche und zwei Stück Rosinenstuten fühlte ich mich endlich wieder lebendig und lief hinaus in den Stall, der wie leer gefegt war. Kein Wunder, bei dem strahlenden Wetter waren alle ausgeritten. Nur Hauke stand in seiner Box und döste vor sich hin. Er reagierte kaum, als er meine Schritte hörte.

»Hey, was haben sie mit dir gemacht?«, fragte ich und kraulte meinem Liebling den Schopf. Stirn an Stirn standen wir da, wie so oft, ich hatte meinen Arm um seinen Hals geschlungen. Ich spürte Haukes regelmäßigen Herzschlag und sofort beruhigte ich mich.

»Komm, gehen wir spazieren, damit wir auf andere Gedanken kommen«, sagte ich und holte Halfter und Führstrick. Ich kam mir immer noch vor wie im Film. War es wirklich gestern gewesen, dass ich Sean, meinen Vater, hier in Töwerhaven getroffen hatte? Und Torge mit seinem Freund ... ein fieser Stich zog sich durch meinen Körper, diesmal lag es nicht am Restalkohol.

Glücklicherweise ließ mich Hauke heute ohne weitere Mucken aufsitzen und so zockelten wir gemütlich den schlammigen Feldweg entlang Richtung Wald. Von Ferne hörte ich Kinderstimmen jauchzen und rufen. Das war Mareike mit den Lütten, die sich im Erdbeerfeld tummelten.

»Hey, was macht ihr denn da?«, rief ich und sprang ab.

»Erdbeeren klauen, siehst du doch!«, nuschelte Mareike mit vollem Mund. »Na, wieder nüchtern? Komm, pflück mit, die Früchte haben unter dem Regen sehr gelitten und wir haben sozusagen den Auftrag, hier klar Schiff zu machen, keine Sorge.« Sie umarmte mich herzlich und wartete meine Antwort erst gar nicht ab.

»Na, dann los«, sagte ich und lief zu den Lütten, die begeistert von einer Erdbeerpflanze zur nächsten hüpften und sich die Münder mit den leckeren Früchten vollstopften. Hauke und die Ponys dösten derweil am Wegesrand und rupften vereinzelt Grasbüschel. Nachdenklich schaute ich zu meinem Pferd, ich verstand nicht, warum es sich so seltsam verhielt. Gerade eben wirkte es noch total teilnahmslos und jetzt schien es das Normalste der Welt, dass es gemeinsam neben seinen Stallgenossen graste.

»Hast du Torge schon geschrieben, dass du wieder unter den Lebenden weilst?« Mareike schob sich grinsend eine dicke Erdbeere in den Mund.

»Achtung, da ist eine Schnecke!«, rief ich und schnickte in letzter Sekunde das Viech von ihrem Mund. Kurz würgte es mich, das konnte aber auch an der Erinnerung an die Unmengen Bier von gestern Abend liegen, die ich mir einverleibt hatte.

»Danke!«

»Wieso war der überhaupt da? Und hatte er seinen Freund dabei?«, hakte ich nach und pflückte mir ein paar rote Früchte in die Hand. Ihr Anblick machte, dass sich mein Magen abermals verkrampfte und es mich würgte. Oder lag es daran, dass Torge nicht auf Mädchen stand? Schnell drückte ich die Erdbeeren Mareike in die Hand und stand auf.

»Freund? Torge kam irgendwann alleine ins ›Zappel‹ – ich hatte den Eindruck, dass er dich suchte –, und als er dich in deinem Zustand gesehen hat, hat er sofort darauf bestanden, dich nach Hause zu bringen. Mannomann, du warst ganz schön knülle, wusste gar nicht, dass du so viel trinken kannst.« Mareike grinste mich an. »Und dann ...«

»... habe ich in Isodoras Blumenkübel gekotzt.«

16

Die nächsten Tage vergingen wie im Flug. Endlich schien wieder die Sonne und damit kehrte endlich auch wieder Leben und Fröhlichkeit auf den Friesenhof zurück. Die Lütten kümmerten sich glücklich um die Ponys und striegelten und liebten sie halb zu Tode. Piet strahlte mit der Sonne um die Wette, weil die Kundschaft Schlange stand, um an den Ausflügen teilzunehmen, und Finn war in seinem Element, weil die »Kombüse« brummte und er mit dem Waffelnbacken kaum hinterherkam. Er hatte bezüglich seines Jobangebots immer noch keine Entscheidung getroffen, schien aber in jenen Tagen vergnügter denn je. Was sicher ein bisschen auch mit Anna zu tun hatte, die ihm nicht von der Seite wich.

Sean hatte mir einen Brief in Haukes Box hinterlassen – also war er doch wieder hier herumgespukt –, in dem er mir sehr lieb schrieb, wie schön es für ihn gewesen sei, mit mir zu sprechen. Und dass er sich gerne noch mal mit mir treffen würde, bevor er wieder in See stäche. Ich merkte, dass ich das auch sehr gerne wollte, und speicherte seine Handynummer. Das Wort »Vater« lief wie eine Endlosschleife in meinem Kopf und den Brief legte ich unter mein Kopfkissen. Ich würde ihm bald schreiben, vielleicht schon morgen.

Wenn allerdings der Name Torge sich in meinem Kopf breitmachte, ging meine Laune direkt mehrere Stockwerke tiefer bis in den Keller. Torge hatte mir noch ein, zwei Nachrichten per WhatsApp geschickt, doch ich hatte sie einfach ungelesen gelöscht. Ich musste den Schock jener Nacht erst mal verdauen. Mareike hatte mich ausgelacht, als ich ihr davon erzählt hatte, und mich eine dumme Kuh genannt, denn Torge war zweifelsfrei ein toller Typ, dessen Freundschaft ein unermessliches Geschenk war. So konnte man das sehen, ja klar. Aber ich war in Torge verliebt, ich wollte mehr. Und dass Torge grundsätzlich nichts von Mädchen wissen wollte, damit musste ich erst mal klarkommen.

Und von der Begegnung mit meinem Vater hatte ich auch noch niemandem erzählt, selbst Piet nicht. Ich hielt immer die Augen offen, ob ich Sean wieder irgendwo vorbeispazieren sah, aber Fehlanzeige. Er war so plötzlich verschwunden, wie er aufgetaucht war. Vielleicht hatte er Bedenken, dass ich Isodora von ihm erzählt hatte, und traute sich nicht mehr in die Nähe. Denkbar wäre es.

Hauke war, nachdem die Wirkung von Doktor Claasens Spritze nachgelassen hatte, wieder der Teilnahmslosigkeit verfallen. Dabei hatte ich so gehofft, dass er sich nach der Operation und der Regenerationsphase wieder berappelt hatte, zwischenzeitlich war es doch wieder so gut gewesen und wir waren sogar ausgeritten. Doch der Hengst schien seit dem schweren Gewitter und der Begegnung mit Sean wie ausgewechselt und jeder Versuch, mich ihm anzunähern, scheiterte daran, dass er von jetzt auf gleich aus seiner Schockstarre erwachte und sich aufbäumte, sobald er mich erblickte. Ich war so verzweifelt, dass ich nicht mehr wusste, was ich tun sollte, und zum tausendsten Mal den Tag verfluchte, an dem wir mit dem Hänger zu Zygmunt gefahren waren. Da nützte mir auch Zygmunts glückliche Nachricht nicht, dass Malina tatsächlich aufgenommen hatte und in freudigen Umständen war. Ich wollte keine Fohlen von Hauke – ich wollte, dass er wieder der Alte war! Mein eigensinniger, großartiger Hauke, dem ich blind vertrauen konnte.

»Gib ihm Zeit, min Deern, der wird schon wieder«, meinte Wilm wohlwollend und kniff mir in die Wange, als ich mich bei dem alten Pferdeknecht ausweinte. »Kümmere dich lieber um Kusmi, der freut sich über mehr Getüddel, wenn er den ganzen Tag über im Geschirr gegangen ist. Hauke hatte schon immer seinen eigenen Hengstkopf, das müsstest du doch am besten wissen.«

»Jetzt steigere dich doch nicht so rein«, meinte auch Finn, als ich ihn in der »Kombüse« besuchte, um mir ein Stück Walnussbrot zu mopsen, von dem er mir beim Frühstück heute Morgen vorgeschwärmt hatte. Er war gerade dabei, Erdbeerhippen auf einem Glasteller zu drapieren, und Anna verzierte sie liebevoll mit Vanillesahne aus dem Spritzbeutel. Zwischendurch tauschten die beiden immer wieder verliebte Blicke und drückten sich kleine Schmatzer auf den Mund. Eine Geste, die mir Übelkeit bescherte. Missmutig schlich ich wieder auf den Hof, wo mir die beiden Zwillinge bestens gelaunt entgegenschlenderten. Simon mit seinem Surfboard unter dem Arm und Daniel in seinen Chaps.

»Hey, Liv, kommst du später mit an den Strand? Wir machen ein Beach-Volleyball-Turnier ...«, meinte Simon und schaute mich erwartungsvoll an. Nach wie vor baggerte er an mir herum, auch wenn ich ihm in den letzten Tagen ausgewichen war. »Kann doch nicht sein, dass du hier nur von morgens bis abends ackerst!«

Daniel schaute mich prüfend an. »Dir ist aber nicht nach Feiern, wegen Hauke, stimmt's?«, hakte er mit einer für ihn ungewöhnlichen Sanftheit in der Stimme nach. Er legte mir tröstend die Arme um die Schultern. Ausgerechnet.

Ich nickte stumm und spürte, wie in mir Tränen hochkriechen wollten.

»Ich weiß gar nicht, was ich machen soll! Hauke schien sich wieder berappelt zu haben, aber dann sind wir in dieses schreckliche Gewitter geraten ...«, brach es aus mir heraus.

»Dein Pferd ist hochsensibel, das habe ich längst bemerkt, da reicht der kleinste Pieps und der geht durch ... Wenn du willst, können wir gemeinsam ein paar Übungen machen, um sein Vertrauen wieder zu stärken. Dancer hatte auch mal eine so schwierige Phase ...«, sagte er.

Weiter kam er nicht, denn in diesem Moment kam Torge auf den Hof geradelt, ausnahmsweise war er ohne Motorrad unterwegs. Als er mich in Daniels Arm bemerkte, grüßte er nur knapp und blieb unschlüssig stehen. Bei seinem Anblick gab es einen fiesen Stich in meinem Herzen, ich schluckte und schaute schnell zu den Zwillingen.

»Gute Idee, danke! Wir sehen uns später unten am Strand ... und nach Hauke schauen wir morgen«, sagte ich schnell, umarmte Simon zum Abschied und drückte dem verdutzten Daniel einen Kuss auf die Wange. Dann ließ ich die Jungs einfach stehen und lief zum Stall.

»Na, geht's dir wieder gut?«, fragte Torge, als ich an ihm vorbeikam. »Ich hab mir ganz schön Sorgen um dich gemacht ...«

Prompt lief ich knallrot an. Mir war das immer noch unsäglich peinlich, dass ausgerechnet er mich nach Hause gebracht hatte. Wieso war er überhaupt da gewesen? Mein Herz klopfte wild, als ich ihm jetzt gegenüberstand, doch ich versuchte, mir nichts anmerken zu lassen.

»Um mich brauchst du dich nicht sorgen«, antwortete ich kühl. »Mit meinen Freunden feiere ich hier öfters Party, das Leben besteht nicht nur aus Arbeit …«

»Eigentlich wollte ich nach Hauke schauen und mit ihm üben, aber offensichtlich hast du ja schon den Cowboy engagiert«, unterbrach er mich spitz, ohne weiter auf meine Bemerkung einzugehen. »Wenn das so ist, dann gehe ich doch lieber.«

»Ist wohl besser. Bin sowieso noch verabredet.« Ich hielt seinem Blick stand, obwohl ich innerlich bebte und völlig durcheinander war. Zu gerne hätte ich den restlichen Abend zugeschaut, wie er mit Hauke trainierte, in der Hoffnung, dass er ihm helfen konnte. Denn Torge war ein Pferdeflüsterer, das war ja wohl klar.

»Na dann.« Ohne ein weiteres Wort schwang sich Torge wieder auf sein Fahrrad und radelte davon.

»Na dann«, krächzte ich und bückte mich nach einem Striegel, den einer von den Lütten hatte liegen lassen.

Die nächsten Tage waren furchtbar. Genauer gesagt, brannte die Sonne gnadenlos vom Himmel, als wolle sie wiedergutmachen, was sie in den letzten Wochen versäumt hatte, und sorgte dafür, dass jetzt alle ständig über die Hitze klagten. In der Tat war es für Nordseeverhältnisse ungewöhnlich heiß, es wehte kaum ein Wind und man konnte sogar bis spät in der Nacht draußen sitzen. Dies wiederum freute Frauke und Henry, die zusätzlich zwei Aushilfen eingestellt hatten, um den Ansturm zu bewältigen. Auch

Finn ackerte von früh bis spät, tatkräftig unterstützt von Anna, die sich kaum noch um ihre Stute kümmerte. Sie hatte mich gebeten, Moonlight so oft wie möglich zu bewegen, und da sich Hauke nach wie vor weigerte, von mir geritten zu werden, war ich glücklich über mein Ersatzpferd. Dass Morango sich während der Hauptsaison langweilte, war nichts Neues.

Daniels Ankündigung, er wolle gemeinsam mit mir und Hauke üben, hatte sich nämlich als wenig erfolgreiches Unterfangen herausgestellt. Zwar hatte er es mit unendlicher Geduld geschafft, ihm das Halfter umzulegen und ihn hinaus auf die Koppel zu führen. Aber Hauke interessierte sich nicht die Bohne für Daniels Annäherungsversuche und trickste ihn jedes Mal aus, egal, ob sich Daniel einfach nur zwei Stunden lang zu ihm setzte, mit ihm Fangen spielte oder durch Augenkontakt versuchte, sein Vertrauen zu gewinnen. Es fiel mir unendlich schwer, die beiden gewähren zu lassen. Und hätte ich nicht so schrecklich viel Arbeit gehabt, hätte ich es nicht erlaubt. So war ich froh, dass sich wenigstens Daniel um mein Pferd kümmerte, das ansonsten nur im Stall stand und Kosten produzierte, wie Piet nicht müde wurde zu betonen. Selbst schuld, dachte ich bissig. Hätte er die Fahrt mit dem Hänger nicht verbockt, wäre Hauke jetzt ins Bestform und als Deckhengst einsetzbar. Ich verkniff mir aber die Bemerkung. Immerhin hatte Camilla mittlerweile die Rechnung beglichen, also hatte er erst recht keinen Grund zum Meckern.

Und dann stand eines Tages Torge abermals vor der Stalltür. Ich war gerade dabei, die letzten Strohkrümel zusammenzufegen, da kam er, die Hände in der Hosentasche vergraben, in die Boxengasse geschlendert.

Eigentlich hatte ich mir fest vorgenommen, Torge einfach abblitzen zu lassen, wenn er hier auftauchte. Was interessierte mich ein schwuler Tierarztstudent aus Hamburg! Aber wie er jetzt vor mir stand und mich lieb anlächelte, drehte mein Herz einen doppelten Salto vor Freude.

»Hey, wie geht's?«, sagte er und fuhr sich mit der Hand durch die Haare. »Ich ... ich wollte mal nach Hauke schauen. Irgendwie geht er mir nicht aus dem Sinn, du weißt schon, wegen der Geschichte mit Jaro und so.« Er lächelte verlegen, bevor er hinzufügte: »Macht er Fortschritte?«

»Leider nein«, antwortete ich und rieb mir die Augen. »Ich hatte mir auch mehr erhofft ... ehrlich gesagt, bin ich ziemlich verzweifelt, ich weiß gerade auch nicht weiter. Und vor allem fehlt mir die Zeit und Ruhe, mich selbst um ihn zu kümmern. Diese Saison ist es wie verhext!«

»Ist doch super, wenn euer Friesenhof läuft, oder? Das freut mich für dich! Nach allem, was ich höre, war es im letzten Jahr gar nicht einfach.« Torge lächelte, bevor er mich in die Seite knuffte. »Komm schon, Liv, noch ein paar Wochen, dann langweilst du dich hier wieder zu Tode. Bis dahin genieße das Leben und den Trubel, die Wintermonate sind doch öde!« Er machte eine Pause, bevor er fortfuhr. »Ich wollte dir einen Vorschlag machen ... Wenn du erlaubst, versuche ich mein Glück mit Hauke. Die wenige Zeit, die ich hier noch in Töwerhaven habe, würde ich gerne euch beiden schenken.« Zwei graublaue Augen blickten mich erwartungsvoll an. Ich atmete tief durch, weil mir sein Angebot glatt die Sprache verschlug. Woher kam sein plötzlicher Sinneswandel? Tausend Fragen brannten mir auf der Seele, doch ich konnte nur zustimmend nicken. Es hatte ja schon einmal funktioniert. Und Hauke war mein

Ein und Alles. Ich atmete tief durch, bevor es aus mir herausbrach: »Hauke steht in seiner Box. Er lässt mich kaum an sich ran, füttern geht gerade, aber ich habe ihm seit drei Tagen kein Halfter mehr umlegen können, weil er sofort durchdreht und steigt. Und dann wieder steht er total apathisch da, als ob er wieder eine Beruhigungsspritze bekommen hätte. Meinst du, das alles hat noch mit dem Unfall zu tun?«

Wir traten an Haukes Box. Der Hengst hob den Kopf und blinzelte uns an.

»Ich habe Doktor Claasen gesagt, dass wir ihn besser ohne Medikamente kurieren, aber er ließ sich nicht davon abbringen. Außerdem hatte Piet darauf bestanden«, meinte Torge und beobachtete den Hengst durch die Gitterstäbe, während ich den Riegel öffnete. Hauke schien wie ausgewechselt und sich richtig zu freuen, dass Torge ihn besuchte.

»Treulose Tomate«, flüsterte ich zärtlich und wagte kaum, ihn anzufassen. Schließlich kraulte ich ihm doch den Schopf, froh darüber, dass er sich heute »normal« verhielt.

»Na, du Hübscher, wie geht es dir?« Torge war zu uns getreten und klopfte ihm freundlich den Hals. Sanft tastete er über Beine, Bauch und Flanke, untersuchte vorsichtig die Wirbel am Rücken und befühlte die Operationsnarbe, doch der Hengst zuckte kein einziges Mal unter seiner Berührung. Ich hatte mich an die Seite verzogen, während Torge mit seinen Händen in Hauke hineinspürte. Kein Vergleich zu den Bewegungen Daniels, der zwar auch professionell, aber wesentlich lebhafter mit Hauke umging.

»Und, fehlt ihm etwas?« Atemlos hatte ich die Untersuchung verfolgt, doch eine innere Stimme wusste längst, was Torge jetzt zu mir sagen würde.

»Hauke ist völlig gesund ...«

»Aber was fehlt ihm dann?«

Torge musterte mich aufmerksam, sein Blick ging mir durch und durch. Er sollte bitte aufhören, mich so anzuschauen.

»Ich weiß es nicht. Zuwendung. Zeit. Ausreiten. Geduld. Alles auf einmal? Vielleicht auch eine Reiterin, die nicht so gestresst ist?«

»Deine Moralpredigt kannst du dir sparen!« Ich schüttelte den Kopf. »Ich weiß selbst, dass ich gerade nicht die Coolste bin!«

»Aber mit dir scheint noch irgendetwas anderes los zu sein als sonst, oder?« Er schaute mich durchdringend an, so lieb, so sanft, dass mir fast die Tränen kamen und ich ihm beinahe alles erzählt hätte. Aber wie konnte ich mich ihm öffnen und ihm von der Begegnung mit meinem Vater erzählen, wenn er mir gegenüber auch nicht mit offenen Karten spielte? Und ihn nach seinem Freund zu fragen, stand mir ja wohl nicht zu. Abermals schüttelte ich den Kopf. »Es ist nichts weiter«, sagte ich leise, »ich bin wohl tatsächlich etwas überarbeitet.«

»Wie du meinst ... Ich werde trotzdem morgen wiederkommen, Hauke zuliebe.« Torges Hand zuckte, als wolle er mir eine Strähne aus dem Gesicht streichen, doch dann tat er es doch nicht. Stattdessen klopfte er Haukes Hals, massierte ihm noch einmal sanft das Ohr und verabschiedete sich dann mit einem kurzen Kopfnicken. Kurz darauf hörte ich, wie sich draußen seine Schritte entfernten.

Völlig irritiert, stand ich noch eine Weile bei meinem Pferd in der Box und wusste nicht, wo ich hinfühlen sollte. Als ob ich dran schuld wäre, dass Hauke so sensibel reagierte! Immerhin ließ er es jetzt nach Torges »Behandlung« zu, dass ich meinen Arm um ihn schlang und mich ordentlich an seinem Fell ausweinte.

Torge machte sein Versprechen wahr und kam jetzt jeden Tag auf den Friesenhof, um mit Hauke zu trainieren. Er tauchte irgendwann in den späten Abendstunden auf, legte Hauke das Halfter um und ging dann mit ihm an den Strand, einfach so, ohne mich um Erlaubnis zu fragen. Nach unserem Gespräch neulich ging er mir aus dem Weg – und ich ihm auch, kein Wunder. Trotzdem konnte ich ihn nicht vergessen, obwohl Simon nach wie vor um mich herumschwirrte, sich mein Lebensretter nannte und mir süße Komplimente machte. Aber Simon war nicht Torge! Mit ihm konnte man nicht über Pferde reden, geschweige denn einfach in Ruhe spazieren gehen, Simon interessierte sich nur fürs Surfen. Seine heldenhafte Leistung im Watt und dass er tapfer auf Alma geritten war, hatten noch längst keinen Pferdenarren aus ihm gemacht.

Eines Tages folgte ich Hauke und Torge nach getaner Arbeit heimlich ans Meer. Es dämmerte bereits und wir hatten ablaufende Flut. Ich versteckte mich in den Dünen und sah amüsiert zu, wie die beiden miteinander spielten. Was hatten sie für einen Spaß! Torge rannte ein Stück und Hauke ihm hinterher, als ob sie sich gegenseitig fangen wollten. Ständig suchten sie die Nähe des anderen, schubsten, stupsten und neckten sich wie kleine Kinder. Mal rannte der eine vor und der andere galoppierte hinterher, mal drehte sich der eine im Kreis, mal der andere. Insgeheim kicherte ich in mich hinein, als Hauke volle Kanne losgaloppierte und Torge beim Hinterhersprinten sofort die Puste ausging.

Die beiden wirkten so innig miteinander und doch traute ich meinen Augen kaum, als sich Torge irgendwann auf Haukes blanken Rücken schwang und der Hengst aus dem Stand auf und davon preschte.

Ich wusste sofort, wohin er Torge führen würde, es gab nur einen Ort, der um diese Uhrzeit dafür infrage kam: der alte Leuchtturm.

Ich brauchte eine Weile, um zu kapieren, dass Hauke, mein Hauke!, mit Torge zu meinem Lieblingsort unterwegs war, und erstaunlicherweise machte es mir nichts aus. Torge würde auf dem alten Fundament sitzen und dort in die Weite des Watts schauen, stundenlang in den Himmel träumen. So lange, bis das Wasser wieder stieg, dann würden sie gemeinsam zurückreiten. Lange schaute ich den beiden hinterher, wie sie immer kleiner wurden und schließlich aus meinem Blickfeld verschwanden. Ich war aus meinem Versteck hervorgekrochen und hatte mich mitten auf den Strand gesetzt, genau an die Stelle, wo Torge noch vor wenigen Minuten gesessen und Hauke ihm die Haare durchgeschnubbelt hatte. Und wie ich dort im Schneidersitz im Sand saß, machte sich eine lähmende Müdigkeit in mir breit, gepaart mit einer inneren Spannung, die kaum die Rückkehr der beiden erwarten konnte. Keine Ahnung, wie man meditiert und wie sich innere Erleuchtung anfühlt, auch wenn mich Isodora jahrelang dazu genötigt hat, mit ihr gemeinsam im Mondschein zu tanzen oder bei Kerzenlicht und Räucherstäbchen bestimmte Rituale abzuhalten. Aber in jenen Stunden, die ich einsam und alleine am Strand saß, über mir der Himmel, vor mir die unendliche Weite des Horizonts, fühlte ich mich so frei und froh wie noch nie in meinem Leben. Ein Lächeln umspielte meine

Lippen, während ich die Augen geschlossen hielt und in mich hineinspürte.

Mein Vater hatte mich nicht verlassen – er liebte mich. Er wollte mich kennenlernen. Er interessierte sich für mich. Ich sah ihn mit dem schwarzen Regenmantel und der Seemannsmütze vor mir und langsam kamen auch Bilder von früher hoch, erst verschwommen, dann immer klarer. Wir beim Pfannekuchenbacken, wir beim Drachensteigen. Ich sah ihn vor mir, damals noch mit dunklen Haaren ohne graue Schläfen. Und ich spürte seine Liebe. Während ich es jetzt zuließ, dass die Bilder wieder in mein Bewusstsein glitten, breitete sich eine große Ruhe in mir aus, die Spannung wich aus meinem Körper. Immer wieder schob sich Haukes ausdrucksvoller Hengstkopf davor. Und so gewiss, wie ich mir der Liebe meines Vaters plötzlich war, so gewiss war ich mir auch der bedingungslosen Zuneigung Haukes.

Noch jemand spukte durch meine Gedanken und mein Herz: Torge. Ich konnte ihn einfach nicht vergessen. Seine wachen graublauen Augen, sein warmes Lächeln, sein Gang, sein respektvoller Umgang mit den Tieren. Seine einfühlsame Hand für Hauke, dem hochsensiblen Hengst, der sonst niemanden an sich heran-, geschweige denn auf sich reiten ließ.

Ich liebte ihn mit jeder Faser meines Herzens und hätte alles darum gegeben, seine Freundin zu sein. Der Gedanke daran machte, dass ich mich mit einem Mal froh und leicht fühlte, obwohl ich wusste, dass wir nur Kumpels, aber kein Paar werden würden. Aber in diesem Moment war ich einfach nur unendlich glücklich darüber, Torge zu kennen, und es machte mir überhaupt nichts aus, dass Hauke ihm vertraute, wie er sonst nur mir vertraute.

Ich kam wieder zu mir, als ich Pferdehufe näher kommen hörte, der Boden unter mir vibrierte. Rasch sprang ich auf und lief den beiden entgegen, längst war es dunkel geworden. Wind war aufgekommen und die ersten Sterne zeigten sich am Himmel.

Torge schien sich nicht die Spur darüber zu wundern, mich am Strand anzutreffen, und sprang von Haukes Rücken. Einen kurzen Moment blieb er unschlüssig vor mir stehen, schaute mir in die Augen und lächelte dabei. Ich nickte und lächelte zurück, ich hatte ja längst verstanden, was er mir sagen wollte. Nur zu gerne ließ ich mir von ihm auf Haukes Rücken helfen.

»Danke!«, sagte ich leise und hielt seine Hand einen Moment lang fest. Und als ob nichts gewesen wäre, als ob er nicht tagelang Mucken gemacht und mich ignoriert hätte, trabte Hauke einfach los und brachte mich zurück nach Hause auf den Friesenhof. Wir hatten uns noch nicht mal von Torge verabschiedet.

17

Mitten in der Nacht weckte mich ein leises Wimmern, gefolgt von aufgeregten Stimmen. Verschlafen richtete ich mich auf und rieb mir die Augen. Normalerweise herrschte auf dem Friesenhof absolute Ruhe, etwas stimmte nicht, und als ich die Treppe hinunterkam, schaltete ich sofort. Isodora ging es überhaupt nicht gut! Schwer atmend, hing sie in der Küche auf ihrem Stuhl und wischte sich ein ums andere Mal den Schweiß aus der verschwitzten Stirn.

»Was ist mit dir?«, fragte ich besorgt und reichte ihr ein Glas Wasser. »Hier, trink! Hast du Piet schon geweckt?«

»Mir ist so heiß …«, jammerte sie. Ihre Gesichtsfarbe wechselte von Knallrot zu Blass.

»Klar, du hast Fieber.« Es war ungewöhnlich genug für meine Tante, krank zu sein, die sonst ein Ausbund an kerngesunder Natur war. Draußen hörte ich Piet über den Hof laufen, gefolgt von … Frauke, die alarmiert zur Tür hereinkam. Ausgerechnet! Hatten sich die beiden nicht erst heute Mittag noch fürchterlich in den Haaren darüber gehabt, ob die Erdbeermarmelade praktischerweise in kleinen, mittleren oder Ein-Liter-Gläsern abgefüllt werden sollte?

»Am besten nimmst du eine Schmerztablette«, meinte Frauke, nachdem sie meine Tante ausführlich gemustert hatte. »Die sind auch fiebersenkend. Und dann schläfst du dich aus und gönnst dir morgen eine Auszeit.«

»Das ist mir in all den Jahren noch nie passiert«, seufzte

Isodora verzweifelt. »Aber ich nehme doch keine Schmerztablette!« Sie schüttelte empört den Kopf und deutete auf die kleinen Fläschchen, die vor ihr standen. Globuli, Kräuter, Bachblüten ...

»Manchmal reicht das nicht, aber wenn du meinst«, antworte Frauke lapidar. Sie schüttelte den Kopf und wandte sich zum Gehen. »Du bist alt genug, du musst wissen, was du tust.«

»Das wird schon wieder! Nimm eine Tablette und dann geht es dir morgen besser«, versuchte ich, meine aufgeregte Tante zu beruhigen, und tätschelte ihr beschwichtigend den Arm.

»Autsch!«, schrie sie auf.

»Hab ich dir wehgetan?«

Da schob Isodora ihren Ärmel zurück. Ich schluckte.

»Um Himmels willen – was ist das?«, fragte ich entsetzt.

»Eine entzündete Wunde mit Verdacht auf Blutvergiftung, würde ich sagen. Na, das erklärt einiges.« Frauke beugte sich über Isodoras Unterarm und zog vorsichtig das Pflaster ab. Die gesamte Haut war knallrot und entzündet.

»Autsch!«, entfuhr es mir. Der Anblick war wirklich fies und gruselig. »Was ist passiert?«

»Ich habe mich beim Marmeladekochen verbrannt«, gab Isodora kleinlaut zu. »Vor ein paar Tagen schon. Ich dachte, das ist nicht so schlimm ... war es auch erst nicht, aber beim Kellersaubermachen muss Dreck hineingeraten sein. Seitdem tut es richtig weh.«

»Und warum hast du nichts gesagt?«, fragte ich vorwurfsvoll. »Eine so große Brandwunde muss vom Arzt versorgt werden. Du immer mit deinen Heilkräutern!« Unwillkürlich musste ich an Torges Eltern denken, die sich in diesem Fall auch nicht anders verhalten hätten.

»Das sind alles Halsabschneider!«, kam es von Isodora matt. Mein Onkel hatte sich unterdessen ans andere Ende des Küchentischs gesetzt und klammheimlich einen Klaren eingeschenkt.

»Halsabschneider hin oder her! Willst du etwa, dass du deinen Arm überhaupt nicht mehr bewegen kannst? Und jetzt haben wir erst recht Ärger damit. Mitten in der Nacht! Und wer weiß, wie lange die Wunde zum Heilen braucht!«, pflaumte ich Isodora an.

»Vorwürfe helfen jetzt auch nicht weiter«, versuchte Frauke, mich zu beruhigen. »Wir müssen in die Klinik damit, und zwar so schnell wie möglich. Ich ziehe mich an und hole den Autoschlüssel. Sorg du bitte dafür, dass deine Tante startklar ist.« Schon war sie nach draußen verschwunden.

»Bitte, bitte, ich will da nicht hin!«, jammerte Isodora, während ich ihr aus dem Nachthemd und in eins ihrer bunten Blumenkleider half. Sie schwitzte immer noch stark und stand wackelig auf den Beinen, leistete aber glücklicherweise keinen weiteren Widerstand, als ich sie nach draußen führte und ihr fürsorglich in Fraukes Auto half. So, wie sie glühte, musste sie tatsächlich hohes Fieber haben, und wenn sie einfach alles mit sich geschehen ließ, schien es ihr wirklich nicht gut zu gehen.

»Ich komm mit«, sagte ich entschieden und wollte nach hinten auf den Rücksitz klettern, doch Frauke schüttelte energisch den Kopf.

»Nein, meine Liebe, du legst dich wieder schlafen, damit du morgen fit bist und die Frühstücksschicht übernehmen kannst. Wer weiß, wie lange das hier heute Nacht noch dauert. Reicht, wenn zwei ausfallen, da musst du bitte deine Kräfte schonen.« Sie nickte und fügte leise lächelnd hinzu: »Was wären wir hier ohne dich! Wie gut, dass du da bist, danke!«

Huch – was war denn mit der los? Die Sorge um Isodora schien eine sanfte Seite bei ihr geweckt zu haben. Oder war es nur die Sorge um den Betrieb? Egal, nett war es trotzdem.

»Okay, okay! Ich habe verstanden!«, salutierte ich und schlug grinsend die Autotür zu. »Aber schreib mir bitte sofort, wie es Isodora geht, wenn der Arzt nach ihr geschaut hat!«

»Aye, aye!«, grüßte sie zurück und düste vom Hof.

Immer wieder schielte ich in dieser Nacht auf mein Handy, doch von Frauke kam nicht das kleinste *Pling!* einer Nachricht. Dafür hatte mir Torge ein Foto vom Vollmond über dem neuen Leuchtturm in Töwerhaven geschickt, offensichtlich konnte auch er nicht schlafen und war spazieren gegangen.

Zum Glück ging es meiner Tante besser, wie mir Frauke am nächsten Morgen persönlich versicherte. Sie war die ganze Nacht über bei ihr geblieben und hatte sich nur kurz geduscht und die Klamotten gewechselt, bevor sie in den Frühstücksraum gekommen war, um mir zu helfen.

»Die junge Ärztin hat darauf bestanden, sie stationär aufzunehmen«, erzählte sie. »Sie hat ihr zunächst ein Breitbandantibiotikum verpasst, bevor sie jetzt untersuchen, um welchen Erreger es sich genau handelt. Aber sie war sehr zuversichtlich, dass Isodora rasch wieder auf die Beine kommt. Zum Glück kann deine Tante doch sehr vernünftig sein, wenn es darauf ankommt.«

Ich nickte erleichtert und hatte an diesem Morgen überhaupt nichts dagegen, dass Frauke unseren Gästen becherweise Milchkaffee anbot und ich mich nicht mit »Melitta« herumärgern musste.

»Wie lange muss sie in der Klinik bleiben?«, fragte ich. »Und sollen wir ihr später ein paar persönliche Dinge bringen – Zahnbürste, Nachthemd und so?«

»Ja, sehr gerne, sie bat darum. Am besten packst du ein paar Utensilien zusammen und einer von uns düst zu ihr. Piet hat die Angelegenheit so zugesetzt, der ist für nichts weiter zu gebrauchen und wird heute nur die Ausflugsfahrten organisieren.«

»Alles klar! Ich kann ihm auch heute nicht mit den Pferden helfen, wenn ich hier Isodora ersetzen soll«, sagte ich. »Es reisen auch einige Gäste ab ... und heute Abend kommen gleich zwei Familien an, richtig?«

»Am besten schaust du in die Liste, den Zugang hast du ja, oder? Der Laptop steht in Isodoras Büro ...«

Doch als ich später den Rechner starten wollte, um die Liste aufzurufen, blieb die Maske leer. Genauer gesagt, stürzte mir das Programm zweimal ab, und als ich dann das heutige Datum suchte, gab es keine Einträge. Wie konnte das sein? Ich war mir sicher, Frauke pflegte das System aufs Genauste, sie hatte sogar eine App, mit der sie zwischenzeitlich die Listen aktualisieren konnte. Auch wenn es mir unangenehm war, suchte ich zwischen den Papierbergen auf Isodoras Schreibtisch herum. Konnte ja nicht sein, dass sie so völlig planlos agierte, das war überhaupt nicht ihre Art. Endlich fand ich ihr altes Buch, in dem sie vor der Renovierung immer ihre Planungen festgehalten hatte. Und tatsächlich, als ich die Seiten aufschlug, prangten mir sämtliche Namen und Termine der aktuellen Saison entgegen. Isodora hatte sie fein säuberlich von Fraukes Liste in ihr Buch übertragen, mit blauem Kugelschreiber Notizen gemacht und rot ausgestrichen, wenn jemand abgereist war, ein Sternchen daneben bedeutete, dass der jeweilige Gast seine Rechnung beglichen hatte, ein Ausrufezeichen, dass er gerne wiederkommen konnte.

Grinsend schlug ich die Kladde zu. Na, wenn Isodora wieder gesund war, würde sie Frauke einiges zu erklären haben! Denn dass sie mit dieser antiquierten Buchführung auf Dauer die Zukunft des Friesenhofs gefährdete und das gesamte System durcheinanderbrachte, lag auf der Hand. Mal abgesehen davon, dass ich für heute keinen Plan hatte, was ich wo, wann, wie erledigen sollte. Erstens, weil es nirgends stand. Und zweitens, weil Isodora nicht da war, um es mir zu sagen. Ich konnte nur gute Miene zum bösen Spiel machen und die Zimmer der abreisenden Urlaubsgäste so schnell wie möglich wieder auf Vordermann bringen, in der Hoffnung, dass Frauke rechtzeitig Alarm rufen würde – und wir für eventuelle Gastpferde ausreichend Platz und Futter hätten.

Also wirbelte ich vor mich hin, unterbrochen von etlichen Nachrichten, die mich auf meinem Smartphone erreichten. Erst wollte Mareike wissen, ob wir uns später gemeinsam in den Dünen sonnen wollten, wie wir es früher immer getan hatten. Als ich verneinte, weil ich ja keine Zeit hatte, fragte sie, wie ich es fände, dass sie schon wieder Daniel treffen würde, obwohl der ja bald abreisen würde, ich könnte ja mit Simon mitkommen ...

Mach doch. Aber ohne mich, schrieb ich zurück, während ich tonnenweise Wäsche über den Flur bugsierte.

Aber Daniel will knutschen!

Ja und?

Bin ich Marlene?!

Die ist eh sauer und sinnt auf Rache, weil Daniel nichts mehr von ihr wissen will.

In Windeseile flogen die Kommentare hin und her und irgendwann stellte ich mein Handy entnervt auf stumm. Wie sollte da einer Duschwannen säubern oder ordentlich Betten beziehen?

Am Nachmittag dann schwang ich mich auf mein Fahrrad und düste zu Isodora in die Klinik. Zum Glück war sie ganz in der Nähe von Töwerhaven untergebracht.

»Moin, moin«, begrüßte sie mich. »Dachte schon, du hättest deine alte Tante vergessen!«

»Wie könnte ich!«, antwortete ich grinsend. »Schön, dass es dir besser geht! Siehst gut aus ...!«

»Gell? Diese Streifenkittel stehen mir besser als jedes Blumenkleid ... Hoffe, du hast mein Lieblingsnachthemd dabei.«

»Logisch! Und deine Globuli und die Salzlampe auch«, sagte ich feixend und stellte die mitgebrachten Sachen auf den Tisch. »Wie lange musst du noch hier drinbleiben?«

»Mindestens drei Tage, bis die Entzündungswerte besser sind und ich kein Fieber mehr habe. Mannomann, ich kann dir sagen ... letzte Nacht ging es mir ja überhaupt nicht gut, ich habe glatt gedacht, ich geh hops! Ich verdanke Frauke mein Leben!«, fügte sie mit Tränen in den Augen hinzu. »Was hab ich der Deern unrecht getan! Und was täten wir ohne sie! Ich habe mich beim Herrgott dort oben schon ausführlich bedankt!«

»Sie ist anders als du! Aber sie führt den Laden mit einer sicheren Hand.« Rasch erzählte ich meiner Tante vom heutigen Tag und wie ich mich ohne einen genauen Plan durchlaviert hatte, ohne sie zu verpfeifen.

»Es tut mir leid!«, meinte Isodora zerknirscht. »Aber es fällt mir sehr schwer, ihr einfach mein Feld zu überlassen, kannst du das nicht verstehen?«

»Klar, das versteht doch jeder! Aber du kannst ihr vertrauen! Sie macht das richtig gut.« Ich streichelte ihr sanft über die Haare, bevor ich aufstand. »Ich muss wieder! Und du, werde bitte ganz schnell wieder gesund, du fehlst jetzt schon auf dem Friesenhof.«

»Eine Frage noch, Liv«, hielt sie mich zurück. »Ich habe neulich zufällig ein Gespräch zwischen Frauke und Henry mitbekommen, dass Finn ein Angebot bei einem Sternekoch in der Schweiz erhalten hat, stimmt das? Frauke scheint das überhaupt nicht zu gefallen ...«

»Finn auch nicht!«, rutschte es mir heraus. »Dabei ist das die Chance seines Lebens. Ich weiß gar nicht, warum er sich so sehr dagegen sträubt.«

»Ist doch klar. Weil Frauke ihn nicht gehen lassen will! Wen soll sie sonst beglucken?«

»Na, sie hat doch auf dem Friesenhof genug zu tun, oder? Und Finn ist alt genug, um selbst zu entscheiden, wo er in Zukunft arbeiten will.«

»Ich mache mir Sorgen um den Jung«, meinte Isodora. »Er ist viel zu gut für die Welt. Und was will er auf ewig in der ›Kombüse‹? Henry ist ein prima Koch und sein Team bestens eingespielt. Aber an ihm scheint es ja auch nicht zu liegen. Ich werde mal mit Frauke reden.«

»Mach das!«, sagte ich. »Aber vergiss nicht, dass es letzten Endes Finns Entscheidung ist – und nicht die seiner Mutter. Trotzdem würde es natürlich helfen, wenn er ihre Unterstützung hätte ...«

»Dann werde ich ihn mir auch mal vorknöpfen, wenn ich

wieder zurück bin! Schließlich habe ich ihn aufwachsen sehen, da kann ich jetzt nicht einfach so zugucken, wie er seine Zukunft verschenkt!« Isodora nickte.

Ich war schon an der Tür, da rief sie mir abermals hinterher: »Wie geht es Hauke?«, wollte sie wissen.

»Er macht Fortschritte«, sagte ich und drehte mich zu ihr. »Dank Torge hat er wieder Vertrauen gefasst und lässt sich von mir reiten.«

»Der Jung ist mir richtig! Pass gut auf ihn auf.« Isodora ließ sich grinsend in ihre Kissen zurückgleiten. Ich verkniff mir einen Kommentar und machte, dass ich endlich hinauskam, bevor sie mir noch weitere Fragen stellen konnte.

Ja, Torge! Sein häufiger wie intensiver Umgang mit Hauke hätte ein Beweis sein müssen, wie sehr er die Zeit mit uns genoss. Wenn ich es nicht besser gewusst hätte, wäre ich sicher, dass er in mich verliebt ist. Er schaute wenigstens zwei Mal am Tag nach Hauke, und wenn er es nicht schaffte, weil Doktor Claasen ihn zu einer Extraschicht verdonnerte, schrieb er mir liebe Nachrichten und fragte nach Haukes und meinem Befinden. Ich hatte mich bisher nicht getraut, ihn nach seinem Freund zu fragen oder wie lange er eigentlich noch in Töwerhaven blieb, es ging mich ja auch nichts an. Aber innerlich brannte ich vor Neugier – und vor Liebeskummer.

Sean war es, der mich auf andere Gedanken brachte. Er stand eines Tages einige Meter vor der Hofeinfahrt, als ich angeradelt kam, und schien auf mich gewartet zu haben.

Mein Herz klopfte und ich bemerkte, dass ich es nicht gewohnt war, einen *Vater* zu haben und ihn zu treffen.

Er druckste ein bisschen herum, aber dann fragte er vorsichtig, ob ich Lust hätte, mit ihm zu Abend zu essen. »Ich würde gerne meine Tochter zum Essen ausführen«, sagte er langsam, als müsse er das Wort *Tochter* erst noch üben.

Ich erklärte ihm, wie gerne ich die Einladung annehmen würde, aber dass Isodora ausgefallen war und hier momentan alle Hände gebraucht würden.

»Ich könnte dir helfen. Dann bist du schneller fertig.«

»Gute Idee! Ich werde dich Piet als neuen Stallknecht vorstellen«, ulkte ich und lief neben ihm gemeinsam auf den Hof, wo munteres Treiben herrschte. Offensichtlich waren gerade alle von einem Ausflug ins Watt zurückgekommen, zumindest waren die Lütten dabei, unter Jubeln und Kreischen sich und die Ponys um die Wette mit dem Wasserschlauch abzuspritzen, bis einer nasser als der andere war. Und sauber.

»Bin schon längst angestellt«, meinte Sean und grüßte freundlich in die Runde, wobei er lässig dem Wasserstrahl auswich. »Oder wer hat heute während deiner Abwesenheit Hunderte von Heuballen in der Scheune gestapelt?«

»Isodora wird schon nichts dagegen haben. Ich bringe es ihr schonend bei«, meinte Piet, als er meinen skeptischen Blick bemerkte. Wie aus dem Nichts war er plötzlich neben uns aufgetaucht und grinste Sean freundlich an. »Aber zurzeit können wir jede helfende Hand gebrauchen! Und dein Vater ist und bleibt ein netter Kerl, das habe ich ja schon immer gesagt.«

So kam es, dass Sean und ich später nach getaner Arbeit im Biergarten unterm Apfelbaum saßen und uns von Henry Scholle satt servieren ließen.

»Wenn das Isodora wüsste«, sagte ich kopfschüttelnd, und das war nicht an Mareike gerichtet, die Händchen haltend mit Daniel am anderen Ende saß. Auch nicht Piet, der die Gelegenheit nutzte, um ein Bierchen nach dem anderen zu zischen. Und erst recht nicht Frauke, die Rote Grütze servierte oder Aal in Aspik und so gelöst wie lange nicht mehr wirkte und sogar mit unseren Gästen scherzte.

»Deine Tante hat in der Tat hier in den letzten Wochen nur schlechte Laune verbreitet, kann man leider nicht anders sagen«, meinte Finn, der sich zu uns gesellt hatte und dem die Augen aus dem Kopf fielen, als ich ihm meinen Vater vorstellte.

»Warum hast du es mir nicht erzählt?«, raunte er mir zu, als Sean bei Marlene einen Wein bestellte.

»Wann denn?«, wisperte ich zurück. »Als ich dein Ohr gebraucht hätte, hattest du Candle-Light-Dinner mit Anna!«

»Tut mir leid«, entgegnete Finn zerknirscht.

»Aber jetzt mal zurück zu deinem Kommentar von gerade«, nahm ich den Faden wieder auf. »Wie meinst du das, Isodora verbreitet schlechte Laune! Sie ist ein Herz auf zwei Beinen! Die Seele des Friesenhofs!«

»Ja, du hast recht!«, meinte Finn und überlegte. »Aber weißt du, wenn jemand so richtig emotional ist, dann kann er das in eine positive und in eine negative Richtung sein. Und wir haben viel Negativströmungen in letzter Zeit abgekriegt.«

»Ich kann mir vorstellen, was du meinst«, zwinkerte Sean und nahm einen Schluck Weißwein.

»Keine Ahnung, wie sie das geschafft hat, aber hier hat sich niemand so richtig getraut durchzuschwingen«, erklärte Finn.

»Durchzuschwingen?« Sechs Augenpaare richteten sich verwundert auf ihn.

»Na ja, ich meine ... äh ...«

»... Schwung in die Bude zu bringen, Fröhlichkeit, Leichtsinn ... Isodora muss ständig alles interpretieren oder mit Globuli kurieren, das kann einem echt die Laune verderben«, sprang ihm ausgerechnet Marlene zur Seite. »Schau dich doch mal um: Der Friesenhof brummt! Mal abgesehen von den ersten drei regnerischen Wochen, läuft hier doch alles wie am Schnürchen. Vorausgesetzt, man hält sich an die Absprachen und löscht nicht *aus Versehen* die Gästeliste oder manipuliert die Zahlen oder ...«

»Marlene!«, herrschte sie Frauke an. »Das lass mal unsere Sorge sein! Isodora meint es nicht so!«

»Da hast du dich neulich aber ganz anders angehört«, pflaumte Marlene zurück und guckte sauertöpfisch Richtung Daniel, der sich jetzt sehr intensiv mit Mareike verknäult hatte.

»Isodora und ich sind nicht immer einer Meinung«, stellte Frauke klar. »Aber wir haben uns letzte Nacht ausgesprochen und versöhnt, denn wir wollen beide dasselbe, nämlich ...«

»... das Beste für den Friesenhof!«, fielen wir alle lachend mit ein und prosteten uns zu.

18

Von Sean hatte ich mich verabschiedet und vage Ferienpläne mit ihm geschmiedet. Er würde demnächst nach China schippern und hatte mich gefragt, ob ich mir vorstellen könnte, in den Herbstferien eine Woche mit ihm an Bord zu verbringen. Ich wollte es mir noch überlegen und es auch mit Camilla besprechen, denn ich hatte das Gefühl, dass das eine gute Idee wäre. Auf jeden Fall würde ich nächste Woche in Hamburg am Kai stehen, wenn er wieder in See stach. Ich hatte einen Vater. Und den würde ich so schnell nicht wieder aus den Augen lassen, egal, was Isodora oder Camilla dazu sagen mochten.

Finn lehnte am Reitplatz über der Bande, als ich nach der abendlichen Fütterung aus dem Stall kam. Im Dressurviereck arbeitete Anna mit Morgano. Ich blieb neben ihm stehen und sah Anna zu.

»Gut so!«, rief Finn ein ums andere Mal. »Gib ihm weiche Paraden, noch weicher … merkst du? Wenn du ihn vorne öffnest, kannst du ihn von hinten leichter herantreiben. Und Kopf hoch! Schlangenlinien durch die ganze Bahn, fünf Bogen.«

Gebannt schaute ich zu, wie Morango geschmeidig Annas unmerklichen Befehlen folgte.

»Hey, das sieht ja super aus!«, lobte ich, als die beiden, schnaubend und schwitzend, an uns vorüberritten. Anna hatte vor Anstrengung eine rote Birne.

»Wenn Morango zufrieden am Gebiss kaut, ist alles gut! Und schau doch, wie er seinen Schweif hält.« Finn strahlte über sein ganzes Gesicht. »Darf ich vorstellen: Morangos neue Lieblingsreiterin! Darf Moonlight nur nicht mitkriegen ...«

»Wie jetzt?« Für einen Moment stockte mir der Atem. »Hast du Morango jetzt etwa an Anna verkauft?«

»Quatsch, wo denkst du hin! Aber jemand muss sich ja um ihn kümmern, wenn ich keine Zeit mehr dazu habe.« Er fuhr sich mit einer verlegenen Geste durch sein strubbeliges Haar und grinste mich schief an.

»Hä? Ich verstehe nicht ...« Eigentlich hatte ich sonst immer Morango bewegt. Ich war vielleicht nicht so sehr in der Dressur talentiert wie Anna, aber immerhin bestens mit dem Dunkelfuchs vertraut.

»Ich tu's, Liv!«, fügte Finn erklärend hinzu, als er meine verwunderte Miene bemerkte. »Ich nehme das Angebot von Johann Steiner an und gehe in die Schweiz!«

»Oh, gratuliere!«, stammelte ich und meinte es wirklich so, auch wenn es immer noch schwierig für mich war, dass er offensichtlich zuerst mit Anna darüber gesprochen hatte und nicht mit mir.

»Ja, das ist wirklich großartig! Erinnerst du dich, ich hatte ein langes Gespräch mit Henry ...«

»Welches Gespräch?« Ich kramte in meinen Gehirnzellen.

»Mit Henry! An dem Abend, als wir alle gemeinsam am Strand gefeiert haben! Aber du hattest ja nur Augen für Torge!«

»Torge.«

»Geht's noch, Liv? Jetzt konzentriere dich mal!«

Langsam erinnerte ich mich. Finn war an diesem Abend später zu uns gekommen, aber ich war die ganze Zeit über so sehr mit meinen eigenen Dingen beschäftigt gewesen, dass ich vergessen hatte, ihn danach zu fragen.

»Was hat Henry gesagt?«

»Dasselbe wie du! Steiner ist die Chance meines Lebens … und dass ich mich nicht verpflichtet fühlen muss hierzubleiben, nur weil mir meine Eltern die ›Kombüse‹ eingerichtet haben.« Finns Stimme war deutlich die Erleichterung anzuhören. Er bedeutete Anna, Morango die Zügel hinzugeben und eine Pause einzulegen. Für heute hatten die beiden auch wirklich genug trainiert.

»Gut so! Und was sagt Frauke dazu?«, hakte ich nach.

»Die findet das natürlich nicht so prickelnd, kannst du dir ja denken.« Finn zuckte mit den Schultern. »Aber das ist auch die Chance meines Lebens, mich endlich aus ihren Muttifängen zu befreien. Du weißt ja, wie anstrengend sie sein kann …«

»Ja, das weiß ich!« Ich versuchte ein schiefes Lächeln. »Aber sie meint es nur gut und will für alle das Beste. Für Isodora. Für den Friesenhof. Und erst recht für dich.«

»Schon klar!«, antwortete Finn. »Für dich übrigens auch! Erst gestern hat sie mir erzählt, dass sie es von deiner Mutter unverantwortlich findet, dir diese Doppelbelastung aufzubürden!«

»Hä? Das war doch mein Herzenswunsch, hier zu sein! Und ich bin so glücklich wie nie! Ich wünsche dir, dass du eines Tages bei deinem neuen Zuhause und deinem neuen Job das Gleiche fühlst wie ich.« Ich umarmte Finn und drückte ihn fest. Ein warmes Gefühl der Freundschaft und Verbundenheit durchströmte mich. Finn war mein allerbester Kumpel, würde es immer bleiben und eines Tages bestimmt wieder zurück auf den Friesenhof kommen.

Alles hätte also wunderbar sein können, hätte es da nicht diese unausgesprochene Sache zwischen Torge und mir gegeben. Mein Herz klopfte wie verrückt, jedes Mal, wenn er spontan auf dem Friesenhof auftauchte und sich Hauke schnappte, um mit ihm zu trainieren oder einfach nur auszureiten. Auch wenn ich mir hundertmal sagte, dass es Quatsch ist, wegen eines Kumpels die Pulsfrequenz zu erhöhen, wollte mein Herz nichts davon hören.

Längst hatte ich aufgehört, mich darüber zu wundern, dass sich Hauke Torge komplett hingab oder umgekehrt, und genoss im Gegenteil die Tatsache, dass mein Pferd im Gegensatz zu mir einen unbeschwerten, fröhlichen Sommer erlebte. Wie gern hätte ich mich Torge auch so bedingungslos hingegeben!

»Du hast ganz schön dazugelernt«, lobte mich Frauke am nächsten Morgen, als ich nach dem Frühstücksgeschäft die Tische frisch eindeckte und nebenbei mit dem Wäscheservice telefonierte, da lag Isodora immer noch in der Klinik.

»Wir sind hier eben ein super Team«, antwortete ich fröhlich. »Aber ich bin froh, wenn Isodora wieder mitmischt! Sie fehlt an allen Ecken.«

»Tut sie«, sagte Frauke. »Ich freue mich auch, wenn sie wieder hier ist. Morgen wird sie entlassen.«

»Dann kann ich endlich wieder ausreiten«, rutschte es mir heraus.

»Mädchen, Mädchen, was willst du denn? Du reitest von früh bis spät, wenn ich recht informiert bin. Hast du nicht gestern erst drei Ausritte begleitet und eine Kutschfahrt organisiert?« Frauke schüttelte den Kopf und ich kapierte in diesem Moment, warum Finn ständig Stress und Streit mit seiner Mutter hatte. Und weshalb Isodora ganz bestimmt auch in Zukunft immer mal wieder mit ihr aneinandergeraten würde. Frauke hatte ihre ganz eigenen Vorstellungen davon, wie ein Anwesen wie der Friesenhof zu führen war – und die wollte sie auf alle Fälle durchsetzen.

»Den neuen Leuchtturm müssen wir uns auch noch ansehen – und prüfen, ob er für Hochzeiten geeignet ist.« Frauke hatte schon wieder eine neue Geschäftsidee ausgebrütet und wollte diesmal gemeinsame Sache mit der Bürgermeisterin machen: Hochzeiten im neuen Leuchtturm. Lena hatte vorhin den Leuchtturmschlüssel vorbeigebracht, damit wir uns die Räumlichkeiten mal ansehen könnten. »Aber das machen wir, wenn Isodora wieder da ist. Jetzt ist es wichtiger, dass hier alles läuft.« Sie hängte den Leuchtturmschlüssel klappernd ans Schlüsselbrett.

»Aye, aye«, sagte ich matt und nahm mir fest vor, mir den Tag von Frauke nicht vermiesen zu lassen. Schließlich hatte sie mir überhaupt nichts zu sagen.

»Tröste dich, die Saison ist sowieso bald zu Ende. Noch zwei Wochen, dann reisen die meisten wieder ab, auch dein Torge. Aber das weißt du ja besser als ich, er hängt hier ja ständig herum«, fügte sie hinzu und wandte sich zum Gehen, einen Stapel Kissen unterm Arm. Frauke schaute mich lauernd an und in diesem Moment konnte ich sie wieder einmal nicht leiden. »Seine Zeit bei Doktor Claasen ist vorbei, er braucht wohl noch einen Monat Praktikum in einer Tierklinik. Aber er kommt bestimmt wieder«, fügte sie rasch hinzu, als sie mein betretenes Gesicht bemerkte, das ich zweifelsfrei haben musste.

»Klar.« Mehr wusste ich daraufhin nicht zu sagen. Natürlich würde Torge in den nächsten Semesterferien wiederkommen, das hatte er mir neulich selbst versprochen, als wir Hauke nach einem Ausflug gemeinsam versorgt hatten. Der Hengst hatte es sichtlich genossen, dass ihn vier Hände gestriegelt und gebürstet hatten.

»Ich bin froh, dass ich hier sein kann, und genieße jeden Moment«, hatte er gesagt. »Und du glaubst gar nicht, wie großartig ich es finde, wieder mit Pferden umgehen zu können. Das möchte ich nicht mehr missen.«

Ich hatte mich in diesem Augenblick nicht getraut, ihn weiter nach seinen Zukunftsplänen zu fragen, sonst hätte ich jetzt Frauke gegenüber nicht so bedröppelt dagestanden.

Rasch wandte ich mich wieder meiner Arbeit zu. Wie dumm war ich denn!, schimpfte ich mich insgeheim. Ich wusste doch längst, dass Torge nicht für immer in Töwerhaven bleiben würde. Und noch dümmer, dass ich ihn nie danach gefragt hatte, nach seinem Studium, nach seinen Ideen für danach. Und warum er ausgerechnet bei Doktor Claasen Praktikum machte und nirgendwo anders. So ein talentierter Student wie er würde sicherlich überall gut ankommen.

Die Gedanken an Torge ließen mich den ganzen Tag über nicht los. Ich versuchte, mich mit Arbeit abzulenken und mir nichts dabei zu denken, dass er an diesem Tag nicht wie sonst üblich einfach irgendwann auf dem Friesenhof auftauchte, um sich Hauke für einen Ausflug zu schnappen. Dennoch lag ich später todmüde in meinem Bett und konnte nicht einschlafen, weil meine Gedanken pausenlos um ihn kreisten. Wie er damals das erste Mal bei uns im Stall auftauchte und sich als Allererstes um Merlin kümmerte, bevor er nach Sugar und den anderen Pferden schaute. Wie er geholfen hatte, Hauke ohne weiteres Drama auf den Hänger zu verladen. Oder als er mir in der Klinik während Haukes Operation die traurige Geschichte von Jaro erzählt hatte. Wie wir Hauke heimlich besucht und Hand in Hand durch das Städtchen gelaufen waren, wie nah und vertraut wir miteinander am Lagerfeuer waren. Und immer wieder schob sich mir dieses verhängnisvolle Bild vor die Augen, als er und sein Freund in Doktor Claasens Küche standen, in innigster Umarmung versunken.

Gerade als ich mich aufrappelte, um wie immer, wenn ich nicht schlafen konnte, heimlich Hauke im Stall zu besuchen, hörte ich unten im Hof Schritte. Wer war das? Mit einem Satz sprang ich aus dem Bett, schlüpfte in meinen Hoodie und lief dann, barfuß, wie ich war, die Treppe hinunter und hinaus auf den Hof.

Zu meiner Überraschung stand dort – Torge.

»Was machst du denn hier? Spinnst du, willst du alle wach machen?«, zischte ich.

»Psst, krieg dich wieder ein! Sonst weckst du wirklich alle auf.« Torge grinste mich entwaffnend an. Dann fügte er hinzu: »Ich konnte nicht schlafen.«

»Und da dachtest du, ich soll es auch nicht!« Es klang harscher als beabsichtigt.

»Mmmh.« Torge zuckte mit den Schultern.

Unschlüssig standen wir uns gegenüber.

»Komm, ich will dir etwas zeigen!«, sagte er und deutete auf meine nackten Füße. »Aber vielleicht ist es besser, du ziehst dir ein paar Schuhe an.«

»Wie du befiehlst!«, versuchte ich, mit einem Scherz die Situation aufzulockern, und schlüpfte noch mal ins Haus, um ein paar Schuhe und meinen Schlüssel zu holen. Was um Himmels willen hatte Torge hier mitten in der Nacht vor meinem Fenster zu suchen?

Kurz darauf liefen wir zum Strand. Torge hatte wie selbstverständlich nach meiner Hand gegriffen und wie selbstverständlich hatte ich sie ihm überlassen. Als wir oben auf dem Dünenweg standen, bot sich uns ein atemberaubendes Bild. Vorne am Spülsaum schien das Meer zu leuchten – wenn die Wellen an den Strand schlugen, schien es jedes Mal im Wasser aufzublitzen.

»Wow!«, entfuhr es mir.

»Komm!« Schon hatte sich Torge die Schuhe von den Füßen gezogen und rannte los, ich lief ihm hinterher. Staunend blieben wir vor dem Naturspektakel stehen, das sich uns mit jeder Wasserbewegung bot.

Als ich mit den Füßen durchs Wasser stieß, gab es noch mehr Leuchtblitze.

»Noctiluca scintillans«, sagte Torge begeistert und drückte fest meine Hand. »Sind diese Meeresleuchttierchen nicht unfassbar schön?«

»Unglaublich«, antwortete ich und konnte selbst kaum glauben, was ich sah. Glücklich schmiegte ich mich an ihn, es war ein absolut faszinierender Augenblick. Beinahe hätte ich mich wie eine Prinzessin in einem Glitzermärchen gefühlt, denn über uns funkelten die Sterne mit den Leuchtalgen zu meinen Füßen um die Wette. Und als ich jetzt in Torges Augen schaute, war es endgültig um mich geschehen. Ohne weiter darüber nachzudenken, schlang ich einfach meine Arme um ihn und drückte mich an ihn, vielleicht war es auch er, der sich an mir festhielt. Ich spürte, wie seine Hände langsam meinen Rücken hochwanderten und seinen Atem in meinen Haaren.

Lange standen wir so, eng umschlungen und einander so nah wie nie zuvor. In diesem Moment war es mir egal, für wen sein Herz eigentlich schlug oder dass er schon bald wieder abreisen würde, in diesem Moment zählte nur, was Torge und ich füreinander fühlten. Und so, wie er mich heftig an sich drückte, bevor sich unsere Lippen zu einem leidenschaftlichen Kuss fanden, war es viel, sehr viel.

Irgendwann ließen wir voneinander ab und liefen zurück zu unseren Schuhen, die wir am Strandabgang hatten stehen lassen. Das dauerte ein bisschen, weil wir zwischendurch immer wieder stehen bleiben mussten, um uns ausführlich zu küssen.

»Und ich hatte gedacht, du magst mich nicht«, murmelte er in mein Ohr.

»Wie kommst du denn auf die Idee? Vom ersten Augenblick an …«, murmelte ich zurück. »Aber ich dachte, du …« Plötzlich kam ich mir unglaublich dämlich vor, ihn zu fragen, ob er schwul sei und einen Freund hätte.

»Übermorgen muss ich zurück nach Hamburg«, sagte er, setzte sich einfach in den Sand und zog mich neben sich. »Uns bleiben also genau achtundvierzig Stunden …«

Mir stockte der Atem, als er sich jetzt rücklings in den Sand fallen ließ und mich in seine Arme zog. Torge war ein paar Jahre älter und ganz bestimmt viel erfahrener als ich, wo ich doch nur mit Finn herumgeknutscht hatte. Und vielleicht auch noch ein bisschen mehr. Aber zu meiner Erleichterung hielt mich Torge einfach nur fest, spielte mit meinen Haaren, während er einfach fortfuhr zu erzählen:

»Ich fand dich auch vom ersten Augenblick an toll! Aber dann war Finn immer in deiner Nähe und ich spürte, dass ihr sehr miteinander vertraut wart ... und später war da dieser Simon und dann noch Daniel, der sich ja auch mit deinem Einverständnis um Hauke gekümmert hat. Irgendwie schienst du mir ganz schön ausgebucht ...« Er lachte.

»Pah, Finn ist nur mein bester Kumpel«, murmelte ich und kuschelte mich näher an ihn. »Das mit Simon ... das hat nichts zu bedeuten. Und Daniel ist ja auch ein echter *Horseman,* das war mir einen Versuch wegen Hauke wert. Dummerweise hat er mit der eifersüchtigen Marlene zu kämpfen. Sie hat ihn sogar im Netz verpfiffen und jetzt weiß die gesamte Community, wo die Orlowski-Brüder ihren Jahresurlaub verbracht haben. Sie sind vorhin holterdiepolter abgereist und Piet hat mit der Mistgabel die kreischenden Mädchen vertreiben müssen ...«

»Also hast du gar keinen Freund ...« Torge hatte mein Gesicht zu sich gedreht und schaute mir tief in die Augen.

Ich schüttelte den Kopf. »Aber du, oder?«

»Ich? Wie kommst du darauf?« Irritiert rückte er ein Stück von mir ab und schaute mich kopfschüttelnd an, das konnte ich in der Dunkelheit gut erkennen.

»Damals, in jener Nacht als wir im ›Zappel‹ waren, bei Doktor Claasen in der Küche ... und weil du nie ...«

Statt einer Antwort drückte mich Torge nur abermals fest an sich. »Deswegen ... ich verstehe«, murmelte er erleichtert in meine Haare. »Ron ist mein bester Freund. Er war zu Besuch und hat mich getröstet, weil ich so unglücklich in dich verliebt war und nicht wusste, wie ich das aushalten soll.«

»Muss ich das verstehen?« Jetzt rückte ich ein Stück von ihm ab.

»Mein Onkel hat mir die Hölle heißgemacht von dem Moment an, als er mitbekommen hat, dass ich mich in dich verguckt habe ... Er hat mir ins Gewissen geredet, dass ich ja die Finger von dir lassen soll, weil er keinen Ärger mit Piet riskieren wollte. Schließlich bin ich deutlich älter als du ...«

»Echt jetzt? Alles nur wegen Doktor Claasen?!« Es brauchte einen Moment, bis mein Herz verstand, was Torge da gerade gesagt hatte. Empört wollte ich mich aufrichten und über Piet und Doktor Claasen eine Schimpftirade losfeuern, hätte Torge mir nicht in diesem Moment den Mund mit einem Kuss verschlossen

»Lass uns die Zeit, die uns bleibt, klüger nutzen«, murmelte er und ich spürte seine Hände in meinen Haaren, seinen Atem auf meinem Gesicht und seine Lippen, die wieder und wieder meine suchten. Er hatte vollkommen recht, dachte ich, und dann dachte ich nichts mehr und fühlte nur, was ich noch nie in meinem Leben gefühlt hatte.

Erst in den frühen Morgenstunden liefen wir zurück. Genauer gesagt, standen wir zunächst verlegen und unentschlossen oben auf der Düne, angelten nach unseren Schuhen und wussten beide nicht, wie wir uns verabschieden sollten. Da hatte ich plötzlich eine Idee.

»Komm«, flüsterte ich und zog Torge mit mir. Wir verloren kein Wort, wozu auch, es war ja auch längst alles zwischen uns gesagt. Wir hatten die ganze Nacht geredet, während wir eng umschlungen unter dem Sternenhimmel lagen und uns immer wieder küssten. Ich hatte ihm von der überraschenden Begegnung mit meinem Vater erzählt. Und Torge hatte mir von seinen Studienplänen berichtet. Er würde zum Studieren wieder nach Hamburg gehen und in den nächsten Semesterferien seine Arbeit bei Doktor Claasen fortsetzen. Und mich natürlich zwischendurch übers Wochenende besuchen kommen.

»Was willst du hier?«, fragte Torge. Wir standen vor dem neuen Leuchtturm von Töwerhaven, den die Bürgermeisterin erst in diesem Frühjahr eingeweiht hatte. Ich hatte ja vorhin den Schlüssel, einer Eingebung folgend, einfach mitgenommen und kletterte jetzt vor Torge die schmale Treppe hinauf, ein, zwei, drei, vier Stockwerke hoch ... Kalte Nachtluft wehte uns entgegen, als wir hinaus auf die Plattform kamen.

»Siehst du das?« Ich deutete auf das verschlafene Töwerhaven zu unseren Füßen. Über dem Oststrand ging gerade die Sonne auf und tauchte den Deich in ein friedliches Licht, eng aneinandergeschmiegt, schauten wir zu, wie die Sonne sich immer heller an den Himmel schob. Auf der anderen Seite lag der Friesenhof, gleich würde Wilm mit der Fütterung beginnen ... und dort drüben war der Hafen. Mein Herz schlug fest. Dies war meine Heimat. Wie sehr ich sie liebte! Wie sehr fühlte ich mich hier geborgen – und geliebt!

»Siehst du den alten Leuchtturm dort?«, flüsterte ich. Ich tat einen tiefen Atemzug und deutete hinaus auf die schmale Silhouette weit hinten im Watt. Ich musste nie mehr dorthin, um zu finden, was ich suchte. Ich hatte alles, was ich brauchte, um glücklich und frei zu sein.

Arena

Emma Flint

Für mein Leben seh ich kunterbunt
wenn ich erst den Durchblick hab
978-3-401-60584-5

Ich glaub, es glitzert!
Jedes Chaos fängt mal klein an
978-3-401-60583-8

Mein Leben voller Feenstaub und Konfetti
(schön wär's)
978-3-401-60490-9

Arena Taschenbuch

Jungs verstehen das nicht!
978-3-401-51171-9

Jeder Band:
Gebunden
Auch als E-Book erhältlich
www.arena-verlag.de